あとは野となれ大和撫子

宮内悠介

角川文庫
22412

目次

登場人物

ナツキ——紛争で孤児となり、後宮に引き取られた日本人
アイシャ——後宮の若い衆のリーダー
ジャミラ——ナツキの最初の友人、どのグループにも属さない一匹狼

＊

ジーラ——後宮一の美声の持ち主、ひそかな趣味あり
カリル——中東から逃れてきたばかりの、ヤズィーディー教徒の子供
〝大柄《サミア》〟——アイシャ組の一人、後宮に来たばかりのナツキに冷たくあたる
〝眼鏡《シルヴィ》〟——右に同じ

＊

ウズマ——枢密院の議長にして後宮のボス、ナツキたちを敵視している
アフマドフ——ナツキに目をかけている国軍大佐
イズマイール——国軍大将
ナジャフ——反政府組織、アラルスタン・イスラム運動の幹部
イーゴリ——後宮に出入りする謎の吟遊詩人
ムスタファ——国民広場の管理人

組織

独立国家共同体（ＣＩＳ）――ソビエト連邦崩壊後に結成されたゆるやかな国家連合体

平和維持軍（ＰＫＦ）――ＣＩＳ加盟国によって共同運営される平和維持軍

上海協力機構（ＳＣＯ）――中国とロシア、中央アジア諸国による国家連合

アラルスタン・イスラム運動（ＡＩＭ）――伝統的なイスラム国家を志向する反政府組織

アラルスタン周辺地図

バイコヌール
カザフスタン
トルキスタン
シムケント
キルギス
タシケント
ウズベキスタン
サマルカンド
ドゥシャンベ
タジキスタン

アラリスク
アラルスタン
マグリスラード
ムイナク
カラカルパクスタン
（自治共和国）
ヌクス
トルクメニスタン
アシガバード

後宮見取り図

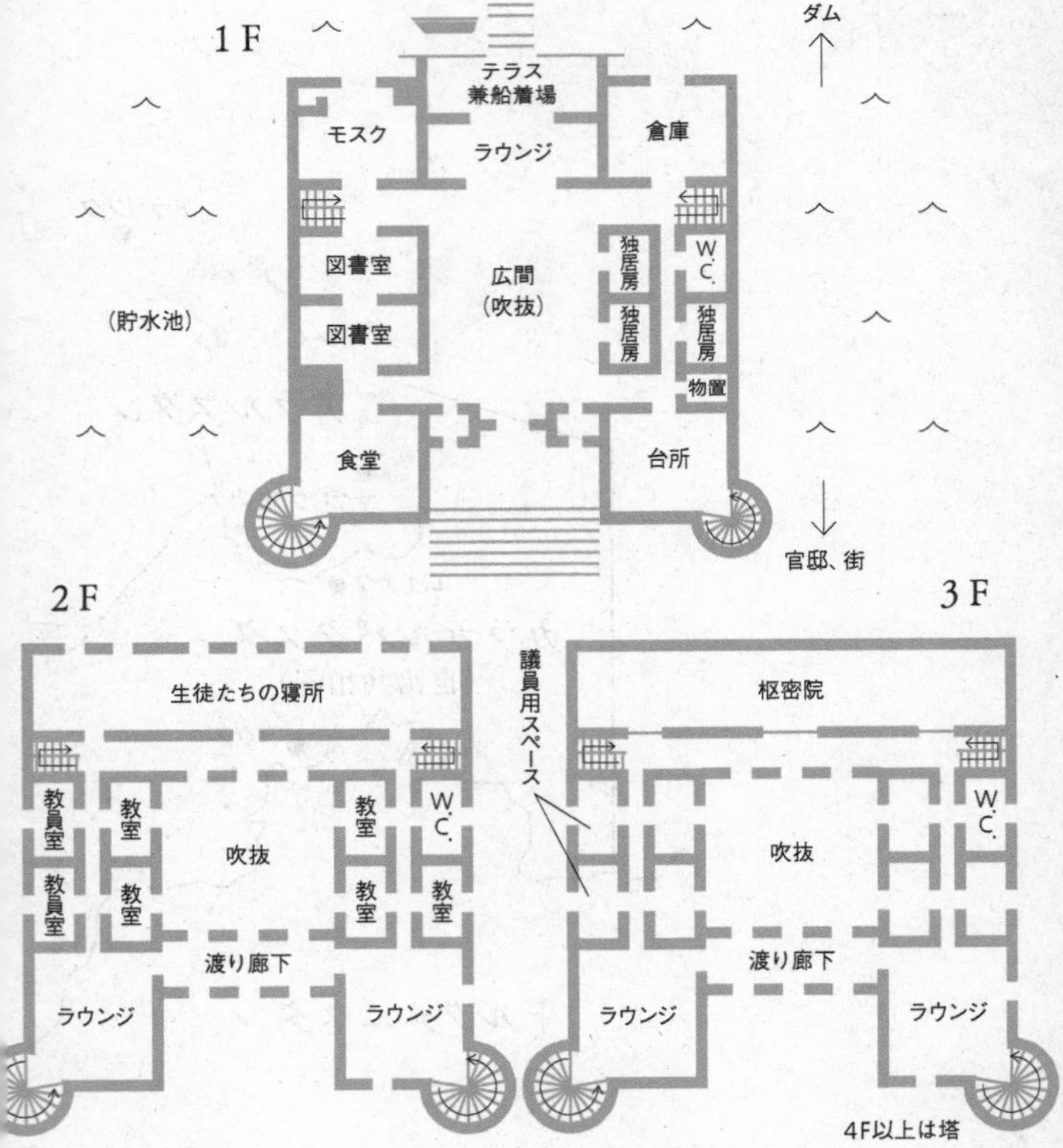
1F
ダム
テラス
兼船着場
モスク
ラウンジ
倉庫
図書室
図書室
広間
（吹抜）
独居房
独居房
W.C.
独居房
物置
（貯水池）
食堂
台所
官邸、街
2F
生徒たちの寝所
教員室
教員室
教室
教室
吹抜
教室
教室
W.C.
教室
渡り廊下
ラウンジ
ラウンジ
3F
議員用スペース
枢密院
吹抜
W.C.
渡り廊下
ラウンジ
ラウンジ
4F以上は塔

1．塩の都

1

窓越しに、沙漠《さばく》の朝の陽差しがテーブルへ差しこんでいる。食卓にあるのは、白地に青の、植物の蔓《つる》のような文様が入ったポットと、同じ意匠の湯呑《ゆの》みが三つ。ポットは近くの市場《バザール》で売られていた量産品で、このあたりでは皆が使っている。

茶は紅茶《カラチャイ》だ。

ナツキは大きく両手を伸ばし、湯呑みを手に取ろうとした。それを目にした母が、そっとこちらに湯呑みを手渡し、キッチンへ戻っていく。無言で、ナツキは紅茶に口をつけた。

子供心に、気がかりがあった。ここ数日、母の顔が浮かないのだ。

「ねえ」キッチンに立つ母が、おずおずと父に訊《たず》ねた。「今日も工場に行くの？」

「もちろんだ」

答える父は、新聞に眼を落としたままだ。

「俺が現場にいなくてどうする」

「でも、テレビではこの首都も危ないかもって……」

一瞬の間ののち、父が立ち上がった。何をするのかとおもったら、くしゃりと頭を撫《な》でられた。

「こいつを危ない目には遭わせないよ」

まもなく三人分の朝食が並んだ。

メニューは、たっぷりの向日葵《ひまわり》油を使った炊き込みご飯《プロフ》。湯気とともに、香ばしい匂いが食卓を覆った。アパートの隣の部屋に住む、ヴィシネフスカヤというロシア系の小母《おば》さんから教わったレシピだという。

湯呑みをテーブルに戻し、所在なく室内を見回した。

部屋はまるで遊牧民の天幕《ユルト》のように、現地の織物で彩られている。なかには、母の手による刺繍《ししゅう》もある。スザニと呼ばれる、ウズベキスタンの織物だそうだ。布地全面を覆う赤い暖かな模様は、牡丹《サルラグル》の花だという。

　このごろ、母が織物に凝りはじめ、教室で刺繍を習いはじめたのだ。

　日本にいたころよりアクティブになったかもしれない、と母は少し嬉《うれ》しそうだ。彼女が教室へ行くあいだ、ナツキはヴィシネフスカヤ小母さんに預けられる。

「紛争といっても――」

　つぶやくように言って、父が新聞を折り畳んだ。

「南部の油田周りの小競り合いだ。日本の外務省も、ここには退避勧告は出してない」

「本当に？」

　ああ、と父が立ち上がり、母の頰にキスをした。それを横目に、ナツキは窓から空を見上げる。はるか天高くを、見慣れない鳥のようなものが飛んでいるのが見えた。

　次の瞬間だった。

　轟音《ごうおん》とともに建物全体が震え、紅茶の飛沫《しぶき》がナツキの二の腕を灼《や》いた。母が叫んだ。

　気がつけば、ナツキは暗闇のなかに閉じこめられていた。父や母を呼んだが、答えはない。かわりに、肩に感触があった。触ってみて、母のあのスザニだとわかる。それをぎゅっと握り締め、闇を耐えた。そのまま、どれだけの時間が過ぎたろう。一、二時間か。それとも、半日か。

　やがて、現地の青年によって助け出された。

景色は一変していた。

両親と住んでいたアパートはコンクリートの土塊《つちくれ》と化していた。それがウズベキスタン軍の空爆によるものだと知ったのは、あとになってからのことだ。倒壊を免れた隣の家も、ベランダの一つが半分崩れ落ち、疲れた牛の舌みたいに垂れ下がっている。その一帯のどこかに、ナツキの両親は埋まっているはずだった。身体が小さく、瓦礫《がれき》の隙間によって守られた自分一人が、生き残ってしまったのだ。長いあいだ、その場に立ち尽くすことしかできなかった。助け出してくれた青年も、家族がいたのだろうか。押し黙ったまま、直射日光の下、瓦礫との絶望的な格闘に取り組んでいる。通りには呆然《ぼうぜん》とさまよい歩く者もいれば、坐《すわ》りこんで泣き喚《わめ》く、自分と同い年くらいの子供もいた。西欧人のカメラマンが、見映えがいいようにと子供をコンクリートの塀に坐らせ、写真を撮った。

かつてこの地を行き交った渡り鳥のペリカンは、海の縮小とともに姿を消した。かわりに上空を飛ぶのは、軍用のヘリや無人機だ。そのどれが敵か味方かもわからない。あるいは、どちらの陣営も、ナツキにとっては敵であるのかもしれなかった。

感情は凍りついていた。

前に、ヴィシネフスカヤ小母さんに言われたこと。この子は優しいが、何かが欠けている――。ナツキが取った行動は、瓦礫と格闘しつづける青年とは違った。彼女はこれまで住んでいた家にこだわらず、かわりに、南に向けて歩きはじめた。

ただ、それは生物として生まれ持った本能でもあった。無意識に、ナツキは生きていくための新しい場を見つけ出そうとしていたのだ。

すでに起きてしまったことは、仕方がない――。

結果として、この選択が命を救った。まもなく、背後で爆撃の第二波があった。

2

夏の終わりの大気が、ふわりとアイシャの身体を包みこんだ。

まだ午前中だというのに、気温は四十度に近い。でも、乾燥しているので暑さは感じないし、直射日光はお気に入りの鳥の文様《ギョーリ》の入ったスカーフが遮ってくれる。

片手にスカーフの端を握り、アイシャは双眼鏡を掲げた。

ほんの半世紀前まで、この地は海だった。

あるいは、半世紀後にはまた海に戻っているのかもしれない。どちらがあるべき姿なのか、アイシャにはわからない。

双眼鏡越しに見えるのは、地平までつづく塩の沙漠と、それを左右に分断するアスファルトの道路ばかりだ。いや――その道を、遠くから行進してくる影がある。

ラクダの遊牧民だ。

彼らは毎年、人が集まるこの独立記念日に、ここ、首都のマグリスラードを訪れ、肉や毛皮、酪製品を売り、そして首都の植物工場で生産される根菜や穀物を買って帰っていく。もちろん交易はこの日に限ったことではないが、沙漠の各地からいっせいに彼らが集まるのは、年に一度のこの祭りのときだけだ。

「あたしにも見せてよ」

――声とともに、視界が反転する。

隣に立っていたジャミラが、アイシャの手から双眼鏡を取り上げたのだ。

議会堂《マジュリス》から空港までつづく、太い目抜き通りが眼前に延びる。この国自慢の大通りに、かつての紛争の影は見当たらない。しかし、どこにも日陰がない上に、一ブロック一ブロックが長いものだから、住人たちにはとにかく評判が悪い。

通りの向こうでは、カジノホテル街の垢抜《あかぬ》けない電飾が瞬いている。

カジノは国の大きな収入源だが、二〇〇五年ごろからは、テロの対象になりかねないということで、観光客の足も遠のいた。そのせいか、さびれた印象があるが、アイシャの目には、前よりも風情があるように感じられる。

沙漠の陽光は眩《まぶ》しいだけでなく、濃い。

その下で瞬く電飾は、けなげなようでもある。

「なんだ、まだ見えないじゃない」

言いがかりめいた文句とともに、双眼鏡が手に返された。

ケニアのラクダ遊牧民を祖先に持つというジャミラは、遊牧集団の行進を見ると血が騒ぐらしく、毎年のこの祭りを楽しみにしている。

いま、二人が立っているのは、国民広場の南東にある管理事務所の屋根《トム》の上。

事務所は平屋なので、そのままよじ登ることができる。日光に熱せられたトタン屋根は乗るには少々熱いものの、ジャミラのお薦めの穴場で、行進を見るにも、演説を聴くにも、ここが一番なのだと言う。

管理人のムスタファとは、だいぶ前からの顔なじみだ。話が長いのと、いつ見てもさぼって水煙草をくゆらせていたり、誰かとチェスを指したりしているのが難点だが、アイシャたちのさぼりにも目を瞑《つむ》ってくれる。

目抜き通りはちょうどこの広場を境に、様相が分かれる。

西側は省庁の集まる一角を通って、威圧的な議会堂《マジュリス》に突き当たる。反対に東へ進めば、観光客向けのカジノホテル街や点在するバザール、小さな国際空港を経て――そして、広大な塩の沙漠にまでつづく。その東西の蝶番《ちょうつがい》に当たるのが、〝最初の七人〟の一人、アレクシス・マグリスの銅像が建つ、この国民広場だ。

追って、パルヴェーズ・アリー大統領がここで演説をすることになっている。

「ナツキ、まだ来ないね」

毛皮の縫い付けられた帽子《タキヤ》を傾け、ジャミラが広場の時計を見下ろした。

「あの子のことだから――」

応《こた》えながら、アイシャは口元に微笑をたたえる。

「また、忘れものでもしたのでしょう」

「そうだね」

軽く頷《うなず》き、ジャミラはふたたび双眼鏡をアイシャから借り、眼前に持ち上げた。

アイシャの笑みには周囲をほっと和ませる作用があるらしく、後宮《ハレム》の後輩たちは、陰で睡蓮《ニルフィヤ》の笑みと呼んでいる。

両腕を上に伸ばし、大きく、アイシャは息を吸いこんだ。肺いっぱいに、午前の大気が満ちた。

心なしか、空気が澄んで感じられる。

遊牧民の行進のために、道が封鎖され、車の通りがないからだろうか。都市の住民にとっても、およそ三万人と推定される沙漠の遊牧民にとっても、この日は年に一度の祭りなのだ。

「最近のあの子、どう思う？」

双眼鏡を手にしたまま、ジャミラがナツキのことを口にした。

「だいぶ、安定してきたように思うんだけど……」

「そうね」

アイシャは天を仰いだ。——眩しい。

「あとは、時間さえ守ってくれるようになれば、言うことなしなんだけど」

二人でくすくす笑っていると、ふいに、下の広場から声がかかった。

「後宮のお嬢がた、今日のお勤めは休みかい？」

事務所の横で勝手に店を広げるソフトクリーム売りだ。

アイシャたちも、よくここで買い食いをするから、すっかり顔なじみになっている。

この店主はムスタファと違って勤勉で、ときおり味を変えてはアイシャたちに意見を請う。先日、ついにバニラだけでなくチョコレート味が売り出されたのは、皆のホットトピックだ。

「やめなよ」と、傍らの煙草売りの小母さんが割って入った。「可哀想じゃない」

広場は祭りの見物客や即席の露店でごった返している。

熟れた果物の香りや、ケバブの焼ける匂いが、屋根の上にまで漂ってきた。

果物の皮はそのまま路傍へ捨てられ、熟れた匂いをいっとき放ち、そして腐る間もなくからからに乾いていく。

麦を発酵させた酸汁《クヴァス》売りが、黄色い小さなタンクを前に、暇そうに煙草に火を点《つ》けた。クヴァスにはわずかながらアルコールが含まれるし、煙草はイスラムにおける忌《マク》避《ルーフ》だ。けれど、この国の人間はそんなことを気にしない。客人を呼ぶ際には、ウォッカが用意されるのが常。悪く言えば不信心、よく言えば柔軟だ。

伝統的な暮らしをつづけるチェチェンからの難民であったアイシャとしては、思うところもないではない。その本心を押しこめ、彼女は今日も蓮《はす》の花の笑みを浮かべる。

クヴァス売りの前に、東洋人の観光客が立った。

重そうな荷物を背負い、右手に変な形をした自転車を引いている。南のムイナク市か、あるいは北のアラリスク市から国境を越えてきたばかりなのだろう。手元のメモを見ながら、懸命に何事か話しかけている。メモは、おそらく即席の会話帳だ。

その東洋人の口調が、徐々に荒くなってきた。勢い、クヴァス売りも声を荒らげる。

「ぼってなんかいねえよ！」

男が叫ぶのが聞こえた。

東洋人も引く気配は見せず、一瞬、あたりが静まり返った。と、そのときだった。

「やあ、ごめんごめん！」

ナツキが手を振りながら、小走りに管理事務所の前までやってきた。

「サンドイッチを作ったのに、忘れてきちゃってさ……って、何かあったの？」

3

思わぬ剣呑《けんのん》な空気に、ナツキはぴたりと脚を止める。

遅れて、しゃら、とジャミラから借りた銀の首掛け《マルヨン》が音を立てた。また粗相でもしたのかと思ったが、どうもそういう雰囲気ではない。

それから、クヴァス売りと観光客が対峙《たいじ》しているのが目に入る。

「はあん」

つぶやき一つ、二人の傍らに歩み寄った。

「兄さん」

と、日本語で観光客に話しかける。

「憶《おぼ》えておいて。ここじゃ、水はガソリンより高いんだよ」

「いや、でも、おかしいんですよ！」

青年は反射的に日本語で答えてから、あれっという表情をして、まじまじとナツキの姿を見て首を傾げた。赤い刺繍の入った帽子《タキヤ》をかぶり、ベルベットや繻子《しゅす》をあしらった伝統衣裳《いしょう》に身を包むナツキの姿が、胡乱《うろん》なものに見えたに違いない。

「とにかく！」

　クヴァス売りが現地語で声を荒らげた。

「嫌ならよその店をあたってくんな！　俺はなんら恥ずかしい商売はやっちゃいねえ。蜂蜜《はちみつ》だって、キルギスから仕入れた天然物――うちは、代々これでやってるんだ！」

「おまえ、去年までは時計屋だっただろ！」

すかさず、周囲から茶化すような野次が飛び、笑い声が起こった。日本人観光客への物珍しさからか、いつの間にか、周りに人垣ができている。誰かが口笛を吹いた。

　青年は余計に苛立《いらだ》ちを募らせ、

「だから！」

　会話帳を丸めて投げ捨て、通じるはずもない英語で叫んだ。

「ウズベクでは、この五分の一の値段だったんだよ！」

　このこと自体は事実だ。

　ウズベク――隣国のウズベキスタン共和国で、クヴァスははるかに安い。

　この飲み物の原料は、ライ麦や果実類、蜂蜜、それから水。穀物や果物はここの植物工場でも作られるが、麦は主に隣り合うカザフスタン共和国やウズベキスタン共和国からの輸入に頼っている。国の物価自体、決して安くもない。

　けれども、何より水だ。

　ソビエト時代の末期、海が涸《か》れゆくこの地に居を構えた〝最初の七人〟は、なかば自虐的に、自分たちの作業を地球化《テラフォーミング》と呼んだ。

彼らが選んだのは、ウォーター・ハーヴェスティングと呼ばれる手法によるわずかな天水の貯留や、高分子化合物《ポリマー》の網で捉《とら》える水蒸気——どんな乾燥地にも、二割程度の湿度はある——そして、それによる点滴灌漑《かんがい》や家畜の成育だった。

カザフスタンやウズベキスタンからも水は輸入されるが、この両国とて、夏場は水の不足に悩まされる。水の配分は国際関係次第でもあり、確実な供給が期待できない。

反面、エネルギーには恵まれている。

国民を悩ませる強い陽差しは、安定した電力源へと変わる。南部に目を向ければ、ウズベキスタンと共同開発中の油田もある。日本からの政府開発援助《ODA》によって造られた植物工場では、エアコンを通じて水を得て、それを栽培のために環流している。

「なんなんだよ、もう……」

管理事務所の奥から、のそりと、ムスタファが頭を掻《か》きながら顔を出してきた。

ランニングシャツ一枚という出《い》で立ちで、髪には寝癖がついている。

「おちおち、昼寝もできやしねえ。おまえら、うちの店の前でうるせえんだよ！」

店ですらないのに、そんなことを言う。

「お。ナツキじゃねえか！　どうだい、チェスでも一局……」

「ごめんね。今日は、友達と遊ぶんだ」

　軽く応えて、ナツキは事務所の屋根の上を指さした。

　振り向くムスタファに向けて、アイシャとジャミラが屋根から手を振る。

「なんだい、おまえら！　来たんなら一声かけろよ！　って、そうじゃねえ――そこには乗るなと言ってるだろ！　一箇所、トタンが脆《もろ》くなってるんだからよ！」

「二十ソム」と、その横でクヴァス売りが妥協する。「誓って、これ以上はまけられないぜ」

　ソムはこの国の貨幣単位。

　体面上は中央銀行の発行だが、紙幣の印刷がカザフスタンへの外注なのは秘密だ。

「五ソム！」と青年が右手を広げ、大胆に値切った。

「十五」

　渋々といった調子で、クヴァス売りが定価を述べた。青年が何か言おうとして、会話帳を探して懐を探った。その顔色が、徐々に悪くなっていく。

　ナツキは青年が投げ捨てた紙切れを拾い、広げてみた。

　日常の挨拶《あいさつ》や「1」「2」といった数詞のほかに、「あなたほどの美人を見たことがありません」といったどうでもいい台詞《せりふ》が、小さなスペースにびっしりと書きこまれている。

　メモをふたたび投げ捨て、ナツキは青年の肩を叩《たた》いた。

「ま、こんなとこだよ。水が高いのは本当。ガイドブックに書いてなかった？　見せてみてよ」

おずおずと、青年がサブバッグから薄いガイド本を取り出した。『中央アジア――シルクロードと周辺の国々』と題する、日本語のガイドだ。ネパールの古書店で買ったらしく、店名のスタンプとともに、六百ルピーと値が貼られている。

ナツキはそれを手に取り、ぱらぱらとめくってみた。

「なんだ、この国は載ってないんだ」

本を返す際、しょんぼりした様子が顔に出たらしい。相手が慌てたように、

「コラムがあります。二ページだけですが……。って、お姉さん何者なんです」

「何者って。そりゃ、地元民だけど」

「ちょっと待ってください」

記憶を探るように、青年がこめかみのあたりを指した。

「あなたほどの美人を……」

無視して、ナツキは身を翻した。

管理事務所の屋根の上では、早く来いとばかりにアイシャとジャミラが手招いている。手を差し出してきたジャミラに、先にサンドイッチの包みを渡した。それから、改めて彼女の手を取る。ジャミラは細く見えて力が強い。彼女に引き上げられながら、

最後は自力で、ぴょんと屋根に飛び乗った。

「見てよこれ！」

と、昨日買ったばかりのスカーフを広げて見せる。

「昨日バザールで買ったんだ。ZARAだよ」

この国では、必ずしもスカーフやチャドリで髪を隠す必要はない。外資企業が集まる都心部では、タイトスカート姿の女性もよく見かける。ただ、後宮勤めの女性については、遊牧民の伝統を汲《く》む民族衣裳の着用が義務づけられている。

それでも、こうやって小さな変化をつけて楽しむ余地はある。

アイシャは必ず鳥の文様《ギョーリ》の入った刺繍をどこかに入れるし、ジャミラはまるで鎧《よろい》のように銀のアクセサリーで身を固めている。ZARAはスペインのメーカーが展開するファッションブランドで、ここ中央アジアでは全体的に人気が高い。

「ありゃ……」

と、ジャミラが声を漏らし、その頭をアイシャが軽く小突いた。

ナツキが首を傾げると、アイシャとジャミラの二人は目配せをしあう。アイシャが頷いたところで、ジャミラが言いにくそうに切り出した。

「それ、中国産の贋物《にせもの》だよ。ここのバザールで売られてるやつは、みんなそう」

「そうなの？」

「いくらで買った？」

ナツキは少し考えてから、さばを読み、買い値の七割の値段を口にした。

「悪くないじゃない」とアイシャが取りなした。「可愛いことには、違いないんだし」

「第一——」ジャミラが口の端を小さく歪《ゆが》めた。「贋物って言うなら、あたしたちの着てる衣裳だって、嘘っぱちみたいなもんだしね」

この点は、ジャミラが指摘する通りだ。

何しろ、ここは半世紀前まで海の底。諸事情から遊牧民風の衣裳を着せられてはいるが、元は、わずかな漁民が魚を捕って暮らしていただけの場所なのだ。遊牧も何もあったものではない。

「だから！」

先ほどのクヴァス売りの声が下から響いた。まだ、価格で揉《も》めているらしい。かぶせるように、無責任な野次馬たちが、

「負けるな！」

などと双方を囃《はや》し立てるのが聞こえる。ムスタファの渋面が目に浮かぶようだった。

「ちょっと貸してみてよ」

ジャミラがナツキのスカーフを手に取り、軽く頭に巻いた。

「これ、あたしのほうが似合わない？」

「そんなことない！」

「それより」アイシャがあいだに入り、通りを指さした。「そろそろじゃない？」

ラクダ遊牧民の行進は、肉眼で見える距離にまで近づいてきていた。

省庁やカジノホテルが並ぶ目抜き通りを、遊牧民がラクダを引きつれて闊歩《かっぽ》する姿は、場にそぐわないようでもあり、不思議と景色に溶けこんでいるようでもある。

あとは大統領の演説を待つばかりだ。ただ、トラブルでもあったのだろうか、進行のスタッフが駆け回り、慌ただしく連絡しあう様子が見えた。

「ちょっと見てくるね」

そう言い残し、ジャミラがひょいと屋根から飛び降りる。

「買ってきてほしいものとか、ある？」

「紅茶《カラチャイ》！」

ナツキが叫ぶと、ジャミラは軽く頷いて、広場の人混みのなかへ消えていった。

4

行進が近づくにつれ、広場の見物客は増えていった。

早足に、ジャミラはその人垣のあいだを縫っていく。湿度が低いため、混雑のわりに、人いきれを感じない。それが、彼女の故郷と近しい点だ。雑踏の底で、布きれにナンを並べて売る青年や、ザクロを山と並べた老女が店を広げていた。

　ザクロはちょうど季節の果物だ。

子沢山の象徴として、中央アジアではよく好まれている。後宮の柱の栗の木にも、ところどころ、ザクロをあしらった彫刻が施されている。

　紅茶を頼んだときのナツキの表情につられて、つい、自分まで微笑んでしまっているのがわかった。頬を叩き、気を引き締めて前を向いた。

目の前――広場の中心に、アレクシス・マグリスの等身大の像がある。

　マグリスは〝最初の七人〟の一人で、元は、西ドイツからソビエトへ拉致《らち》されたロケット工学者であったと噂される。一度は死の土地とまで呼ばれたこの場所が居住可能となったのは、彼の力によるところが大きい。

　そのためか、この国では昔から技術省の力が強い。

「地球化《テラフォーミング》」の立役者であったマグリスは個人崇拝の対象ともなり、こうして、国民広場にも像が建てられるまでになった。いま、そのマグリスの像の前には即席の足場が組まれ、ヘッドフォンマイク姿のスタッフたちが厳しい顔つきで行き来している。

「あ――ジャミラさん」

　スタッフの一人が、ジャミラの姿を見て軽く頭を下げた。

訊《き》けば、演説を流すはずのオーディオシステムにトラブルがあった。しかし、いましがた復旧したので、正午の演説には間に合うだろうとのことだった。

「原因は？」

「断線です。鼠か何かにかじられたみたいで……。でも、露店からアルミホイルを分けてもらえたので、ちゃんと繋《つな》ぎ直したところです！」

「それは重畳《ちょうじょう》」

一抹の不安を覚えながらも、ジャミラはそう応じる。

演説そのものに不安はない。〝中央アジアの自由主義の島〟に恥じない文面を、省庁の優秀なスタッフらが、一ヶ月も前から練り上げているはずだからだ。

このとき——待ち望んでいたラクダ遊牧民の行進が、広場にさしかかった。

皆の視線が、いっせいにそちらへ向けられる。

移動式の天幕《ユルト》とともに移動し、過酷な塩の沙漠を生きる遊牧民は、それにもかかわらず、国民の憧《あこが》れの対象でもある。

先頭の集団が、広場に割って入ってきた。

集団は家族単位だ。皆それぞれの様式に従い、人やラクダを美しく着飾らせている。

女性たちが着る魔除《まよ》けのドレスを覆うのは、部族ごとの文様《ギョーリ》に従った艶《あで》やかな刺繍だ。羊毛で織られたロープやベルトの端にはタカラガイがくりつけられ、ラクダの歩みとともに、ゆっくりと前後に揺れている。

この日は、彼ら遊牧民の美意識を、都市部の人間に誇示する機会でもあるのだ。

ラクダはすべて二瘤《ふたこぶ》。

栄養状態は悪くないようで、脂肪の詰まった瘤が、天に向けてぴんと張り出している。首に下げられた鈴が、からん、からん、と行進とともに乾いた音を響かせる。鈴は一頭ごとに音色《ねいろ》が異なり、牧人はその一つひとつを聴きわける耳を持つという。月のない夜、鈴の音《ね》を頼りにラクダを連れ戻したといった話を聞いたことがある。

家畜がラクダであるのは、それ以外に選択肢がないからだ。

まず、水を飲ませるのが二週間に一度だけでいい。

加えて、工学者のマグリスは沙漠の塩害や風害の対策として、土地の人間が「白サクサウール」と呼ぶアカザ科の塩性植物を遺伝子改良させ、この塩の沙漠を覆った。この硬い植物を食べられるのが、ラクダくらいしかいないのだ。

とはいえ、過放牧などによって、肝心のサクサウールが食べ尽くされてしまっては話にならない。牧草が足りない際には、南のウズベキスタンの綿糸加工工場から出るコットン・ケーキを輸入する。これは綿花から綿繊維を取り除いた、牧草の代用品だ。

やがて鈴の音とともに、男の歌声が聞こえてきた。

男は西欧の道化を思わせる服装に身を包み、行進の傍らで、小振りの二胡《ドウタール》を手に詩歌を吟じていた。ジャミラは目を瞑り、しばしその歌声に聴き入った。

我らは見た、古地中海《テチス》の水脈《みお》が断たれ、
鎌と鎚《つち》が揺り籠《ベシック》に振り下ろされるそのときを
我らは見た、血と塩に汚れた井戸《カレーズ》の水を、
なおも奪い合う人々の群れを
純白の大地に取り残された錆《さ》びた船の残骸《ざんがい》を、その錨《ランガル》を
だが、おお！ いま、新たなる人々が、新たなる船で
轡《ハミ》を船首に、
銀の帆柱《マチタ》のかわりには、棗椰子《なつめやし》の鞍《くら》を
我らは見た、いまなお幻の大海を渡る、勇敢なるラクダの民を——

歌い手の名は、イーゴリ・フェルツマン。
このごろは、吟遊詩人として後宮にも出入りしている。出入りの際も、服装はやはり道化のそれだ。

あの男は信用できないとアイシャは言うが、ジャミラは彼の歌が嫌いではない。

「祭りの見物かい？」

歌い終え、聴衆に一礼をしたイーゴリが、ジャミラに話しかけてきた。

「どうだい、これから一緒に……」

「あいにく――」

ジャミラは屋根の上に立つナツキに目を向けた。

「頼まれごとがあるんでね」

ナツキは屈託のない笑みをたたえ、こちらに向けて手を振っている。

安堵《あんど》感とともに、痛みのようなものがジャミラの胸を走った。ナツキは最初、まったく笑う子ではなかったからだ。それが、皆で祭りを見に出てくるまでになった。

――けれど、この国においては、屈託のないままでもいられないのだ。

ナツキの視線を避けるように、人混みに身を隠した。

歌い終えたイーゴリもまた、ジャミラとともに人混みのなかへ戻る。

歩くうちに、マイクの電源が入る音がした。壇上に、この国の二代目の大統領となるパルヴェーズ・アリーの姿がある。思ったより時間を取られ、皆と一緒に演説を聴くことは叶《かな》わなくなってしまった。でも、かまわない。祭りはこのあともつづくのだ。

風が吹いた。

沙漠であるのに、潮の香りがふわりとジャミラを包み、過ぎ去っていく。まるで、かつてここにあった海の幽霊が、月とともに満ち、ふたたび引いていったように。

この国の名は、アラルスタン。――かつて、アラル海と呼ばれた場所だ。

5

ナツキが後宮《ハレム》に引き取られたのは、遡《さかのぼ》ること十五年、ちょうど二〇〇〇年のことだ。

このとき彼女は五歳。

焦土と化した首都のマグリスラードを、同じように家を失った人々に紛れ、一人さまよい歩いていた。道路のあちこちに穴が開き、その下に剝《む》き出しの土が見えた。

煙にまかれ、その白い暗闇のなかで噎《む》せた。

頭は空っぽだった。何かを考えようとすると、途端に心が押し潰《つぶ》されそうになる。

「ない――」

口を衝《つ》いて出た。

瓦礫の下で、必死に摑《つか》んでいたはずの織物《スザニ》がなかった。そう気づいた瞬間、堰《せき》を切るように涙が溢《あふ》れてきた。

いっぺんに、家族で過ごした記憶やアパートの部屋の情景がフラッシュバックしては消えた。

父は日本の政府開発援助《ODA》による植物工場の技術者だった。

これまでの点滴灌漑にかわり、より少ない水の消費で効率よく作物を収穫できるよう、連日、現地の責任者への教育などに携わっていた。

政情不安定な土地へ赴任することに母は反対したが、頑固一徹な父は、〝俺が現場にいなくてどうする〟と言って曲げない。結局は母が折れ、父についてここまで来たそうだ。

赴任当時の国の名は、アラルスタン自治共和国。

国際的には、まだウズベキスタン領であると見なされていた。

母はことあるごとに、食事が口に合わないとこぼしていたが、ナツキが生まれてから一変したという。現地の料理を覚え、部屋は民芸品や織物で飾り立てられた。

泣きながら歩くナツキを気に留める者はいなかった。周りにいるのも、同じような人間ばかりなのだ。自分は物乞《ものご》いではないとばかりに、売れるはずもない古い碗《わん》や時計を布きれに並べて坐る老女がいた。赤子の亡骸《なきがら》を抱えながら、人目も憚《はばか》らずに慟哭《どうこく》する男がいた。その慟哭は頭上のヘリによって掻き消された。

紛争のきっかけとなったのは、ここ、アラルスタンによる主権宣言だ。

独立をそそのかしたのは、カザフスタンやイラン、そしてロシア。発端は、領内に油田が見つかったことだ。折悪しく、ウズベキスタンはすでに欧米寄りの政策を取り、旧ソビエト国家による独立国家共同体《CIS》の集団安全保障を抜けると宣言していた。

そして――堂々と、彼らはアラルスタンを制圧すべく国軍を派兵した。

欧米は明言こそしなかったものの、ウズベキスタンの側についた。統治能力が未知数の新国家はテロの温床になりかねないとの声も上がった。対して、CISは紛争を平定させるべく、カザフスタン軍を中心とする平和維持軍《PKF》を派兵。こうして、中央アジアは一触即発の状態となり、アラルスタンは独立と同時に紛争の地と化し――戦禍は首都のマグリスラードにまで及んだ。

いつの間にか、ナツキは貯水池のほとりに来ていた。

貯水池は西アラル海の水をポンプによって汲み上げ、ダムで堰《せ》き止めて非常用水としたものだ。マグリスラードの西端にあたり、議会堂《マジュリス》や大統領官邸、そして後宮は、この貯水池に沿って建てられている。

周辺には木々が密に立ち並び、休みの日は地元住民のデートやピクニックで賑《にぎ》わう。

その貯水池も、火傷《やけど》を負った男女が次々に飛びこみ、屍《し》体《たい》が浮き、水が血や油で汚れていた。だが、市民のライフラインであるダムが攻撃の対象とならなかったのは幸いだった。それは、ウズベキスタンがのちの批難をかわすための方策であったのかもしれないし、あるいは、同じく水不足に悩まされるウズベキスタンのぎりぎりの倫理であったのかもしれない。

ナツキは池に顔を突っこみ、水を飲んだ。

塩分が濃く、余計に喉《のど》が渇いた。

顔を上げたそのとき、一人の中年女性が彼女に話しかけてきた。

「行くところがないのかい」

ゆったりとした、少し嗄《しわが》れた声だった。右足が不自由なようで、池のほとりで杖《つえ》を突き、達観したような視線を水面《みなも》の屍体に送っていた。

ナツキが答えられずにいると、相手はかまわずにつづけた。

「後宮《ハレム》での役目はきついが、やってみるかい？」

ナツキは頷いた。後宮が何を意味するかも、わからないまま。

後宮は貯水池へ迫《せ》り出す形で水上に建てられ、官邸と跳ね橋で繋がっていた。

遠目には、砦《とりで》のようにもモスクのようにも見える建物だ。工法としては、水上に打ちこまれた杭《くい》に日干し煉瓦《アドーベ》を積み上げたもので、壁はアラベスク模様のモザイクに彩られ、天辺《てっぺん》には青い半球のドームが見えた。

モデルとなったのは、トルキスタンのコジャ・アフメド・ヤサウイ廟《びょう》。

〝ユーラシア遊牧主義〟を唱えた先代大統領のラヴロフ・レオンチェフが、〝チンギス・カンの後宮《オルド》を模して造らせたものだ。噂によると、ソビエトでの官僚時代、ブレジネフ書記長に妻を寝取られたレオンチェフの怨念《おんねん》によるものだというが、真偽は定かでない。

建物それ自体は、ナツキも家族とのピクニックで見たことがある。

それよりも彼女を驚かせたのは、その内部で繰り広げられる光景だった。

人種も年齢、さらには信仰も異なる子供たちが机を並べ、勉学に励んでいるのだ。

その意味がわかったのは、もう少し歳を重ねてからのことだ。この建物はかつて、文字通りの後宮《ハレム》であると同時に、レオンチェフの諮問機関となる枢密院となっていた。国政や憲法に関わることを、レオンチェフは女性たちの智慧《ちえ》に諮《はか》ったのだ。

対して、二代目のパルヴェーズ・アリーは、女を囲うことに興味を示さなかった。

かわりに、より有益な施設の活用方法として、ここを女性たちの高等教育の場としようとアリーは考えた。ただちに、後宮は学校へと作り替えられた。クラスは学力によって分けられ、成績が振るわなければ放校となるが、努力次第では政治や技術、文化など、望むコースに進むことができる。こうして、生え抜きの人材を育成し、省庁の官僚や、枢密院の議員として活躍してもらおうというのだ。もっとも、この改革も市井の人々に広く知れ渡ってまではいないようで、ナツキたちも、街に出ればアリーの愛妾《あいしょう》として扱われ、戸惑うことも多かったのだが。

教壇には、ときにパルヴェーズ・アリー自身が登ることもあった。
中世のサマルカンドの碩学《せきがく》、ウルグ・ベクを信奉しているというアリーの話は、考古学や哲学、さらには宇宙物理学と多岐にわたった。

回数こそ少なかったが、アリーの講義は人気で、ときには立ち見も出るほどだった。

稀《まれ》に、アリーは愚痴をこぼすこともあった。たとえば、議会《マジュリス》が口論や乱闘ばかりで、そのくせ重要課題を前には皆、胆力がなく、及び腰になるとか。しかしこれも、生徒たちからすれば、まるで自分たちが大統領と秘密を共有しているかのような、特別な気持ちにさせられるのだった。

幸いにして――ナツキは、脱落することなく修学することができた。

父の血か、彼女は理科系の分野に強く、最終的に選んだのも技術コースだった。

だが、友人を作ろうとせず、人前でも笑わず、それでいて成績のよいナツキは厭《いと》われ、やがて虐《いじ》めの標的となった。集団で無視されることなどは当たり前で、ときにはノートを焼かれたり、衣服を隠されたりもした。

古典的なやりかたに閉口はしたが、苦に感じることはなかった。

どのみち、国そのものの状況が、過酷であったというのもある。けれどそれ以上に、彼女の心は、アパートが崩れ落ちたそのときから、凍りついたままなのだった。

「あんた、なんでやられたままで黙ってるの？」

と、二つ年長のジャミラ・クンディ・サドザイはいつも不思議がった。生徒は外から通う者もいれば、二段ベッドの並んだ二階の大部屋に住みこむ者もいる。ジャミラとナツキは住みこみ組で、同じベッドの上段と下段だった。ナツキが上で、ジャミラが下だ。

「一度、起きたことは仕方がないし——」

と、ナツキは少し考えてから答えた。

「どのみち、手持ちのカードで勝負するしかないと思う」

このやりとりも、何度交わされたかわからない。

「ふうん」

ジャミラは納得した様子でもなかったが、それ以上は踏みこんでこなかった。そして、しばらく経って忘れたころに、また同じ問いをぶつけてくる。バザールで買ってきたという菓子をこっそりと分けてもらったりするうちに、餌付《えづ》けの効果か、次第にナツキは彼女に懐き、やがて姉のように感じるようになっていった。そのジャミラは、文化コース。やがては中央アジアの伝統文化を守る側になりたいと、あるときナツキは彼女から明かされた。

紛争は終息へ向かっていた。

ナツキが後宮入りした翌年、9・11——同時多発テロ事件が起きたからだ。

ウズベキスタンは積極的に米国に軍事協力をし、おのずとアラルスタンの優先度は下げられた。その結果、対テロ戦に消極的であったカザフスタンらの平和維持軍《PKF》が優勢となり、ウズベキスタンも撤兵を検討せざるをえなくなってきた。

同じくウズベキスタン領内にある、カラカルパクスタン自治共和国の反撥《はんぱつ》もあった。というのも、アラルスタンの主権宣言は自治共和国としての憲法に基づくもので、法的な瑕疵《かし》はない。同様の憲法を持つカラカルパクスタンにとっては、アラルスタンにおけるウズベキスタンの蛮行は、自分たちに向けられた刃《やいば》でもあるのだった。

問題の油田については、カスピ海の海底油田の例に倣い、アラルスタンとウズベキスタンの両国で共同開発をするということで話がついた。

隣接するもう一つの国家、カザフスタンはもとよりアラルスタンを支持している。

二代目大統領となったパルヴェーズ・アリーが民主化政策を推し進めたこともあり、国際社会もアラルスタンの主権を認め、ここでやっと、アラルスタンは名実ともに独立国となった。もっとも、このアリーの政策が、のちのちまでつづく世俗派と保守派の分断を生み出す結果にもなったのだが、とにもかくにも、紛争は終わりを告げた。

けれど、ナツキにとっては、こうした国際政治はまだ遠くに感じられるものだった。

彼女にとっての問題は、もっと身近なところにあった。

ナツキへの虐めの背後にいたのは、睡蓮《ニルフィヤ》の笑みで人望を集め、生徒たちの実質のリーダーであったアイシャ・ファイシャル。

アイシャはナツキの八つ上。

ただ、後宮入りしたのが遅く、ここではナツキの二年先輩だった。アイシャ自ら手を下すことはなく、どちらかといえば、周囲の取り巻きが、アイシャに気に入られるためにナツキを虐める構図となった。アイシャはその様子を遠巻きに眺めるのだが、表情はいつも退屈そうだった。

嫌がらせは気にならない。けれど、自分のせいでジャミラが複雑な立場に置かれるのは嫌だ。

あるとき、ナツキは意を決して直接対話を試みた。なぜ、自分に辛《つら》くあたるのかと。自分が話しかけられることは想定外であったようで、一瞬、アイシャは眼を丸くしたが、やがて咳払《せきばら》いとともに、

「あんたが気に入らないから」

とだけ答えた。

アイシャはアラルスタンのはるか西——ロシア領内のチェチェン共和国からの難民だ。両親が命懸けで国から脱出させたという彼女は、迷わず政治コースに進み、この新たな故郷を第二のチェチェンにすまいと意気込んでいた。そんなアイシャからすれば、何事にも受け身に見えるナツキの態度は、気に入らないものに映るらしかった。

成績面でも、ナツキとアイシャは競い合うことが多かった。

そこ以外に居場所のない者が多いから、後宮での成績争いは苛烈《かれつ》だ。そんななか、アイシャが国際関係の筆記試験で一位を取れば、ナツキは情報工学で一位を取る。こうした競り合いがあるたび、アイシャは苛立ちを募らせ、嫌がらせの度合いは増した。逆に考えるなら、あるいは彼女こそが、ナツキを真にライバルと認めていたのかもしれない。

勝ち気なジャミラも、アイシャに対しては強く出られない。

こんな三人が、やがて親友とも呼べる間柄になったきっかけは、些細《ささい》なものだった。

それは、ナツキがはじめて零点を取った試験でもあった。課題そのものは、ある意味ではきわめて簡単な、たった三行だけの文面だった。

〝いま、あなたはアラルスタンの大統領である。そこに、過激派のアラルスタン《A》・イスラム《I》運動《M》が、遊牧集団と連合して東部沙漠部の分離独立を求めてきた。あなたはどのような対策をし、どのような結末を見据えた動きを取るか〟

問題文を前に、ナツキは鉛筆を回しながらしばしば黙考した。

彼女はすでに技術コースに進んでいたが、こうした試験は、しばしば全生徒に課せられた。

無意識に、同じ教室で同じ試験を受けるアイシャに目をやった。

最初、アイシャは滑らかに筆を走らせていた。これは、彼女の得意分野なのだから当然のことだ。けれど、まったく不意に、その手が止められた。

そして——その瞬間を、ナツキは目撃してしまった。

優雅ささえ感じられたアイシャの表情が、険しく変貌《へんぼう》していった。明らかに、アイシャは動揺し、苛立っていた。彼女は殴りつけるように答案の残りを書き終えると、それを試験官に渡し、誰よりも早く教室を出て行った。

不思議と、まるで透けて見えでもしたように、ナツキはアイシャが何を書いたのかがわかった気がした。それから、ナツキは自分の答案——これはたったの一行だけだった——を書きつけ、アイシャを追って教室を出た。

アイシャは貯水池の前のバルコニーに立ち、彼女がこっそりと嗜《たしな》む紙巻きの煙草を吸っていた。彼女はこちらを一瞥したが、すぐに眼前の水面へ目を逸《そ》らした。

その後、成績上位者の名前と点数が貼り出された。そこにアイシャやジャミラの名前はあったが、ナツキの名はなかった。

アイシャは自分よりナツキの結果が気になる様子で、つかつかと歩み寄ってくると、

「あんた、いったい何を書いたの」

と、いきなり詰め寄ってきた。

「苦手な分野だからって、あんたの要領なら……」

「簡単なこと」

ナッキは抑揚なく答えた。

「〝分離独立を認める〟――それだけ」

「どうして」

「わたしたちも分離独立したのだから、それが筋かなって。無理な融和は、禍根しか残さない。わたしたちは、そのことを痛いほど知っているはず」

半分は本心だが、残りの半分は違った。

ナッキとて、こんな答案を書けば教師陣の不興を買うことはわかっている。あるいは、居場所を失うことにも繫がりかねないのだ。それにもかかわらず、試験中のアイシャの動揺を見たナッキは、突き動かされるように、こう答えてしまったのだ。

アイシャが唇を噛《か》んだ。

「そんなことを言ったら、国家など――」

――成立しえない。

つづくその言葉を、彼女は飲みこんだ。その口元に、睡蓮《ニルフィヤ》の微笑はすでになかった。かわりに、彼女がめったに見せることのない葛藤《かっとう》が覗《のぞ》いていた。

「行こう」

背後からナツキの肩を叩く手があった。ジャミラだった。

「美味《おい》しい手延べ麺《ラグマン》の店を見つけたんだ」

アイシャはそれ以上は何も言わず、身を翻した。以降、ナツキへの虐めはぴたりと止んだ。

その翌週、アイシャは街まで演劇を見に行かないかとナツキとジャミラを誘った。

演目は、このごろ街で流行《はや》っているという歌劇。

チケットは人気で、劇場の前は長蛇の列だったが、アイシャは顔パスでＶＩＰ席へ通された。ナツキとジャミラは顔を見合わせてから、彼女のあとを追った。

演じるのは、マグリスラード・バッドボーイズという垢抜けない名前の、美男子七人組のグループだった。建国神話の〝最初の七人〟と重ねているのかもしれないが、こちらはコメディ要素が強い。ことあるごとに、両腕をハートマークのように掲げ、

「大丈夫《ロジマン》？」

と叫び、これが彼ら定番のギャグであるらしかった。

彼らがこれをやるたび、場は沸くのだが、ナツキには何が面白いのかわからない。

それよりも冷や冷やさせられたのが、アイシャが買った高級品のポップコーンに、ジャミラが遠慮なく手を伸ばし、ほとんど食べ尽くさんとする勢いであることだった。

これにはアイシャも閉口し、やがてジャミラから届かないところに容器を置き換えた。劇に集中していたジャミラはそれに気づかず、容器があったはずの場所を探って空を切り、バランスを崩して椅子から落ちそうになった。つい、ナツキはくすりと笑ってしまった。

アイシャはそれを見逃さず、軽く片目を瞑った。

観劇後は、ハンバーガーチェーンに寄って三人で軽食を摂《と》った。

社会主義経済から抜けきれずにいる周辺国にはまだない、〝本物〟の外資のハンバーガーだ。わざわざこれを食べに、アラルスタンまで足を運ぶ好き者もいるという。これまでの経緯が嘘であったかのように、三人はよく喋《しゃべ》った。内容は他愛のない冗談や教官の悪口、そしてアイシャの故郷の話など。たちまちに、夜は更けていった。

後宮への跳ね橋を渡りながら、ふいに、アイシャが足を止めた。

戻りたくなかったのだ。その気持ちは、三人ともが共有していた。だが、生徒には門限があるし、それを破れば厳罰――最悪、独居房に入れられる。

そして、そのときが来た。

後宮のシルエットを背景に、まるで歌い上げるようにアイシャが叫んだ。

「こんなに楽しかったこと、わたし、はじめて！」

それから――三人は何かと理由をつけ、連れだって遊ぶようになった。

あの試験でアイシャがどのような答案を書いたのか、彼女自身の口から語られることはついになかった。だが、人の心に疎いはずのナツキは、彼女が何を書いたのか想像できた。

アイシャは優秀すぎる。

優秀すぎるから、彼女は知らず知らずに書いてしまったはずなのだ。ロシア大統領のボリス・エリツィンが、彼女の祖国であるチェチェンに対して行った不義や弾圧を、そのままに。

だからアイシャはそのことに途中で気がつき、自失し、彼女らしからぬ態度に出た。本心では、彼女も書きたかったのだ。ナツキが書いたのと、まったく同じ解答を。

6

いま、ナツキは国民広場の管理事務所の屋根で、自然に笑っている自分をふと自覚する。

嬉しくなったのは、広場に降りたジャミラと目が合ったからだ。ジャミラは吟遊詩人のイーゴリと何事か言葉を交わし、人混みのなかへ消えていった。

アイシャはといえば、いつの間にか、野掛け《ボブサマリ》のようにトタン屋根に羊毛の織物を敷き、ナツキの作ったサンドイッチの包みを覗き見ている。

「ねえ」

アイシャが猫みたいにこちらを見上げた。

「食べてもいい？」

「だめ。ジャミラを待つんだから」

拗《す》ねたような顔をして、アイシャが包みを元に戻した。

その一連の仕草はまるで子供だが、彼女はとうに政治コースを修了し、来年度の外務省入りが決定している身だ。

そう考えると、こうやって三人で遊ぶのも、これが最後かもしれない。

ナツキが技術コースを修了するのは、まだ少し先のことだ。将来のことも、アイシャのようには気持ちを定められない。できるなら、技術省で植物工場関係の仕事に就き、父が残した仕事を引き継ぎたい。

けれど、彼女の胸の奥には、密《ひそ》かなもう一つの思いもあった。

遊牧民への漠たる憧れだ。

沙漠に天幕《ユルト》をかまえ、ラクダを引きつれ――そして年に一度、着飾って街を行進する。沙漠の暮らしが楽でないことはわかっている。しかしそこには、後宮にしか居場所を得られなかった自分にないものがある。

アイシャが敷布に寝転び、挫《くじ》けずにもう一度訊ねてきた。

「一つだけ」

「いいよ」

笑って許可を出してから、ナツキは広場の人混みを見下ろす。

いつの間にか、揉めていた男たちは和解していた。

皆で、ムスタファやあの観光客の青年とともに肩を組み、カラカルパクスタン産のウォッカを順に回し飲んでは、酒を乙女に見立てた歌を吟じている。

　おお、其《そ》は乙女よ！
　天山山脈の、パミール高原の、
　澄み渡った雪融《ゆきど》けの恵みからなる水晶の乙女よ！
　鳥《ガーラ》たちはさえずり、仔馬《トイチャ》はいっときの休息に頭《こうべ》を垂れる
　おお、飲めや、おお、歌えや！
　其は乙女よ！　絹糸《イパク》を纏《まと》い、大空に冠を挂《か》く我らが乙女よ！

肩を組む男たちを見下ろしながら、ナツキは腑《ふ》に落ちないものを感じる。

頭が悪くて、喧嘩《けんか》っ早くて、けれども愛らしいところのある男たち。それがどうし

て、あれだけの紛争を起こすに至ったのか。

もちろん、歴史や国際関係については授業で習っている。

——世界第四位という広さを誇っていたアラル海が縮小をはじめたのは、一九六〇年代のこと。

原因は、スターリン時代に提唱された〝自然改造計画〟に基づく灌漑農業だ。ソビエトは沙漠を農地に変えるため、アラル海へ流れこむ豊かな水源を灌漑用水とし、運河を掘り、八百万ヘクタールに迫る農地を作り上げた。

反面、おのずと海は縮小をはじめていった。

ひどいときには、一日に百メートルも海岸線が後退したともいう。

かつて多くの島々に覆われ、豊富に魚が獲《と》れた海は、こうして、沙漠性の植物さえ根づかない一面の塩の大地となった。漁村は産業を失い、船は砂上の鉄塊と化した。わずかに残された海も塩分濃度が急上昇し、魚は棲《す》めなくなった。

新たな沙漠の出現は、気候をも変化させた。

夏はより暑く、そして冬はより寒く。降雨量が減り、塩や大量の有害物質とともに舞い上がった砂嵐が、周辺地域の農作物に降りかかった。貧血や呼吸器疾患、結核、癌《がん》といった病が急増した。ソビエト時代、密かに海上の島に建造された生物兵器工場の汚染までが拡散した。

動物相の八割が消滅した。

〝二十世紀最大の環境破壊〟と呼ばれる所以《ゆえん》だ。

しかし、この塩の沙漠を、死の土地ではなく新天地として見た者たちがいた。ゴルバチョフの情報公開《グラスノスチ》を機に逃れてきた、かつての抑留者を含む〝最初の七人〟だ。

――時刻が昼の十二時を指した。

ゆったりとした足取りで、SPを引きつれたパルヴェーズ・アリー本人が登壇し、真下で騒いでいた男たちが、しんと静まった。アリーはすぐには話しはじめず、マイクを前に、右から左へ、広場の聴衆に視線を這《は》わせた。

アラルスタンの平均寿命は六十六歳。

新生児の死亡率は二割近く、識字率も低い。

国民の満足度は、決して高くない。それでも、アリーは工学者マグリスと同じくらいの人気を誇る。それは、彼もまた〝最初の七人〟の一人であったからだ。

独立記念日のこの日、大統領がこれから何を話すのか。

ナツキたちには、すでにだいたいの想像がついている。ゲーム感覚でアイシャやジャミラと予想をしたところ、三人ともほぼ同じ見解であったのだ。それによると――まず、四半世紀前の開拓の歴史について、大統領自身の口から思い出話を語る。これは、毎年の定番のつかみなので、おそらく間違いはない。

「二十五年前――」

充分な間を取ったところで、おもむろに、アリーが口を開いた。

「わたしがこの地を訪れたとき、そこにはかつて島であった丘と無人の漁村があるのみだった。水もなければ、塩害のためにラクダ草さえ生えてこない。そんな過酷な環境のなか、わたしたちはアレクシス・マグリスとともに地道に環境改善をつづけ――」

そっと、ナツキはアイシャと視線を交わし合った。

〝最初の七人〟は廃漁村の一つを拠点として選び、この地の環境改造に取り組んだ。

その廃村が、現在の首都であるマグリスラードの前身だ。街の南端には、いまも当時の桟橋や船の残骸が残されている。

彼らは最初から、明確な建国の意志とともにこの地を訪れた。

計画を可能にしたのは、メンバーのなかに、環境改造の知識を持つアレクシス・マグリスや、ソビエト中枢との繋がりを持つ元高級官僚、ラヴロフ・レオンチェフなどがいたことだ。

最初に移住してきたのは、スターリン政権下で中央アジアへ強制移住させられてきた、メスヘティア・トルコ人――通称、メスフ人と呼ばれる一群の人々だ。

きっかけは、ウズベキスタン東部のフェルガナ盆地で、メスフ人たちが虐殺される事件が起きたこと。これにより、大量のメスフ人が居場所を失った。ソビエトの中央政府はロシアへの受け入れを提示したが、メスフ人の多くは新天地を求め、アラル地域に住まうことを選んだ。

ウズベキスタンとの確執の種は、こんなところにも潜んでいる。

周辺国としても、大量の移民を受け入れるよりはいい。こうした思惑と、レオンチェフの働きかけとがあり、アラルスタン——当時の名前では、メスヘティア・トルキスタン自治共和国が成立し、レオンチェフが初代大統領の座についた。

時は一九九〇年。ソビエトが崩壊へと向かう、混乱期のさなかの出来事だった。

壇上のアリーがつづける。

「そして、今年もまた、記念すべきこの日に、皆と話をさせてもらえる運びとなった」

——国の人口増に向け、先代のレオンチェフは奇手とも言える一手を打った。

沙漠を覆う白い恵み——サクサウールの遺伝子改良の目処《めど》が立ったところで〝ユーラシア遊牧主義〟なる運動を立ち上げたのだ。

それによると、ソビエトの定住化政策や集団農場によって、中央アジアの遊牧文化は衰退を強いられた。加えて、政府が民族を定義するにあたり、古くからそこに定住していたかどうかが重んじられた。

独立後のウズベキスタンも〝ウズベク民族〟を定義するにあたって、事実上、このソビエトの定義を引き継いだ。まるで、かつて中央アジアを席巻《せっけん》していたはずの遊牧文化が、なかったことであったかのように。

中央アジアには、抑圧された遊牧民の無意識がある——。そうして、遊牧民の無意識に火を灯《とも》し、移住を促せば、やがて人は集まると彼は信じた。

そして、どんな過酷な土地であっても、それ以上に過酷な土地よりはいい。ウイグルやチェチェン、タジキスタン、イラク、アフガニスタンといった周辺の紛争地帯の人々が、やはり新天地を求め、この地に集まりはじめたのだ。都市部に居住する者もいれば、実際に遊牧民としての暮らしを選ぶ者もいた。特定の民族を想起させないよう、国名はアラルスタンに変えられた。

かくして、レオンチェフは、塩の大地に十九世紀の光景を蘇《よみがえ》らせたのだった。

——となれば、次にアリーが言うことは決まっている。

無数の民族を抱え、分離主義のリスクを抱える国内に向けてのメッセージだ。それにあたり、いま過酷な環境を生きる人々と〝最初の七人〟を重ね合わせ、団結を促す。

「むろんそれは、わたしたち〝最初の七人〟の功績ではない。この地を新たな祖国として選び、わたしたちと同じように過酷な環境に耐え、今日《こんにち》まで至る繁栄の礎となった無数の人々——そう、わたしたち国民全員の力によるものだと信じる」

ついで、技術立国としての側面を強調しておく。

ここから先は、技術が全体をつなぎ合わせるキーワードとなる。

「言い換えるなら、技術《テクノロジー》が人と人とをつないだのだ」

アイシャがこちらを見上げ、軽くウインクをよこした。

次が難しいが、おそらく中央アジア全体の誇りを刺激するような話を加えるはずだ。

たとえば、世界で最初に騎馬技術を開発したのが、自分たちであったことなど。これをもって、カザフスタンのナザルバエフ大統領が提唱したユーラシア主義に目配せをする。

「だが、太古より我々が家畜とともに生き、暮らしてきたことに違いはない。騎馬技術を最初に編み出したのが、ほかならぬ我々、ユーラシアの民であったことを忘れてはならない」

ついで、油田の共同開発についての謝意を述べ、ウズベキスタンの顔を立てる。

「かたや南部の善き隣人は、油田の技術開発においてわたしたちに手を差し伸べた」

ソビエトの崩壊後、隣接するカザフスタンやウズベキスタンがこの国の自治を認めた背景は、経済だ。彼ら旧ソビエト諸国は、独立とともに資本主義化を迫られた。

だがそれは、社会構造の何から何までをも変えるということだ。

共産主義は革命一つで実現するが、いったん共産化した経済を資本主義化するのは難しい。

課題が山と積まれるなか、彼らはアラルスタンを中央アジアの香港《ホンコン》と位置づけ、実験的に自由経済の特区とし、租税回避地《タックスヘイブン》としての機能も持たせた。

　アラルスタンは政治経済の双方における中央アジアの緩衝地帯となり、欧米からは〝自由主義の島〟と呼ばれるに至った。首都にはカジノやブティックが林立し、アラルスタンはいっときの栄華を誇った。

――やがて南部に油田が発見され、あの二〇〇〇年の悲劇が訪れるまでのあいだ。

　このとき――ぶつりというノイズとともにマイクの音声が切れた。

　一瞬、ひやりとした空気が覆ったが、十秒も経たないうちに音声は元に戻り、

「人がせっかく、技術《テクノロジー》の話をしているのに……」

　とアリーがぼやき、笑いを取った。

　ここからが勝負どころだ。大国への目配せだけでなく、一つ理想を差し挟み、ふたたび諸民族や諸部族の団結を促したい。

「かつてここは、動植物さえ死滅しかかった塩の沙漠だった。それが、いまは塩の都となり、カザフスタンとウズベキスタンをつなぐ新たなシルクロードとなった。わたしは信じる。いずれ、塩の都はきっと緑の都へと変貌することだろう。それをもたらすのは、新たな技術と――」

　ここで大統領はいったん言葉を区切り、間を置いた。

もう一度、ゆっくりと聴衆を見渡してから、

「そして、ここにいる皆の力にほかならない。かつて人の罪により、ここにあった海は幻となった。なればこそ——その土地に住まう我々で、新たなる人の力を見せようではないか。だからここにいるメスフの民よ、クルドの民よ、チェチェンの民よ——」

順繰りに、アリーは国内の諸民族の名を挙げていく。

だが、民族の名がつらなるほどに、皆の不安は増大していく。国内のアラル《A》スタン・イ《I》スラム運《M》動をどう扱うかが問題となってくるからだ。

周辺の中央アジア諸国家は、民族同士の争いや分離主義を抑えるために、イスラム過激派を共通の敵として国民国家の統合を図っている。だが、それによって新たな禍根が生まれ、義援兵としてシリアやイラクへ人々が流出してしまった。

ならば、アラルスタンに課せられたタスクは決まっている。

ユーラシアの緩衝地帯として、彼ら保守派を受け入れ、そして彼らの居場所を作り出すこと。逆に言えば、この新天地に封じこめることなのだ。

ただ、AIMは制度内での政治参加を拒み、議会《マジュリス》に代表を立ててこない。よって、この点に絞ってやんわりと批難し、国政への参加を求め、国際社会に向けては穏健なイスラム国家であることをアピールする。

おおむね、こんなところであろうと、ナツキたちの意見は一致している。

——現実は違った。

大統領が次の言葉を発するべく大きく息を吸いこんだ、そのときだった。一発の銃声が響き渡り——その瞬間を、確かにナツキは目にした。脳漿《のうしょう》が散り、刹那《せつな》の静寂ののち、ゆっくりとパルヴェーズ・アリーは壇上で崩れ落ちた。

広場を混乱が覆った。

されただけ。自転車でカザフスタンを目指すと言ったら、少し呆れた顔をされた。

が、今日は独立記念祭があるというので、首都までは車移動。広場でクヴァス（麦汁？）を買おうとしたら、高くて、危うく喧嘩になりそうに（そのあと和解。親切な日本人のお姉さんに助けられたりも）。

……で、そのあと起きたことは、皆も承知の通り。

アラルスタン大統領、演説中に暗殺される（DX! ニュース）

広場は大混乱。とにかく宿を確保し、情報収集のためにアメリカ大使館へ行ってみた。……いや、旅の経験上、日本大使館にいい思い出がないものだからさ（もちろん、親切な大使館もあったけどね）。
さっそく、困った事実が判明。非常事態につき、南北とも国境が閉まっているとのこと!!
一応、退避勧告は出ていないようだけど……。
とりあえず店は開いていたので、晩ご飯のベシュ・バルマク（肉うどん）を食べて、宿へ。はてさて、俺の明日はいかに！

（つづく）

ママチャリで世界一周～アラルスタン編１

いやあ、今日は疲れた！

アラルスタンという国が面白そうだと気付いたのは、ウイグルのカシュガルで旅行者から話を聞いたとき。なんでも、環境破壊によって干上がったアラル海の海底に、各国の行き場のない人々が集まって、やがてそれが国になったのだとか。

なんかこう、たぎってくるものを感じる！

ところが、この国、何しろ情報がないのだ！

俺のガイド本にも、２ページのコラムがあるだけ。しかも移民たちが集まった国なもんだから、使われる言葉もバラバラなのだとか。


でも、国境がそこにあると、越えてみたくなるのが旅行者の習性。

たぎる、みなぎる、行ってみる！

それで、入ってみました、アラルスタン!!


まずは日の出とともに、国境へ。

ウズベキスタンのムイナクから車で十五分ほど。心なしか警備が厚く、物々しい雰囲気だった。荷物のチェックとかはされず、「ツーリスト」と言ったらそのまま通された。

そこから、長めの緩衝地帯を越えてアラルスタン側に入っていくと……。

なんと、イミグレ（入国管理）はバラックのトタン屋根。

こういう国、俺、大好物！

日本人は三十日間はノービザなので、入国スタンプを一つ押

2．水上の後宮《ハレム》

1

本物の議場は、ニュース映像で見るよりも、だいぶ手狭に感じられた。

議長席を扇状に取り囲んでいたはずの赤い羅紗《ラシャ》張りの椅子は、乱れ、いくつかは横倒しになっていた。あちこちで、書類が片づけられずに散乱している。

屈《かが》みこんで、ナツキは紙切れをいくつか拾ってみた。

今日、急遽《きゆうきよ》話し合われるはずだった議題の一覧だ。一応、途中までは議事が進行していたらしく、議員の手による書きこみがある。もう一枚は委任状だった。ヘルニアのため、本日の決議は国民進歩党の党首に一任する、とある。

まるで、人間だけが地上から姿を消したような光景だ。

無人の議場のまっただなかで、アイシャはしばらく呆然《ぼうぜん》と立ち竦《すく》んでいた。

「何これ……」

と、その口から声が漏れる。

ジャミラはといえば、なかば諦《あきら》めたように、

「一度坐《すわ》ってみたかったんだよね」

と、椅子の一つに腰を下ろしてしまった。

ナツキもそれに倣ってみたが、誰かが議事の途中につまんだらしい向日葵《ひまわり》の種が、クッションに散乱していた。

「やだ――」

思わず腰を上げ、衣服についた殻を払う。

三人が議場を訪れたのは、たったいま。

国民広場で演説をしていたパルヴェーズ・アリー大統領が凶弾に斃《たお》れたその直後、セルゲイ副大統領は緊急の議会《マジュリス》を召集した。ナツキたちは後宮《ハレム》での待機を命じられたが、議会を中継するはずの国営放送は、いつまで経っても、アラスカの白熊やらアマゾンの珍しい蛙やら、よくわからない小舟やらの映像を流している。

さまざまな流言が飛び交った。

最たるものが、そもそも議会が開催されておらず、逃げるように議場をあとにする

たくさんのベンツが目撃されたというものだ。だとしても、議員たちが我先に逃げ出す理由がわからない。

後宮の大部屋でディスプレイを取り囲みながら、皆、やきもきするばかりだった。

大統領の安否も、皆の気がかりだ。

かつて文字通りの後宮《ハレム》であった場所を、女性たちの高等教育の場に作り替え、ときには自らも教壇に立ったパルヴェーズ・アリー大統領は、皆の憧《あこが》れでもある。そのアリーが演説中に銃撃されたとあって、動揺は大きい。それに、後宮のほかに居場所のない者にとっては、これから自分たちがどうなるかもわからないのだ。

やがて、決意したようにアイシャが立ち上がった。

——行ってみましょう。

——ちょっと待って、いま、ちょうどナマケモノの赤ちゃんが……。

ジャミラがぽかりとナツキの頭を叩《たた》き、それから三人で後宮を抜け出し、議会堂の様子を窺《うかが》うことになった。

後宮と議会堂はともに貯水池に面しており、岸沿いの小径《こみち》を南下するのが早道となる。小径を横切る雛鳥《ひなどり》の一群をまたぎ、わざわざゴシック様式で建造された威圧的な議会堂の表に回る。

ファサードでは警官たちが行き来し、すでに物々しい雰囲気となっていた。ただ、ナツキたちが呼び止められることはなかった。遊牧民の伝統衣裳《いしょう》に身を包むその姿から、一目で後宮の女性だとわかるからだろう。

さすがに議会の入口では止められたが、さも当然のようにアイシャが、

——お願い。ね？

と片目を瞑《つむ》り、相手が一瞬固まったところで、隙を突いて正面から侵入した。

そしていま——ようやく我に返ったのか、先ほどの警備員がナツキたちをつまみ出すべく、議場に飛びこんできた。

「これはいったい？」

すかさずアイシャが訊《たず》ねたが、相手はそれには答えなかった。

「後宮のお嬢がた。このことは、どうか内密に……」

息を弾ませながら、隠し通せるものでもないのに言う。

「やれやれ」

呆《あき》れ顔のジャミラが、ゆっくりと立ち上がった。

「この椅子も、もう少し坐り心地が悪ければ、居眠りする議員連中も減るだろうに」

「お爺《じい》さまがたには、それは酷というものでしょう」

アイシャが無表情に応《こた》えながら、警備の目を盗んで、散乱している書類を一つかみ、背に隠し持った。それに気がついたナツキは、「ねえ」と警備の注意を引く。

「お兄さん、あなたは逃げなくていいの？」

「職務ですから。いえ、その……議員の皆様がたが、どうということではなく……」

そう答えてから、余計なことを言ったと自覚したのか、どぎまぎした様子で顔を赤くしてしまう。アイシャがふっと笑って、

「ありがとうね」

労《ねぎら》うように言うと、余計にその顔が赤くなる。

つまみ出されるはずだったナツキたちは、なぜか敬礼とともに送り出された。

2

傾《かし》いだ午後の陽差しを受けて、貯水池の水面《みなも》がちらちらと瞬《またた》く。

短く迫《せ》り出した桟橋には、船が幾艘《いくそう》か繋《つな》ぎ止められている。貯水池での船に乗ってのピクニックは、後宮《ハレム》の女性たちの特権だ。旧《ふる》い遊牧民の伝統衣裳で着飾り、優雅に船上で食事を摂るナツキたちの姿は、異国情緒を求めてこの地を訪れた観光客を魅了する。

いまその桟橋に、アイシャは何を思ってか、一人佇《たたず》み口を結んでいる。

茶色の鳩が三羽、足下に寄り集まっていた。

「お茶《チャイ》が入ったよ」

ナツキが声をかけても、物思いに耽《ふけ》ったまま、反応がない。

一同がいるのは、水上の後宮の裏手にある、船着き場を兼ねたテラスだ。

テラスにはガーデン用のテーブルが四つ並び、ほんの昨日まで、生徒たちの笑い声がさざめいていた。けれど、いまは皆一様に顔つきが暗く、口数も少ない。

集まっているのは、ナツキとジャミラ、それから離れたテーブルに二人、アイシャと近しい生徒が陣取っている。大柄、眼鏡、とナツキが勝手に心のなかで呼んでいる二人だ。昔、よく虐《いじ》められた相手でもある。

ほかに、所在なくうろうろと歩き回る年少組が一人。

結局、大統領は国立病院へ搬送されたと聞く。だが、おそらく助からないだろう。

銃声とともにアリーの脳漿《のうしょう》が散る、まさにその瞬間をナツキは目にしてしまった。国民広場はたちまち混乱状態となり、遊牧民のラクダが暴れ、我先に逃げようとする者たちがドミノ倒しとなった。一部には、すでに死者も出ていると聞く。

ナツキは――逃げ遅れたことで、逆に混乱に巻きこまれずに済んだ。

フラッシュバックしたのだ。かつての紛争で両親を失い、一人で焦土をさまよっていたときの、忘れたい、けれども忘れようもない記憶が。何もできず、あの屋根《トム》の上でうずくまって頭を抱えていたら、アイシャがナツキを抱き寄せ、頭を撫《な》でた。

広場のジャミラも心配だった。後宮で彼女と再会できたときは、自分でも思わぬことに、突然涙が流れて止まらなくなった。それから、生徒はさしあたって待機を命じられ、大半は寮を兼ねた二階の大部屋に集まっていると聞かされた。

ジャミラが皆の綿花文様《パフタ》の湯呑《ゆの》みに半分だけ茶を注《つ》いだ。

半分だけ注ぐのは、この地域でのマナーだ。逆に、目一杯に茶を注ぐと〝帰れ〟を意味することになる。

「これから、どうなるんだろうね……」

「ま。なるようになれ、よ」

〝眼鏡〟と〝大柄〟の捨て鉢な台詞《せりふ》が聞こえてくる。ジャミラがそれを一瞥《いちべつ》して、

「落ち着いて聞いてくれる?」

とナッキに耳打ちをした。

こくりと頷《うなず》くと、ジャミラも頷き、藪《やぶ》から棒にこんなことを言った。

「アラルスタン・イスラム運動《AIM》がこちらに進軍しているみたい。アイシャから聞いたんだけど……」

「嘘でしょ?」

思わず叫んだところで、皆がいっせいにこちらを見た。

ナツキは咳払《せきばら》いをした。

「マグリスラード・バッドボーイズが解散?!」

「ああ」

向こうのテーブルで〝大柄〟が苦笑いをした。

「それ、ときどきネットに流れるデマ。気にしちゃだめ」

伝統衣裳に身を包む彼女らも、スマートフォンなどの情報端末は持っている。

〝眼鏡〟などは、まるで周囲から耳を閉ざすように、新たなニュースはないかと一心に更新ボタンを押しつづけていたが、これは聞き捨てならなかったらしく、

「なんなの、こんなときに……」

と、しかめっ面を持ち上げた。

「こんなときだからだよ」

ジャミラが片目を瞑り、遠巻きにこちらを窺う年少組を顎《あご》で指した。

彼女は六歳で、名前はカリル。中東から逃げてきたというヤズィーディー教徒だ。

おそらく、いま何が起きているかもわからないはずだ。かつて、来たばかりのナツキがそうであったように。だからこそ、こちらの動揺は、そのまま伝わってしまう。

「それもそうね」

相手が嘆息し、また自分たちの話に戻る。

「これから、どうなるんだろうね……」

「ま。なるようになれ、よ」

——なんの話だっけ。

ナツキが瞬《まばた》きをしていると、そっとジャミラが端末を取り出し、裏向きにテーブルの上を滑らせてきた。何かの遊びかと思い、ピンポンゲームのように打ち返した。ジャミラが「そうじゃないだろ」というように眉《まゆ》をひそめ、今度は表向きにテーブル上を滑らせた。

メール画面だ。

読みながら、自分の表情が曇っていくのがわかる。

省庁の官僚からアイシャを経て、転送されてきたメールだった。将来のエリートと期待される後宮の女性たちは、卒業よりも前に省庁や議会と繋がりを持つ者が多い。当然、アイシャはその一人だ。直接に訊ねたことはないが、おそらくは、ジャミラも。

〝大統領は集中治療室に入ったが、ほぼ絶望的な容体だ〟

念のためか、転送元の所属や名前は、アイシャによって伏せられている。

それから、先ほどジャミラが言っていたゲリラ部隊の件がつづく。

〝南部のアジトから首都へ向けて進軍している。狙いは、議会堂の占拠と見られる〟

「ああ……」

崩れ落ち、瓦礫《がれき》と化したアパートが脳裏をかすめる。瓦礫を取り除こうと、懸命に作業をしていた青年のことが思い出された。彼はまだ、生きているのだろうか。そうだとすれば、やはり自分と同じように、いまもあの光景から逃れられずにいるのか。

首を振った。

ゲリラが進軍しているとなれば、やらねばならないことは決まっている。

まず、政府が非常事態宣言を発令し、アラルスタンの国軍に指令を出すことだろう。ただ、国軍は独立国家共同体《CIS》の集団安全保障に頼りきりで、規模は小さく、練度も高くない。

だから、メールの文面もこうつづく。

〃いずれにせよ、CISの平和維持軍《PKF》に出動を要請すべきなのだが――〃

せっかく行政機関が生きているのに、指示を出す者がいないというわけだ。三権分立を考えた昔の偉い人も、こんな腰砕けみたいな事態は想定していなかっただろう。

このとき、誰からも相手にしてもらえなかったカリルが、て、て、と駆けるように桟橋を渡っていった。それを目に留めたアイシャが、身を屈めて彼女の頭を撫で、微笑んだ。

「きっと大丈夫だから。二階のベッドで寝てらっしゃい」

カリルは大人しく頷くと、青のモザイクで彩られた尖頭《せんとう》アーチをくぐり、屋内へ戻っていく。

やはり、アイシャの微笑みには、周囲をほっとさせる効果がある。

皆は陰で睡蓮《ニルフィヤ》の笑みと呼んでいるが、大方の認識と異なり、この微笑の裏には彼女なりの努力がある。若い衆のリーダーとして振る舞ううちに、おのずと身についたものだからだ。

アイシャはカリルの姿が消えたのを確認してから、

「皆には隠しても仕方がない」

口調を改め、スカーフの首筋のあたりに触れた。

これだけで場が静まり、皆、体勢を変えて彼女の次の言葉を待った。アイシャは桟橋から戻ってくると、立ったまま自分の湯呑みを手に取り、

「なんだ。冷めてるじゃない」

と不平を一つこぼした。

それから、先ほどのメールの内容を皆にも語りはじめる。徐々に、一同のあいだに緊張が漲《みなぎ》ってくるのがわかった。

「でも……」

〝眼鏡〟が口を挟んだ。

「ＰＫＦがいるんでしょ？　うちには国軍だっているし。……まあ、弱っちいけどさ」

「そうだ、このあいだなんかさ」

と身を乗り出したのが〝大柄〟だ。

「子供が飛ばした凧《たこ》を敵襲と勘違いして、対戦車擲弾《RPG》で撃ち落とす始末よ。鶏に牛刀もいいところ。子供はわんわん泣くしさ――」

「それが問題でね」

アイシャは懐に手を入れて――おそらく、無意識に煙草を探ったのだろう――それから手を止め、慎重に言葉を選んだ。

「国軍を動かすにせよ、ＣＩＳに要請を出すにせよ、議会《マジュリス》を通す必要があるよね」

アラルスタンの政治は議会制だ。

ただし、完全な民主国家とは言えない。それぞれの民族や部族集団が代表を決め、人口の構成比によって議席が配分される仕組みだからだ。投票で代表を決める部族もあれば、世襲で決める集団もある。これが、議会《マジュリス》が長老会と呼ばれる所以《ゆえん》だ。

「ところがね」

アイシャが抑えた声でつづけた。

「いま議会堂は空っぽで、この国は政治的な空白状態にある」

「え――」

〝眼鏡〟が口を開いたところで、その手から湯呑みが落ちた。

割れる寸前のところで、手を伸ばした〝大柄〟が湯呑みをキャッチして、

「すると何」

と目をすがめた。

「噂は本当ってこと？」

「男どもは、尻尾《しっぽ》を巻いて逃げたってこと」

答えて、アイシャは無表情にテラスの柵《さく》に寄りかかった。

柵は鉄製で、向こう側には、建物に沿って蓮《はす》が植えられている。アイシャの〝睡蓮《ニルフィヤ》の笑み〟の由来だが、すでに花の季節は過ぎ、いまは緑の葉が水面をたゆたうのみだ。

しばらくのあいだ、誰も何も言えなかった。

議員たちが逃げた理由は明らかだ。

まず、自分たちの国軍はあてにならない。そして、図体《ずうたい》の大きいＣＩＳは意思決定が遅い。平和維持軍《PKF》が派兵されるよりも前に、皆殺しになると踏んだわけだ。

――重要課題の前には皆、胆力がなく、及び腰になる。

前に、教壇でぼやいていたパルヴェーズ・アリー大統領の顔が思い出された。

「……お局《つぼね》連中は？」

やや棘《とげ》のある口調とともに、〝眼鏡〟が自分の湯呑みに茶を注ぎ足した。

初代大統領のラヴロフ・レオンチェフは、後宮に側室たちを囲うとともに、この建物を枢密院と決め、国政の是非を女性たちの智慧《ちえ》に諮った。対して、二代目のアリーは後宮を若い女性たちの高等教育の場と位置づけたが、この改革が、やがて一つの歪《ひず》みを生み出した。

内部で、世代間の対立が生じたのだ。側室の務めを免れたばかりか、教育の機会を得たナツキたちに対して、元側室たちはどうしても屈折した感情を抱く。なかには、露骨に悪意を向けてくる者もいる。

こうなれば、下の世代とて反撥《はんぱつ》してしまう。

あいつらはしょせん学のない長くいるだけの連中だ、などと口幅ったく言う生徒も現れ、結局、互いに無視しあう冷戦状態に落ち着いてしまった。

これが、〝眼鏡〟の口調を刺々《とげとげ》しくさせる所以だ。

「さあねえ……」

アイシャが柵に寄りかかったまま、枢密院のある三階に目を向けた。

かつての側室たち――〝眼鏡〟の称するところの〝お局〟たちは、いま、そこで何事か話し合っているところだ。

つられて、ナツキも振り返って後宮を見上げる。

バルコニーや貯水池に面した外壁は、青を基調にしたモザイクで彩られている。二階がナツキたちが寝泊まりする大部屋だ。細い縦長の窓から、不安げにこちらを見下ろす年少組の顔がある。

三階の枢密院に窓はない。

年少のころは、そこで何が話し合われているのかを知ろうとして、忍びこんで隠れてみたり、市場《バザール》で買ってきた盗聴器やドローンを使ってみたり、屋上によじ登って天窓から覗《のぞ》いてみたりしたが、そのたび見つかっては懲罰房送りとなった。

「枢密院と言っても、しょせんは諮問機関」

ジャミラが足を組み直し、冷めた茶を啜《すす》った。

「権限は限られているし、まして意見を諮るべき大統領自身が斃れた」

〝眼鏡〟がお手上げのポーズを取った。

「結局、静観ってこと？　それどうなの」

「だからね」

アイシャが短く応えて、それから眼に力を籠《こ》めて一同を見渡した。

「皆の知恵を貸して。これから、どういうことが起きると想定される？」

一瞬の間ののち、〝大柄〟が手を挙げた。

「クーデター。指示が出されないことに業を煮やした国軍が、先に議会を占拠する」

「するとどうなる？」

「彼らがアラルスタン・イスラム運動《AIM》の掃討に成功した場合は、軍政がはじまる。それから、どう転ぶか……」

そこまで口にしてから、彼女は顎に手を添える。

「とにかく、なんとなく絶対にいい展開にはならない」

「確かにね」

そう応えて、ジャミラも挙手をした。

「その二。ＡＩＭが議会を占拠する。……でも、彼らにまともな統治はできない。政治の空白状態が生まれ――アラルスタンは、テロリストたちの温床になる」

「それが最悪のケースかな」

「しかも、可能性が高い。そうなると、アラルスタンは〝自由主義の島〟から一転、国際社会における問題児。そのあとは……」

「カザフスタンとウズベキスタンが、ＡＩＭの掃討を掲げてアラルスタンに侵攻する」

口籠《くちご》もるジャミラのあとを〝眼鏡〟が引き継いだ。

「両国は中央アジアのリーダーシップを争ってるから、まずは協力せずに戦後の権益を争う。ＰＫＦとウズベキスタン軍、そしてＡＩＭの三つ巴《どもえ》の戦争がはじまる。こんなとこ？」

「一方そのころ――」

ジャミラが湯呑みを戻し、腕を組んだ。

「あたしたちはＡＩＭの慰み者。このケースはごめんこうむりたいね」

「やだねえ」〝大柄〟が身体をそらせ、欠伸《あくび》をした。

風が吹いた。

かつて、この地が海であった名残りの潮風だ。いちいち顔がべたつくのには閉口するが、ナツキはこの香りが嫌いではない。

ため息を一つつき、ナツキもおずおずと手を挙げた。

「三つ巴の戦争の推移も想定しておきたい」

「というと?」とアイシャ。

「まず、AIMは勝てないわけでしょ」

「まあね」にべもない答えが返る。

「そうすると、カザフスタンとウズベキスタンは、わたしたちの頭越しに話し合いをはじめる。そのあいだにも、人は死につづける。やがて、抵抗運動も生まれて……」

だから——と、ナツキはつづける。

「どうなるにせよ、この地には禍根と火種が残される」

アイシャは何も応えず、ただゆっくりと頷いた。

表情を硬くする皆を、ナツキはそっと見回した。

ジャミラは落ち着かない様子で髪を弄《いじ》り、〝眼鏡〟は新たな報道がないかと端末に眼を落としている。ここの生徒の出自はさまざまだ。メスヘティア・トルコ人もいれば、タジキスタンやアフガニスタンからの難民もいる。アイシャはといえば、紛争のつづくチェチェンから。

皆、故郷での惨禍から命からがらに逃れてきた。

それがやっと、アリーの後宮改革によって、新たな地に新たな根を下ろすことができた。それなのに、いままた、同じことが起きようとしている。

「アリーさえ、持ち直してくれれば……」

今日幾度目だろうか。結局、議論はループしてここに戻ってくる。

アイシャが皆に背を向け、両手を組んで柵にもたれかかった。その彼女の口から、「マルショ」と声が漏れ聞こえた。国の言葉なのだろうか、意味はわからない。

ふと、この場所で水浴びをして遊んだ記憶がよぎった。

水浴びも、後宮での特権の一つだ。アラルスタンでは水が常時不足しているため、皆は公衆の蒸し風呂《ハンマーム》を利用する。けれど、ちょうどこのテラスのあたりが、街から見えない死角となっているのだ。だから、ここで皆と腰まで水に浸《つ》かり、ときには小さな子供みたいに水を掛け合って遊んだ。けれど、なぜだろう。それがまるで、遠い過去のことのように感じられるのは。

このとき背後から嗄《しわが》れた声が響き、ナツキの淡い回想を破った。

「童《わっぱ》どもが、なんぞ話し合っているようだが――」

テラスと後宮を結ぶ尖頭アーチの下に、小柄な老女が杖《つえ》を手に佇んでいた。ウズマ・ハリーファ――枢密院の議長にして、後宮の長《おさ》だ。

気持ち、ナツキは身体を引いてウズマと距離を取った。

「〝空っぽの樽《たる》ほどよく鳴る〟ものよ。そして、物事はなるようにしかならない」

後ろを向いていたアイシャが振り返り、鋭い眼光をウズマに向ける。

「……ご忠告どうも」

相手の表情は、こちらを憐《あわ》れむようでもあり、虚勢を張るアイシャたちを嘲笑《あざわら》うようでもある。しばらく、気まずい沈黙がテラスを覆った。それから、ウズマが一同に告げた。

「いましがた、大統領が地に帰られた」

〝大地より生まれし者は、大地へ帰る〟――息を引き取った、ということだ。ぽつりと、水滴がナツキの首筋に落ちた。鳩が飛んだ。この地には珍しい雨だった。

3

雨を避け、一同は後宮へつづくアーチをくぐった。

アーチをくぐった先にあるのは、小さなラウンジだ。薔薇《アティルグル》をあしらった赤い絨毯《じゅうたん》の敷かれた小上がり《チョクガル》が四つ、休憩用に用意されている。ここからさらに進めば、吹き抜けの大広間を中心に、図書室や食堂、倉庫、独居房といった施設、台所などの水回り、そしてモスクがある。

壁は日干し煉瓦《アドーベ》を純白の漆喰《しっくい》で塗り固めたものだが、床の石畳の近くには、不心得な年少組がコインで削った落書きがあちこちに彫られている。

ウズマはサンダルを脱いでから、膝《ひざ》が痛むのか、苦しげな顔つきとともに小上がりに坐った。

「どうした」

と、ナツキたちを手招いてくる。

小上がりの低い卓子には、すでに茶のポットが用意されていた。

普段、ウズマたちは枢密院に籠もり、広間などで顔を合わせることがあってもナツキたちとは挨拶《あいさつ》さえ交わさない。まして、茶を共にすることなど、これまでないことだった。一同は顔を見合わせてから、互いに「どうぞどうぞ」と先を譲る仕草をする。

それを一瞥したウズマが、ふっと笑ってから湯呑みに茶を注ぎ、それをポットに戻した。二度、三度と同じ動作が繰り返される。これも、茶を飲むときの作法だ。

アイシャが身を屈ませ、手際よく革の長靴《エティク》を脱ぐと、ウズマの正面にすっと腰を下ろした。それから迷う一同に向けて、

「長い一日になる。いまのうちに、二階で休んだほうがいい」

と促してから、ウズマに目を向ける。

「……どうせ、ろくな話じゃなさそうだしね」

アイシャ組の二人はそれに従い、そそくさとラウンジをあとにした。ナッキはジャミラと目配せを交わし、アイシャを守るように、彼女の左右に席を取った。

おやと言うように、ウズマが軽く眉を持ち上げ、それから四人分の茶を注いだ。濃く淹《い》れた緑茶《コクチャイ》だった。

啜ると、苦味とともに爽《さわ》やかな香りが口のなかに広がる。ふと、父母がこの国の緑茶を好まなかったことを思い出した。日本の緑茶と味が異なり、かえって物足りなく感じられるのだという。

ウズマはなかなか本題に入らなかった。

かわりに、漆喰の壁に刻まれた落書きに眼を向けると、

「この馬《オト》の絵は、アイシャ、昔のおまえが描いたものだな。ここに来たばかりのおまえさんは、もう少し可愛げがあった」

虚を衝《つ》かれ、アイシャの表情が一瞬波打った。

「こっちの絵はジャミラだな。これは……ロシアのクレープ《ブリヌイ》か。そうか、おまえさんは甘いものが好きだからな」

ウズマは納得したように、深く頷いてから湯呑みを口へ運ぶ。

生徒たちの名前や趣味嗜好《しこう》を憶《おぼ》えているだけでなく、誰がどの落書きを描いたかまで憶えているのだ。あっという間に、場の主導権はウズマの手に握られた。

焦《じ》れるように、ジャミラが身じろぎをするのがわかった。

ウズマがゆっくりとほかの落書きに視線を這《は》わせ――それから、前にナツキが描いた絵の前を通り過ぎ、ふたたびアイシャに目を向けた。

「さて、本題だが――」

「ちょっと！」

ナツキの抗議を無視して、ウズマがつづけた。

「枢密院としての結論を伝える。まず、おまえさんたちは、ひきつづき待機だ。アリーの権限は、アラルスタン憲法に従い、セルゲイ副大統領へと委譲される」

アイシャが眉をひそめた。

「副大統領も含め、議会《マジュリス》は空っぽになってしまっているのでは？」

ウズマは表情一つ変えずに、

「流言だ」

と、こちらの疑問を一蹴《いっしゅう》した。

「アラルスタン・イスラム運動《AIM》がこちらへ進軍していることは？」

「斯様《かよう》な事実は把握していない」

嘘だ。

思わず腰を浮かせたナツキを、アイシャがそっと手で制した。

「……このまま、国が乗っ取られるのを黙って見ていろと？」

わずかな間があった。

瞳《ひとみ》の白濁した、けれども鋭い眼光がアイシャに向けられる。

「思い上がるな」

急に、語気が強められる。

「己《おの》が何者で、本分がなんであるのかを問い直せ」震える指先が、アイシャの胸元に突きつけられた。「望もうと望むまいと、これが憲法上の結論なのだ」

「だからって――」

一瞬、アイシャも声を荒らげ、それから自制するように深呼吸をした。

「……年少組だけでも亡命させたい」

所在なげにテラスをうろついていたカリルの顔が浮かぶ。

中東の一部では、キリスト教徒の子供の首が斬られ、ヤズィーディー教徒は奴隷として売られている。ＡＩＭの統治となれば、ここもそうならない保証はない。

けれど、この要望もウズマは一蹴した。

「いま現在、確かだと言える有事は、大統領の死のみだ。亡命の理由にはなりえない」

「ちょっと……」

ジャミラが指先で小刻みに絨毯を叩く。

「それはあんまりじゃない？」

ウズマは応えない。

事態を横目に、ナツキはそっと眉間《みけん》に指を当てた。これは、考えごとをするときの彼女の癖だ。――ウズマの言は、枢密院の代表としては、一応の筋が通っている。たとえその裏に、ナツキたちへの悪意が感じられるとしてもだ。

「アリー大統領の遺体は、病院の霊安室に？」

ナツキの問いに、ウズマは綿花《パフタ》文様の湯呑みを傾けながら頷く。

「それが何か？」

「わたしたちはアリー大統領の厚情によって庇護《ひご》され、教育を受けることもできた。事態が宙に浮いたまま、彼の遺体が朽ちていくことは、忍びない」

「ふむ……」

ウズマがこちらを見た。

もう逃げたい。

「だから、アリーの国葬を執り行ってほしい。確かそれは枢密院の領分であったはず」

「国葬は勅令によって執り行われる。その勅令がない以上は――」

「セルゲイ副大統領は、逃げる前に勅令を出してるよ。なんとなく、そう思わない？」

ウズマがポットを手に取った。

目の前の湯呑みに、なみなみと茶が注がれる。引き下がれ、の合図だ。

「行きましょう」

アイシャが立ち上がり、ナッキの肩に触れた。

「お話も済んだようだからね。ナッキ、お婆さまの杖を取って差し上げて」

気が済まなかったが、この場はアイシャの言に従う。

このなかでアリーともっとも懇意であったのは、アイシャだ。

アリーは優等生のアイシャを特別に可愛がり、期待をかけていた。来年度の外務省入りが決まったときも、アイシャが真っ先に報告した相手は、ジャミラやナッキではなく、アリーだった。

いまこの場で、一番悔しいのは彼女であるはずなのだ。

杖を手に、ウズマはゆっくりとラウンジから吹き抜けの広間へと歩きはじめた。

「〝友情の真偽は暗い日にわかる〟――」

こちらに背を向けたまま、ウズマが嗄れた声を響かせた。

「きっとそれは、今日この日ではない。この先、おまえさんたちの前には、さらに暗い、一筋の光も差さぬような日が待ち受けている。よいか、これは脅しではない。予言だ。さて、おまえさんたちは、どこまで仲良しこよしでいられるかな……」

呪いのような台詞を言い残し、ウズマは階段のある廊下へと消えていく。

割り切れない心持ちのまま、一同はラウンジに取り残された。やがてジャミラが舌打ちをして、小上がりの台座を蹴《け》った。

「ただ、手をこまねいてるなんて――」

彼女はなおも苛立《いらだ》ちを抑えられない様子だったが、ここでふと、壁の落書きの一つに目を向けた。昔、ナツキが描いた絵だった。小上がりの陰のあたりに、密《ひそ》かにコインで削ったものだ。アイシャを中心に手を繋ぐ、ナツキたち三人の姿を。

ジャミラがアイシャを手招きし、絵を指さした。

「だめ！」

思わず絵の前に立ちはだかるが、無駄だった。

ふふ、とアイシャが肩を震わせた。彼女が本当に笑うときの声だ。そのアイシャの顔から、表情が徐々に消えていく。自然と、ジャミラと二人で次の言葉を待った。

アイシャの瞳には決意が漲っていた。

「ジャミラ。ナツキ。これからわたしのやることを、黙って見ていてくれる？」

4

大部屋の二段ベッドの上段で、ナツキはぼんやりと天井を見上げた。

天井は白の漆喰で、手を少し伸ばせば届く位置にある。触れると、ざらりとした手触りとともに、白い粉が剝《は》がれ落ちてきた。

ジャミラは下段で横になっている。最初、彼女は憤懣《ふんまん》やるかたない様子で、ああだこうだとウズマへの不満を述べてはナツキに同意を求めてきたが、適当に受け答えしているうちに、怒り疲れたのか、そのうち不貞寝《ふてね》をしてしまった。

彼女が下段にいるのは、ナツキより二歳年長であるからだ。

二段ベッドの下は、上から織物を下げれば個人的なスペースを作ることができる。ただ、ナツキは寝相が悪いらしく、うるさいから換われと一度頼まれたことがある。それで喜んで下段に入ったところ、

――なんだ、クッションが砂だらけじゃない。

と上から文句が聞こえ、元通り上段へ戻されてしまった。なんだか汚いと言われたようでナツキは少し傷つき、いまもちょっとだけ根に持っている。

細い窓から差しこむ光が、西日に変わってきた。

耳を澄ますと、あちこちから生徒のささやき声が聞こえてくる。最初、それは国や自分たちの行く末を案じる声であったが、やがて考えても仕方がないとでもいうような倦怠《けんたい》感に取って代わられていった。

休めるうちにと、眠っている者も少なくない。

大部屋と言っても、貯水池に面した細長い部屋に、ぎっしりと二段ベッドが並び、八十人ほどが寝泊まりをするので、印象としては狭苦しい。ロッカーのような気のきいたものはなく、そこかしこに、皆の荷物やら着替えやらが散らかっている。現金や身分証明書といった大切なものは、皆、枕の下に置いて眠る。

観光客がこの部屋を目にしたら、さぞや、がっかりすることだろう。

アイシャはあれから、待機命令を無視して後宮をあとにしたまま、戻っていない。彼女のことだから、考えがあって動いているはずだ。が、なぜだろうか、なんとなく嫌な予感がするのは。

「ちょっと――」

「嘘？」

同時に、部屋のあちこちから声が上がった。ううん、と下段でジャミラが唸《うな》った。

「いったい何？」

「ＢＢＣニュースを見て」

周囲の声に従い、ナツキは携帯端末からニュース画面を開いた。

〝アラルスタン外務省は十四日十六時、故パルヴェーズ・アリー大統領の遺志に従って、アイシャ・ファイシャルを大統領代行とした臨時内閣を発足させると発表した〟

「ふむ」

と一言発してから、ナツキはニュース画面を閉じた。

仰向けのまま首を傾げ、もう一度画面を開く。思わず跳ね起きてしまい、したたかに天井に頭をぶつけた。しばらくして、下段からも、がたりと同じような音がした。

皆のざわめきは、当の本人の出現によって収まった。

右手に紙束を抱えたアイシャが、戸口に立っていたのだ。

「……説明はあと」

アイシャは共用のテーブルの前に立つと、ピクルスの瓶やラクダの乾酪《クルト》の袋、やたらと開けにくいロシアの豆の缶詰などをどけ、場所を作って紙束を置いた。

「一人ひとりの名前が書いてあるから、間違えずに自分のぶんを取って」

おずおずと、生徒たちがテーブルの周囲に集まってくる。

ナツキも二段飛びでベッドの梯子《はしご》を駆け下りた。「はい、これ」と生徒の一人がナツキのぶんを手渡してきた。外務省のレターと、難民申請書がまとめて留められた書類だった。

「外務省を通じて、カザフスタン大使館に渡りをつけてもらった。脱出を希望する者は、すぐにこれを持って大使館に駆けこむこと。でも、急いで。ＡＩＭが首都に入ってくれば、その時点で大使館は閉じる。別れを惜しむ時間はない」

アイシャはそう言ったが、誰もその場を動こうとしない。

戸惑いもあるが、皆知りたいのだ。いったい、アイシャがどんな魔法を使ったのか。

「ううん……」

唸るようにアイシャが呟《つぶや》き、それから軽く頭を掻《か》いた。

「何やらご指名みたいでね。ほかに、誰も手を挙げそうにないし……。こんな状況だから、誰も矢面《やおもて》に立とうとはしない。それで、しょうがないから、国家をやることにしようかなと」

まるでバンドか何かを結成するみたいに言う。

「どのみち、このままじゃろくな未来も描けそうにない。それで、ちょっと動いてみたってわけ。わたしたちがやるほうが、まだいいだろうと思ってね」

ベッドの下段で、ジャミラが冬眠から覚めた熊のように顔を出した。

「……官僚連中はあんたを受け入れたの？　いったいどうやって？」

「さあね」

アイシャはいったん惚《とぼ》けて、

「小娘なら御しやすいとでも思ったのでしょう。少なくとも、ＡＩＭや軍政よりは都合がいい。ただ、省庁によって温度差はある。協力的なのが外務省と技術省。あとは様子見ってところ。あのニュースは、先に既成事実を作って、ＡＩＭと国防省を牽制《けんせい》するのが狙い」

「国をやるったって――」

戸惑いをあらわにしながら、アイシャ組の〝大柄〟が口を挟んだ。

「臨時内閣を組むにも、行政を動かすにも、議員たちは逃げて誰もいないんでしょ」

「そりゃあ……」

アイシャが懐に手を入れた。また、嫌な予感がよぎる。

案の定だった。

彼女が新たに広げた紙には、〝外務相〟〝国防相〟〝技術相〟といった役職名が書かれ、その横が空欄になっていた。

「組閣は今晩中に済ませておきたい。希望があったら考えておいて」

なんだか大変なことになってきた。

手元の難民申請に眼を落とした。まさか、こんなに早く友情が試されることになろうとは。

「これより、この部屋に臨時政府を樹立する」

こともなげに宣言しながら、アイシャが雨に濡《ぬ》れた帽子《タキヤ》を脱いだ。

ウェーブのかかった淡い色の髪が広がり、肩を覆う。

「難民申請を急いだのも、これが理由。わたしがへまをすれば、あなたたちにまで咎《とが》が及びかねない。わたしに義理立てをする必要はない。時間はないけど、よく考えてね。だから――」

アイシャがヘアバンドを取り出して口にくわえ、髪を後ろに束ねた。

「……ここから先は、覚悟のある人だけ聞いてちょうだい」

重苦しい沈黙が部屋を覆うなか、ナツキは皆の様子を窺った。誰もが、怖《お》じ気づいたような、困り切ったような視線を交わし合っている。

それもそのはずだ。

隣国へ逃れたところで、その先に待っているのは、より悪い運命であるかもしれない。そうでなくても、「お先に失礼します」と言えるような生徒はここにいない。

視界の隅で、アイシャが爪の先を噛《か》んだ。

ナツキには、彼女が何を考えているかがわかる。一人でも多くを逃がして、巻きこむ人数を最小限にしたいのだ。ところが、そうならない空気を本人が作ってしまった。

このことを察したのは、ナツキだけではなかったらしい。

「わかったよ」

〝大柄〟がテーブルに手を伸ばし、自分の書類を手に取った。

「残念だけど、わたしの力じゃ助けになれない。逃げるよ。みんな、アイシャの気持ちを無駄にするな」

これを呼び水に、一人、二人と離脱者が現れた。

その間も〝大柄〟はじっとアイシャと目を合わせていたが、やがて耐えきれなくなったのか、アイシャのそばに駆け寄り、強く抱き寄せた。

「向こうに着いたら手紙を書く」

アイシャも相手の背に手を回し、静かに礼を述べた。

「神の御心のままに《インシャラー》」

「インシャラー」

去り際に、彼女は一瞬だけナツキを向いた。何かを言いかけたが、そのまま鞄《かばん》を肩にかけ、さっと戸口を抜けていってしまう。真意の摑《つか》みかねる、複雑な表情だった。

はっきりしているのは、本当は彼女とて、アイシャを手助けしたかっただろうことだ。

〝眼鏡〟もそれにつづいた。

「これまで悪かったね」

意外にも、彼女は最後にナツキに謝意を示した。

「わたしに言えることじゃないんだけど……。どうか、アイシャを助けてやって」

逡巡《しゅんじゅん》ののちに右手を差し出すと、強く握り返された。

なんらかの感情――おそらくは悔しさが、皮膚越しに伝わってきた。

残ったのは、ナツキやジャミラを含む二十名ほど。アイシャとしては、年少組は逃がしたかったのだろうが、六歳のカリルは残ると言って聞かなかった。

窮屈だった大部屋は、急にがらんとしてしまった。

「あのさ」

と、ここでジャミラが肩をすくめた。

「〝故パルヴェーズ・アリー大統領の遺志〟って何？」

答えるかわりに、アイシャはまた別の書類を取り出して見せた。

大統領アリーの名において書かれた、一通の委任状だった。いわく――自分や他の閣僚が執務不能となった際は、代行として、愛妾《あいしょう》であるところのアイシャを推す。

末尾には、確かにアリーのサインもある。

「待ってね」

反射的に、声を出してしまった。自分の眉間に、皺《しわ》が寄るのがわかる。

「ええと……大統領は、意識不明の重体だったわけだよね？」

「贋物《にせもの》に決まってるでしょ」

さっと、アイシャが委任状をしまった。

「大統領のサインくらい、ウェブの百科事典にだって載ってる」

「あの」

口に出してから、自分の声の間抜けな響きに気がついた。

「……これを、事務次官だか誰だかが信じて、それがあの公式発表に繋がったのだと？」

「まさか」

アイシャがテーブルの上の乾酪《クルト》をつまんだ。

離脱組となったかつての持ち主が、去り際に残していったものだ。

「省庁としては、ＡＩＭや軍政よりはましな、できれば御しやすい内閣に発足してもらいたい。そうかと言って、誰もＡＩＭに殺されたくなんかないし、臨時内閣を作るにしたって、最低限の理由づけが必要になる」

かりっと音を立て、アイシャがクルトを噛んだ。

ナツキの口のなかにも、ラクダの乳の香りが広がった気がして唾《つば》が出た。ラクダの乳は癖が強いが、ちゃんと加工さえしてやれば美味《おい》しいチーズやバターができるのだ。

「問題は国防省。外務省の独断で牽制されたわけだから、反撥が強くなってきてる」

「そうすると、最悪のケースは……」

「国軍とＡＩＭの連合」

ジャミラがナツキの心中を代弁した。

「もちろん、両者が連合したところで、国際的に見れば烏合《うごう》の衆。カザフスタンらの平和維持軍《PKF》に潰《つぶ》されるだけだから、まずありえないけど……」

アイシャが頷いた。

「こればかりは、人の心の問題だから楽観できない」

そして、コップのなかの嵐とはいえ、自分たちはまさにそのコップのなかにいるということだ。

「だから調整が必要なんだけどさ。国防相をやりたい人はいない？」

誰も手を挙げない。

というか、この流れで挙手をする人間などいるのだろうか。

「わたしは政治コースだけど、軍事は苦手なのよね……」

アイシャが小声で呟いてから、

「とにかく、彼らに協力してもらわないことには、どうしようもない。だから、国防省でのスピーチの機会を作ってもらった。軍の上層部も、その場に同席するはず。これはわたしがやるけど、頭数は多いほうがいいから……」

アイシャがこちらを見た。

一歩引いて、目を逸《そ》らした。無駄だった。

「ナツキ、いっしょに来てくれない？　横に立ってるだけでいいからさ」

「あたしは？」とジャミラ。

「ここでみんなを見てやって」

ジャミラが頷いた、そのときだった。

聞き覚えのある二胡《ドウタール》の響きと、男の歌声がした。いつからそこにいたのか、男は戸口に寄りかかり、朗々と歌い上げているのだった。

名はイーゴリ・フェルツマン。後宮にも出入りしているあの吟遊詩人だ。

　人々は嘆き、悼むだろう
　一陣の毒の風が吹き、斃《たお》れた我らが黒い狼を
　だが、同じくして人々は見るだろう
　天《ツラン》の子の原の一輪の花《クーシンカ》が
　ひと振りの剣を手に、
　撫子《チニグラ》と向日葵《パトソールニシニク》を従えるのを
　おお、年若い国の、年若い乙女《マスマ》たちよ――

「ちょっと――」

ジャミラが目尻《めじり》をひくつかせながら、イーゴリの歌を遮った。

呆気《あっけ》に取られていた一同も、やっと我に返る。

「おまえ、どこまで話を聞いた？　万が一にでも、口外するようなら――」

「ええ、ええ！」

イーゴリが戯《おど》けた調子で頷いた。

「言われずとも承知しております、お嬢がた！　このイーゴリ、誓って、ここで耳にしたことは口外致しませんとも！　よいですか、誓ってです！　いや、ええ――」と、ここでイーゴリは大仰に首を振って、「わかっておりますとも。わたしなどは取るに足らぬ男で……そう、お嬢がたの爪の先ほどの値打ちもありゃしません！　しかしですな、お嬢がた、わたしの言うことを〝ロシア人の言葉〟などと一緒にしてもらっては困りますな！　わたしの高潔を疑っておいでなら、お嬢がた、ああ、気立てのいいお嬢がた――」

「もういい」

うんざりした様子で、アイシャが口を挟む。

「わたしたちに用があるんだね？」

「ええ、ええ！」

イーゴリがうやうやしく一礼をして、一枚の名刺をアイシャに差し出した。ナツキも首を伸ばし、それを覗きこむ。

> よろず武器売ります——短銃から原潜まで
> イーゴリ・フェルツマン

「これから、お嬢がたも、何かと物入りのことでしょう。噂では、AIMが議会の占拠を狙っているとか……。いえ、あくまで口幅ったい連中の噂にすぎませんがね。そう、口幅ったい連中の……。それにしても、ああ、まったく焦《きな》臭いことです！　ですが、このような有事にこそ、ぜひこの忠実なる僕《しもべ》、イーゴリ・フェルツマンに御用命を！　携帯でもかまいませんし、Eメールは、イーゴリ・アットマーク……」

アイシャが指を鳴らした。

皆でイーゴリを部屋から押し出し、強引に扉を閉める。——やっと静かになった。

「何、あいつ——」

苛立たしげに、ジャミラが目蓋《まぶた》を震わせた。

「どうせ、同じ口調でＡＩＭにも売りこみをかけてるでしょうに」

「案外、馬鹿にできないかもしれない」

そう応えたのはアイシャだ。

「ナツキ、さっきの歌を憶えてる？　あいつ、花《クーシンカ》って言ったでしょ」

──そうだっけ。

「確かに」心中の声を無視し、ナツキは鹿爪らしく腕を組んだ。「でも、それってどういう意味なの」

一瞬、アイシャが躊躇《ためら》うのがわかった。

それから、彼女らしからぬ歪《ゆが》められた笑みが、泡のように口元に浮かんで消えた。

「あなたにはわからなくて当然。あれはね、チェチェン語の〝睡蓮〟」

「すると……」

「わたしの出自を把握していて、わたしが陰でどう呼ばれているかも知っていて、そしてそれがわたしにだけ伝わるよう、無難に歌という形で売りこんできた。あいつ、切れるよ」

「気に入らないな」とジャミラが一蹴する。

「でも、使えるかもしれない。もちろん、用心だけはしておいてね」

イーゴリはナツキやジャミラにも名刺を残していった。

もう一度、そのふざけた文面を見てみる。

いくらなんでも原子力潜水艦は調達できないと思うが、それにしても、ここアラルスタンやウズベキスタンは、いわゆる二重内陸国と呼ばれる国だ。周囲を内陸国に囲まれ、海に出るまでには国境を二つまたがなければならない。そんな国で、原潜を売りつけてどうしようというのか。

なかなか、いい魂胆をしている。

「さて」

アイシャが大きく両手を上に伸ばし、深呼吸をした。

「ナツキ、心の準備はいい？」

「何の？」

「国防省。スタイルは、いつもの遊牧民の伝統衣裳がいいでしょう。気をつけてよね、あなた忘れっぽいんだから」

――そうだった。

気は進まないが、いったん二段ベッドの上に戻り、化粧を直して髪に櫛《くし》を通し、帽子《タキヤ》をかぶる。買ったばかりのスカーフを手に取ってから、贋物のブランド品だと前に指摘されてしまったことを思い出す。

「ねえジャミラ、スカーフ貸してくれる？」

頷き一つ、ジャミラは一番いいスカーフを放ってよこした。それから、もっとアクセサリーも身につけろとブレスレットを渡される。スカーフは牡丹《サルラグル》の刺繍《ししゅう》の入った、仕立てのいい生地だ。不意に、失《な》くしてしまった母の織物《スザニ》のことを思い出した。確かあれにも、牡丹の刺繍が入っていたはずなのだ。

無意識に、ナツキはスカーフに顔を押しつけ、香りを嗅《か》いだ。

「ちょっと！」とジャミラがすかさず抗議した。「やめてよ！」

スカーフを奪い返そうと、ジャミラが手を伸ばす。

このとき、また別の招かれざる客が来た。誰であるかは、杖の音ですぐにわかった。小柄な、まるで子供のような背丈——この後宮の主《ぬし》、ウズマ・ハリーファだ。

「童《わっぱ》どもと油断していたが……」

そう言ってから、く、とウズマが低い声で嗤《わら》った。

「なかなかどうして……。たいした野心家ぶりではないか」

「わたしも気は進まないんだけどね」

アイシャが目を逸らした。

「でも、どうやら託されちゃったみたいだから——」

「いいかい」

ウズマがアイシャに杖を突きつけ、ぴたりと遮った。

「わしは無学だが、そのぶん多くの人間を見てきた。そんな人生の先輩からの忠告だ」

「……お伺いしましょう」

「一つ、人間とは必ず何かに属そうとする。一つ、人は己《おの》れの義に取り憑《つ》かれる。一つ――人は、歴史に参加せずにはいられない。いいか、必ずそうなる。……善かれ悪《あ》しかれな」

そこまで言ってから、ウズマは懐から折りたたまれた紙切れを取り出した。

それをゆっくりと広げ、こちらに向けてみせる。

「アイシャ・ファイシャル――」

ウズマの一喝に、ナツキまで身を竦ませてしまう。

いつもの嗄れた声ではなかった。こんな大きな声を、出すこともできたのか。

「これより、主《ぬし》を枢密院の査問委員会に召喚する。おまえさんには、国家の大事《だいじ》につけこみ、政権奪取を目論《もくろ》んだ嫌疑がかけられている」

「あんたたちは、どうして……」

それだけ言って、アイシャが堅く口を結んだ。

ウズマは白濁した瞳を伏せ、紙切れをふたたび折りたたんだ。

「釈明はすべて委員会で拝聴する」

「アイシャ、落ち着け」

そっと、ジャミラがアイシャの肩を叩いた。

「査問と言っても、しょせんいくらか時間を取られるだけ。堂々と、政権の正当性を主張してきな」

まったく正当じゃないんだけど、と思わず指摘しそうになる。

ナツキの不安をよそに、ジャミラは鋭い視線をウズマに向けた。

「委員会で、この婆さんを黙らせてやんな」

アイシャは軽く頷くと、礼をするようにジャミラの背に触れた。それから、ひとまとまりの紙束をナツキに渡してくる。

なぜか危険を感じた。たぶんこれは、受け取ってはいけない何かだ。

「これ何？」

「予定していた国防省での演説原稿」

ゆっくりと、ナツキは紙束とアイシャを交互に見比べる。

「だめじゃない」ナツキは作り笑いをした。「そんな大事なもの、わたしに渡しちゃ」

「きっと大丈夫」アイシャも作り笑いをした。「あなたならできる。信じてる」

今度ばかりは、彼女の笑みも効力を発揮しない。というより、明らかに口角のあたりが強張《こわば》っているのが見える。

ナツキの声が後宮中に響き渡った。

「嫌だあ!!」

5

それは数百人余りが入ることのできる講堂だった。

しかし、最初から無視を決めこんで参加していない者も多く、座席は、報道を加えても三分の一ほどしか埋まっていない。見回すと、にやにやとこちらを見上げる者、足を組んで隣同士で冗談を飛ばし合う者と、こちらの話に耳を傾ける雰囲気ではない。わざわざ大きい講堂を指定したことも含め、最初から、こちらを笑い者にするよう意図された場であるようにも思われた。

誰かの野次が飛んだ。

「お嬢さん、後宮《ハレム》の務めはいいのかい?」

――アイシャから聞いたところでは、国防省の総意はまだまとまっていない。暫定内閣を認める動きもあれば、クーデター派もいる。しかし女性、それも立場上は側室であるアイシャたちに従うことには、大勢が悪感情を抱いている。それを一つにまとめ、国難を前にさしあたって協力してもらうことが、この場の目的だ。

目的はシンプルだが、えらくまた難易度が高い。

眼下の最前列に事務次官の姿が見えた。

さすがに背筋を伸ばしてこちらを見ているが、その瞳が宿しているのは、冷笑だ。一人で国防省を訪れたナツキが、挨拶をし、アイシャが来られないことを詫《わ》びようとしたところで、こちらの言を遮って部下にナツキを案内させた。嫌な野郎だ。

事務次官の三つ隣には、ゼリムハ・アフマドフ大佐が席を取っている。

要注意だとアイシャから警告された男だ。

将官らが平和維持軍《PKF》に頼り切って倦《う》んでいるなか、実力や人望があり、事実上の軍のキーマンであるらしい。彼自身、いつ将官になってもおかしくないところ、自らの希望で大佐に留《とど》まっているのだとか。この話一つだけでも、いかにも癖がありそうだ。

どこかから、囃《はや》し立てるように口笛が聞こえた。

「お。こっちを見たぜ！」

「おまえのこと、好きなんじゃねえの？」

ナツキはジャミラから借りたブレスレットを持ち上げ、喉元《のどもと》に押さえつけた。

それから、演台に水も用意されていないことに気づく。とにかく、できることはやらなければならない。原稿を取り出そうと、ナツキは懐に手を入れた。

自分で、自分の顔が青ざめるのがわかった。

原稿はなかった。慌てて上着を脱いで確認するが、やっぱり見つからない。たぶん、後宮の大部屋に忘れてきたのだ。動揺する間もなく、別の野次が飛んだ。

「何やってんだ？」

「俺はアイシャさんが見たかったんだがな――」

また別の席で、官僚と思《おぼ》しき男がうんざりしたように言う。

「なんでもいいから、早く終われよ。こんな、どうせ滅ぶ国でよ……」

学級崩壊もいいところだ。元はと言えば、男たちが逃げたせいなのに。

それが後宮は後宮で、世代間の抗争ばかり。この場もこの場で、小さな力関係をめぐって張り合うばかりだ。そしてこの間にも、過激派のＡＩＭは革命を狙って行軍をしている。

だんだんと、頭に血が上ってきた。

「ちょっと！」

つい、ナツキは叫び声を上げてしまった。

「あのね。わたしを馬鹿にするのは、この際だからかまわないよ。でも、アイシャやほかのみんなは馬鹿にするな！　それと、そこのお前！」

まっすぐに、先ほどの官僚を指さす。

「何が〝どうせ滅ぶ国〟だ！　そうさせないのが、わたしたち全員の仕事だろうが！」

ナツキの思わぬ気炎に、皆、ぽかんとしていた。

〝国防のことは皆様が専門であるし、国難のいま、どうか力添えを願いたい〟といった具合に、アイシャが頭を下げに来ると思っていたからだ。おそらく、原稿もそのような文言であったはずだ。

それまで興味もなさそうだったアフマドフ大佐が、少しだけ前屈みになった。

「失礼――」

こうなったら自棄《やけ》だ。

隠し持っていた革袋から、ナツキは馬乳酒を口に含む。

「わたしの名は、ナツキ・ナシーム・トオミネ。日系人で、先の紛争で両親を失い、その後はパルヴェーズ・アリー大統領の慈悲のもと、ゆくゆくは皆様の力となるよう、後宮で教育を受けてきた。アイシャ・ファイシャル大統領代行は、ゆえあって、今日、この場には来られなかった。まずは、その点をお詫びしたい」

「そうだ！」

「アイシャを出せ！」

少し下手《したて》に出ただけで、たちまちに野次が飛ぶ。

軽く、ナツキは首筋のあたりを掻いた。

「……とにかく、いま話した通り、わたしはこの国よりほかに行き場がなくてね。アリーの恩義に報いたい思いもある。この場にも、わたしと同じ思いの人は多いんじゃないかな。先の紛争で、家族や友人《とも》を亡くした人も……。だから——」

馬乳酒が効き、胃に火が灯ってきた。

「わたしたちは尻尾を巻いて逃げた議員たちとは違う。もう、この沙漠《さばく》しかないんだ！　だからこそ、わたしたちは、いまここにいる。そうなんじゃないの?!」

視界の隅で、先ほど槍玉《やりだま》に挙げた官僚が、顔を赤くしているのがわかった。

「そこのあんた——」

と、ナツキは手のひらを向けた。

「さっきは、怒って悪かったね。本当は、わたしだってこう思うんだ——」

自分に、彼を責める資格などない。

いましがた、ここへ来る前に尻ごみしていたのは誰か。ほかならぬ自分ではないか。

「時が来れば、カザフスタン軍中心のＰＫＦが、ＡＩＭを掃討してくれる。そして、わたしたちはまた少しばかりの弱味を握られ、少しばかりの主権を失う。まるで、なだらかな滅びの道だよね。そう考えると、この場だって無意味なのかもしれないよ。でも——」

そうだ。本当は、わかっているのだ。

自分も、ここにいる全員も。

「……わたしたちは知っている。仕方がないと自分に言い聞かせて、知らないふりをしながら、本当のところは知っているんだ！　図体のでかい独立国家共同体《ＣＩＳ》やＰＫＦが動いてくれるまでに、いったいどれだけ時間がかかるのか。そして、それまでに何人が死ぬのか。そのとき死ぬのが、誰であるのか――」

先ほどの官僚が、視界の隅で唇を結んだ。

拒絶のサインだ。けれどそれは、ナツキへの拒絶ではない。受け入れなければならない、けれども受け入れきれずにいる、この世のありようへの拒絶なのだ。

力を得た思いで、ナツキはつづける。

「そう、わたしたちは知っているんだ。そのとき死んでいくのが、ほかならぬわたしたちの同胞であることを！　それぞれに行き場をなくし、ろくに水もないようなこんな沙漠に追いやられて、それでも生きていこうとする同胞の命が、なおも失われていくということを！」

気がつけば止まらなくなっていた。

頭は混乱して、もう誰に向けて話しているかもわからない。

「そしてまた、わたしたちは知っている――わたしたちの国が、ＰＫＦを必要としていることを。だからこそ、自分たちの軍は弱いと自らに言い聞かせていることを！　けれど、それと同じくらいに、わたしたちは知っているんだ！　それによって、まるで毒が回るみたいに、わたしたちの誇りが蝕《むしば》まれていくことを！　あるいはそれが、本当のところ、国が滅ぶよりも悪いことかもしれないのだと！」

しまったと内心で思う。

この場には報道陣もいる。そんななか、あたかも中央アジアの集団安全保障を否定するかのようなことを口にしたのだ。

見極めるように黙って話を聞いていたアフマドフ大佐が、ここで横槍を入れた。

「どんな小娘が来るのか、顔だけでも拝もうと思ったら、とんだ極右じゃないか。え？」

追従するように、周囲が作り笑いをする。

「それで、お嬢ちゃんは俺たちに何を求めるんだい。ＰＫＦにご退場願って、自主独立への道を歩む？　だが、ゲリラと闘うにしても、言っておくが俺たちの軍は本当に弱いぜ」――口元が歪められた。「車両にしたって、俺たちが糞《くそ》高い戦車や自走砲を買わされる一方、ＡＩＭはカワサキのバイクでやりたい放題さ。それとも、ウズベキスタンに倣って米軍にでも来てもらうか？」

思わぬ質問に、ナツキは瞬きを一つ返す。

助けられたのだと気がついたのは、その一瞬ののちだった。茶化されたのではなく、いったん落ち着く機会を与えられたのだ。

「いや――」

背中を汗が伝った。

「わたしたちは冷戦後の安全保障の枠組みや、現在の国境線にもとづく国際的な秩序を変わらずに尊重し、ここに至るまでの諸国家の営為にも、これ以上ない敬意を抱いている」

これで正解と言えるだろうか。わからない。

けれど、とにかく、いまは動きつづけるしかない。

「とはいえ、ＡＩＭのような内患については――」

酒のせいか、あるいは羞恥《しゅうち》か。

だんだんと自分の顔が紅潮していくのがわかる。

「できる限りのことは、自分たちの手でやらなければならない。それは当然、わたしたちだって知っている。ただ、大佐、さっきの大佐の話には事実誤認もある」

「ほう？」相手が面白そうに首を傾げた。「なぜだい？」

「ゲリラというなら、むしろ、わたしたちのほうがそうだから」

「どういうこった？」

「ＡＩＭの部隊は、見晴らしのいい沙漠を正面切って進軍してくるしかない。でも、わたしたちはそうじゃない。夜間外出禁止令を出して、この都市をベトコンの密林に変えて、好き放題に迎え撃てるんだから」

「ちょ――」

腰を浮かしかけた事務次官を、アフマドフが手で制した。

「一理あるぞ、お嬢ちゃん。それで？」

「そりゃ、わたしたちはロシアやカザフスタンのようにはいかないよ。それでも〝最初の七人〟が開拓をして以来、本来なら誰も棲《す》めないような沙漠に棲みつづけてきた。わたしたちには、わたしたちの力がある。わたしたちは、決して弱くなんかない！」

だから、そう――。

「本当は、わたしが頼みに来るまでもなかったんだ。わたしたちは、ここにいるわたしたちは、全員が最初から知っているからだ！　いまわたしたちがすべきことが何か、自分たちが守るべき誇りがなんなのかを！　何度だって言う――わたしたちは、決して弱くなんかないんだ！」

しんと一同が静まり返った。

――やってしまった。

自分の顔が真っ赤になっているのがわかる。穴があったら入りたいとはこのことだ。しばらく、周囲の声が何も聞こえなかった。ああ、戻ったらアイシャになんて謝ろう。

「ナツキ！」―

突然に名を呼ばれ、顔を上げた。

静まり返ったのではなく、羞恥のあまり音が耳に入らなかったのだ。皆、拍手をしていた。立ち上がっている者さえいる。呼ばれたと思ったのは、かけ声だった。やがて名が連呼されはじめた。アフマドフ大佐は豪快に笑い、あの憎々しい事務次官も、これでは仕方がないとばかりに、気《け》怠《だる》そうに手を打っていた。フラッシュが焚《た》かれた。

「ナツキ国防相殿！」

誰かが調子に乗って叫んだ。国防相！　国防相！　とコールがしばらくつづいた。報道陣たちはというと、いっせいにメモを取ったり、立ち上がって自社に電話をしたりしはじめている。

「あの」

声を上げたが、それは皆の合唱に掻き消された。

「何か誤解が……」

が集まるので、併設のカフェで英語のニュースを見ることもできるのだ。それで、高いコーヒーを飲みながらニュースを眺めていたら……。

ここでまた、困った事態が判明！

夜間外出禁止令が出されているというのだ!!　時計を見ると、すでに時刻を過ぎている。無視すると、射殺される怖れもあるとの旨。

なんと、宿に戻れない！

当然、カジノホテルなんかには泊まれない!!


……で、立ち往生というか、ふらふらとホテル内を歩いていたら、バニー姿のお姉さんが無料のシャンパンをくれた。二杯、三杯と飲むうちに、だんだんと、こう、毒を食らわば皿までという気に。


それで、有り金をチップに換えてルーレット台についたところ……。

結果はバカ勝ち！（イェイ!!）

金ができたので、晴れてホテルにもチェックイン。久々の温かいシャワーで一息だ。はてさて、俺の明日はいかに！


（つづく）

ママチャリで世界一周～アラルスタン編2

宿に戻ると、閉ざされた国境の突破を試みたという日本人が一人。なんでも、ワイロを払おうとしたら、拒否されたとか。

さすがは〝自由主義の島〟アラルスタン。

ちゃんと法治国家であるみたいだ。ありがたいけど、ありがたくない!!


ちなみに、こういうときは、ニュースを待つだけでなく、現地で新鮮な情報を仕入れたほうがいいのだけど、これはこれで、流言が多く含まれるから困る。

……と思っていたら、ちょっぴり面白いニュースが一つ。

美人すぎるアラルスタン新大統領、いったい何者？（DX! ニュース）

しかし、旅行者としての目下の問題は、実は別にある。

水だ！

なんといっても、この国は水不足。有事とあれば、買い占めや奪い合いが予想される……。と思いきや、バザールでは何事もなかったように店が開き、普通にみんな生活してた。すげえ！　さすが元ソビエト！

ちょっとやそっとの有事では、まったく動じる素振りがない!!


その後は、マグリス通りのカジノホテルへ。

普段なら、俺みたいな貧乏旅行者にとって縁のない場所だ。

が、こういうときには頼れる存在でもある。外国人の金持ち

3. マグリスラード攻防戦

1

さて、なぜ自分はここにいるのだろう。

目の前の光景を見ながら、ナツキはそんな益体もないことを思う。正面には大きな栗の木の机が置かれ、トゥルスン・イズマイール大将と、ナツキをこの場へ引っぱってきたゼリムハ・アフマドフ大佐が陣取っている。

二人の背後には、アクリルの透明ホワイトボードが三面。

その中央のボードに、プロジェクターで市街地図が投映されている。

議会堂《マジュリス》の前に、戦線を意味する青い弧が直接マーカーで描かれている。そのほかにも、議会までの道に、赤い矢印が四本。これは、これから進軍してくるアラル《A》スタン・イスラム《I》運動《M》のバイク部隊だろう。

「いいか」

イズマイール大将が青いマーカーを手に、地図をこつこつと叩《たた》いた。

「今晩が山と思え。独立《C》国家《I》共同体《S》が動いて平和《P》維持《K》軍《F》を派遣してくるまで、総力を挙げ、我々で議会堂を死守することになる」

自分が前線に出るわけでもないのに、そんなことを言う。

ナッキが国防省で悪夢のような演説をしてしまってから、まだ三十分と経っていなかった。拍手が終わるや否や、報道陣の質問を遮ってアフマドフが壇上に駆け上がり、

――来てくれ。そのほうが皆の士気が高まる。

と、なかば強引に、この場所へナッキを連れてきたのだった。来る道、アフマドフの運転する車中で携帯端末を確認したところ、アイシャからのメールが入っていた。報道を通じてナッキの演説を観た旨と、正式に国防相を頼む旨とが書かれていた。見なかったことにして、閉じた。自分の演説がどう報道されたかは、考えたくもない。

そしてやってきたのが、この場所。

マグリスラードの北部に位置する、国軍基地の作戦本部だ。

軽く首を振り、周囲にも目を向けてみる。行きがかり上、最前列の椅子に坐《すわ》ってしまったが、後ろには将官や佐官が二十人ほど控えている。全員が軍服で、何か無言の

圧力のようなものを感じる。もっとも、彼らの表情は士気も何もあったものではない。

イズマイール大将の作戦のせいだ。

なんといっても、議会堂の前に部隊を置いたところで、そこに至るまでの目抜き通りは一直線。ＡＩＭの榴弾砲《りゅうだんほう》の射程は約十五キロなので、これでは、いい的にしかならない。もちろんこちらも撃ち返すのだろうが、敵はゲリラ戦の鉄則、ヒット・アンド・アウェイで火砲を放ってくる。

ほかにも問題が多いが、むしろ気になるのは真っ正面の二人だ。

イズマイール大将が気を吐くのに対して、現場指揮官のアフマドフ大佐は渋面を崩さない。だんだんと、二人の微妙な力関係や、自分がなぜここに呼ばれたかがわかってきた。

ナツキは両脚をパイプ椅子にからませながら、そっと手を挙げた。

「イズマイール大将の作戦は、おおむねそれでいいと思う」

威厳たっぷりに、相手が頷《うなず》いた。

一瞬、アフマドフが目尻《めじり》を震わせたが、口を挟むことなくこちらに任せた。

「その上で――」

ナツキは咳払《せきばら》いをした。

「もう少し、作戦の詳細化を願いたいのだけど、発言してもいいかな」

マグリスラード中心部地図

イズマイールが右手をこちらに向け、先を促した。

彼が作戦を立案したところで、最後にサインをして承認するのはナツキ。そのこと自体がまず悪い夢のようだが、とにかく、うやむやのうちにそうなった。大将としても、こちらの顔を立てないわけにはいかないのだ。

そこに、アフマドフが強引に自分を呼び入れた理由がある。

「……まず、このままでは部隊の損傷が激しい。だから小隊に分けて、適宜、建物の陰に隠れられるようにしたほうがいいと思うんだけど、どうだろう？」

イズマイールが不合理とも思える作戦を立案する理由は何か。

一つには、最初からＰＫＦ頼みで、深く考えていないというのがあるだろう。が、それだけとは限らない。現場でアフマドフ大佐に人望が集中しているのに対し、将官の評判は悪いと聞く。逆に、彼らからすれば、大佐は目の上の瘤《こぶ》だ。意識的にか、あるいは無意識にか、今回の作戦であわよくば戦死させたいと考えているのではないか。

立ったまま、イズマイールが腕を組んだ。

「議会堂は我が国の要《かなめ》だ。その正面を固めなくてもよいと？」

「うん。それでね――」

話しながら、なるべく相手の自尊心を刺激しない言葉を探る。

面倒くさい。

「まず、ＡＩＭは正面からのみ攻めてくるとは限らない。きっと、西側から丘を越えてくる別動隊があるよね。彼らとしては、是が非でも丘に拠点を築きたい。街へのヒット・アンド・アウェイの拠点となるし、ここは〈死者の都《ネクロポリス》〉だから、おのずと天然の塹壕《ざんごう》にもなる」

死者の都とは、中央アジア一帯によくある墓地だ。

ミニチュアの都市を建造するように、建物を模した小さな墓を建て、その地下に死者を埋葬するもので、マグリスラードの場合、西側の小高い丘に築かれている。

「……わたしたちとしても、丘を守る必要がある。でも、そうだからこそ激しい戦闘が発生するよね。だから、ここの守りを任せられるのはアフマドフ大佐しかいないと思うんだ」

「ふむ」

イズマイールは考える素振りをしてから、厳《おごそ》かに頷いた。

威厳を保ったつもりかもしれないが、わずかに口角が上がっているのがわかる。

「いいだろう《ハラショー》」

「それで、市街地のほうだけど――」間髪を容《い》れず、ナツキはつづけた。「見晴らしのいい広い通りなのが厄介だよね。二十キロ離れた空港から、議会堂まで一直線なんだから」

ナツキの後ろから、ぼやき声が聞こえてきた。

「見栄《みえ》っ張りな目抜き通りなんか造るから……」

「でもよ。こんな歩兵中心の対テロ戦になるなんて、冷戦時代に誰が予想できた？」

「問題は――」とナツキは彼らを遮って、「まず、ＡＩＭがどこを狙ってくるのか」

正面のアフマドフが、何かに気がついたように眉《まゆ》を上げた。

それから首を傾げて、

「どこって、そりゃ議会堂じゃないのかい？」

と惚《とぼ》けて見せた。

それを受け、ナツキは首を振る。

「議会堂は空っぽで、人質に取れる議員もいなければ、暫定政府は議会堂の外にある」

そうなのだ。

ＡＩＭが議会堂を狙う動機は、すでに失われている。ナツキは百合《リリヤ》の花のように両手の指を開き、その指先同士をくっつけた。

「議会堂を占拠されても国政は止まらないし、別にこちらに響かないのよね」

「あそこが空だという情報は、敵に伝わっているのか？」

「ウェブではとうに噂になってる。何しろ、議員たちが我先に目立つベンツで逃げちゃったからね。で、敵がそれをどこまで信じるかだけど、目標が変わる可能性は充分にありうる」

口々に、皆が可能性を挙げはじめた。

人や物資のインフラとなる空港。あるいは官邸や後宮《ハレム》。中央銀行。省庁。観光資源であるとともに、観光客を人質に取れるカジノホテル。

「……そもそも、なぜ敵の目標が読めないのか。それは、大統領代行のアイシャが、どこに暫定政府を樹立したかを発表していないから。ただ、それはこちらにとって強みでもある。いわば、都市内の亡命政府だからね」

ナツキはスカーフを直し、アフマドフの背後に回って赤のマーカーを借りた。

「AIMの規模や目的を考えると、まとめて数箇所を狙ってくることは考えにくい。ピンポイントで、こちらの首根っこを押さえられる施設を狙ってくるよね。……だとして、それはどこか。わたしは、省庁であると思う。もっと言うならば、技術省」

環境改善のテクノロジーによって成立したアラルスタンは、伝統的に技術省の力が強い。ポリマーの網で水蒸気を集める〝オアシスの塔《アジス・バスニャ》〟の水配分も、技術省がトップダウンで決めるものだ。

そしてまた、技術《テクノロジー》はこの国を作り上げた、いわば象徴でもある。

「彼らは将来的なアラルスタンの統治を見据えている。〝ゲリラ戦術の基本は、住民との関係維持〟――昔の大戦みたいに、建物ごとに占拠するような総力戦にはならないし、仮に人質を取りに来るなら、銀行やホテルの市民よりも、まあ、官僚かなと」

「敵が銀行や空港を襲わない保証は？」後ろから声がした。

「そのためにも、柔軟に事態に対応できるよう、小隊に分けたほうがいいと思うんだ。もし、相手が馬鹿正直に議会堂を占拠しに来たら、そのまま明け渡してしまえばいい。そうなれば、こちらとしては、あとは包囲するだけになるからね」

アフマドフの爪先《つまさき》が、こちらへ向けられた。

「敵の連絡手段は携帯電話だ。基地局は止めることはできるか？」

「できる」

ナツキは即断してから、しばし黙考し、

「あと、モバイルルーターの中継も止めさせないとね。ただ、市民の不安が増す。皆、情報が入ってこなくて、やきもきしているから……。前線に従軍記者を同行させて、国営放送の地上波で流してしまうのはどう？」

「戦場の様子を流すのか？」

「ＴＶゲーム戦争ではない、歩兵の闘いをね。うまくすれば国民の一体感も増すし、万が一、ＡＩＭが無差別テロを目論《もくろ》んでいたとしても、カメラの前ではそれがやりにくくなる」

「うむ」

イズマイールが頷き、まとめにかかった。

「ほかに意見は？」

「あともう一つ。ＡＩＭの側からすれば、どこを占拠するとしても補給線が長すぎる」

「現地調達するつもりでは？」——現地調達とは、掠奪《りゃくだつ》のことだ。

「彼らは市民を味方につけなければならない。だから、素朴に市場《バザール》で買い物をするつもりだと思う。場合によっては、バザールを閉鎖するのはどうかな」

「ふむ……」

皆が黙ったところで、こんなときアイシャであればどうするかを考えてみた。

立ち上がり、眼に力を籠める。まずイズマイール大将、次にアフマドフに目配せをし、最後にぐるりと周囲を見渡した。

「どうあれ、ＰＫＦが来るまでの辛抱。みんな、どうか頑張ってちょうだい！」

小さな棘《とげ》が、胸に刺さるのを感じた。自分が、前線に出るわけでもないのに——。

しかもこれは、嘘なのだ。

本当は、ＣＩＳが動いてくれる保証などない。

国際社会は、ナツキたちに統治能力がないと見なせば、公然と内政干渉をしてくる。

ＰＫＦが出動したとしても、その先に待ち受けているのは、空爆だ。今回の事態にどう対処するかは、アラルスタンという一国の歴史の、その剣が峰なのだ。

イズマイールのような男たちにそれをわからせる術《すべ》を、ナツキは知らない。

2

夜間外出禁止令が出されているため、後宮までは軍用車で送ってもらうこととなった。居心地は悪いが、仕方ない。

運転席には若い兵士がついた。ナツキのことが気になるらしく、ちらちらとバックミラー越しに、こちらの後部座席を覗《のぞ》いてくる。ちゃんと前を見て運転してほしい。

検問を抜けた。

ソビエト時代を思わせる一直線の道を、車のヘッドライトが照らし出す。左右は荒れ地で、まばらにラクダ草や白サクサウールが植生しているのみだ。空には雲一つなく、星が瞬きはじめていた。このあたりは沙漠《さばく》なので、元より雲が少ないのだ。

その天球の底を、兵士は無言で車を走らせていく。

じきに携帯電話も使えなくなることを思い出し、懐に入れてあった名刺をそっと取り出した。

よろず武器売ります——短銃から原潜まで
イーゴリ・フェルツマン

なんとなく頼りたくない相手だが、贅沢《ぜいたく》を言ってはいられない。

原潜まで調達するだなどと見得を切るくらいだから、多少の融通はきくだろう。が、電話をかけようとして、兵士の耳があることに気がついた。急いでメールを打ち、それを送信する。

直後、本人から電話がかかってきた。

迷ったが、三コール目で通話に応じる。おなじみの、あの耳を刺す声が車中に響きわたった。

「国防相殿じきじきの御連絡とは！　ああ！　このイーゴリ、光栄の至りに……」

「ちょっと、声大きい」

「ええ、ええ！」イーゴリが叫んだ。「素晴らしき友よ、あなたのご要望とあればいかようにも致しますとも！　ですが、ああ！　直接お目にかかれないことが残念でなりません！　本当でしたら、すぐにでも馳《は》せ参じ、あなたのもとに跪《ひざまず》いて——」

「あの」

「いえ、ナツキ殿、決して本気にしてはなりません！　これは、わたくしめの悪い癖と申しましょうか……とんだ御無礼を……そう、戯言《たわごと》のようなものでしてな。しかし、どうか、どうか誤解めされぬよう！　国防相殿への忠心に違いは――」

「だから！」

思わず叫んでしまってから、ナツキはバックミラーを覗いた。兵士が目を逸《そ》らした。

「さっき打ったメールの件。できる？　できない？」

「このイーゴリを見くびってもらっては困りますな。おや、驚いておられる？　むろん、承りましたとも！　ただ、確かに厄介ではありますな……。私情は私情、商売は商売、ある程度の手数料は弾んでもらえますかな？　ええ、ええ！　しかと請け負いました！　後顧の憂いは御無用、お客様の〝ありがとう〟を集めることにこそ、このイーゴリ……」

都合よくトンネルが近づいてきていたので、それを口実に電話を切った。

なんだか、演説のときよりも疲れた気がする。できれば、彼を頼るのはこれで最後にしたいところだ。なぜだか、バックミラーの兵士まで、少しやつれたような顔をしていた。

「口外は致しません」

鏡越しに、目配せを寄こされる。

「しかし、どうやら面白いことをお考えのようですね。と、これは独り言ですが……」

トンネルを抜けると、右手に夜の貯水池が開けた。

途端に、両脇の木々が密になるのがわかる。木々の下の一メートルほどが白く石灰で塗られているのは、冷害や虫の対策らしい。トンネルをたった一つ抜けただけで、まるで荒野から沃野《よくや》へ景色が反転したようだ。改めて、アラルスタンというこの国のいびつさを思う。

後宮の前に車が停められた。

ドアを開け、降りようとしたところで、不意に躊躇《ためら》いが生じた。

「……あなたも前線へ？」

相手は一瞬目をすがめてから、ゆっくりと頷いた。

名を訊《たず》ねると、「ノルゲンダ」と答えが返った。光が射す、の意だ。

「我がアラルの光よ、神の御心《インシャラー》のままに」

「インシャラー」

兵士が応じ、ナツキを後宮の跳ね橋に降ろした。

寒かった。車のライトが遠ざかるに従い、藍色《あいいろ》の空に星が増え、後宮が闇に溶けていった。深呼吸をすると、塩気を含んだ夜気が肺に満ちた。背筋を伸ばす。それから跳ね橋を渡り、正門の横の通用口を、手の甲で二度、ノックした。

そろそろと大部屋のドアを開くと、皆も起きたままテーブルを囲んでいた。

その彼女たちの表情が、ナツキの姿を前にいっせいに和らいだ。

「演説の動画、観たよ！」

声がかかったが、それは聞かなかったことにする。

「すごいじゃない！」

——聞こえない聞こえない。

アイシャがこちらへ歩み寄り、右手をナツキの背に回した。ナツキも自分の右手をアイシャにからませ、身体を寄せ合う。これはこの地方の男たちがよくやる、挨拶《あいさつ》がわりのハグだ。

「ありがとうね」

アイシャが耳許《みみもと》でささやいてから、

「国防相の帰還！」

と、景気づけの文句とともに、皆に向けてナツキの背を叩いた。

小さく歓声が上がった。自ら蒔《ま》いた種とはいえ、つい、口先をすぼめてしまう。

新しい湯呑《ゆの》みに、紅茶《カラチャイ》が注《つ》がれる。茶には炒《い》った雑穀が入っていて、口に含んだ瞬間、香ばしさが鼻へ抜けた。喉《のど》が潤ったところで、テーブルに散乱している紙切れに視線を這《は》わせる。〝ソーシャルネットワークで位置を悟られないこと〟といった注意事項の一覧がある。

やっぱり、こっちもこっちでゲリラに近い。

空欄しかなかった暫定の組閣は、半分ほどが埋まっていた。

アイシャは、首相と外務相を兼任するつもりのようだ。国防関連については見ないこととして、文化省と財務省の担当として、ジャミラの名がある。そのジャミラは、テーブルの向かいに肘《ひじ》をついて難しい顔をしていたが、ナツキを一瞥《いちべつ》すると顔の左側に窪《くぼ》みを作った。

「さすがにまいったね」

大きな伸びとともに、椅子が後ろに傾けられた。

財務はもとより、この国では文化省の役割が実は大きい。初代大統領が〝ユーラシア遊牧主義〟を立ち上げ、それをもって、さまざまな人種が入り乱れる国家を統一した経緯があるからだ。

「せめて、シルヴィがいてくれればよかったんだけどね」

間を置いて、それが後宮を去ったばかりの〝眼鏡〟の本名だと思い出す。

「ほら、あの子、数字に強かったからさ……」

「民間人はだめ？　学者さんとか――」

「一応、あたってはみたよ。でも、みんなこれが怖いってさ」

答えながら、ジャミラが自分の喉元を切る仕草をした。

「そっちの首尾は？」

「少なくとも一晩は保《も》たせられる」

テーブルの上には市街地図もあった。作戦本部と比べてしまうとずいぶんローテクだが、これは詮方《せんかた》ない。地図を指さしながら、ざっと、軍の作戦を皆にも話した。

「……不測の事態がなければ、撃退まで行けると思う」

「よかった」

顎《あご》に指を添え、地図を凝視していたアイシャがぽつりと言った。

「あの大将のことだから、どうなるかと思ってたけど……。あなたのおかげ？」

「アフマドフ大佐。本当は、彼を前線に出したくなかったのだけど――」

そうでもしなければ、大将がうんと言わない。

ナツキは明言を避けたが、このやりとりだけで、アイシャは事情を察したらしい。

「なるほどね」

嫌なものでも見るように、わずかに目が細められた。

「大佐の無事を祈りましょう。それからナツキ。どうなろうと、背負いこまないこと」

「わかってる」

両手に湯呑みを持ったまま、ナツキは即答する。

本当はわからない。戦況がどうなるかも、その結果、自分がどう感じるのかも。自分の介入のせいで、大佐やあの若い兵士が落命したらどう思うか。背負いこむなというほうが、土台無理だ。考えはじめると、暗澹《あんたん》としてくる。

が、口が勝手に応《こた》えた。

「やることはやった。あとは野となれよ」

「その意気」

アイシャが地図上に右手を置いた。数名が、すかさずその上に右手を重ねる。向かいのジャミラもそれに倣った。次々に、手が重ねられていく。

体育会系だ。

おずおずと、ナツキは最後にぽんと手を載せる。このとき、がたが来ていたテーブルが傾き、皆で慌てて中央付近へ手をスライドさせた。

つい、くすりと笑ってしまった。アイシャがそれを見逃さず、軽くウインクを送って寄こした。

「我らが新たな祖国に」

「万歳《ypaaaaaaaa》！」

「ウラー！」

三階の枢密院を震わせる勢いで、皆で気勢を上げる。乗りに弱いジャミラが、若干のひきつった笑顔とともに、小声で調子を合わせるのがわかった。

忍び足で階段を下り、貯水池に面したテラスに出た。

夜風を浴びたかった。

アイシャからは少し休めと命じられたが、そう口にする彼女からして、タブレットやＰＣを並べて、せわしなく外部とウェブ会議をしている。携帯電話は基地局を止めたため使えないが、後宮に引かれた有線があるので、この敷地内にいるぶんにはウェブが使えるのだ。

ナツキ自身、とても休む気になれない。

先客がいた。六歳のヤズィーディー教徒、カリルだ。両手でテラスの柵《さく》を握り、じっと星を見上げている。無言で、ナツキはその横に立った。

「怖い？」

訊ねてみたが、答えはない。

かわりに、小さな手がそっとナツキの上着の裾《すそ》を摑《つか》んだ。

ジャミラから借りたスカーフを脱ぐと、涼やかな風が首元を撫《な》でた。

空は晴れ、星が瞬いていた。

そういえば小さいころ、星座を考えたのは古代の中東の羊飼いなのだと父から教わった。だから、牛や羊、山羊《やぎ》といった家畜が黄道十二宮に集まっているのだと。が、教室でその話をしたところ、そんな話は聞いたことがないと皆に退けられてしまった。興味を持った教師があとで文献をあたったらしいが、やはりそのような記録は見つからなかったとのことだ。

すると、父はどこから中東の羊飼いの話を仕入れたのか。あるいは、即興の創作をそれらしく語っただけだったのか。訊ねるべき相手は、もうこの世にいない。

裾を引かれた。何か言いたげに、カリルがこちらを見上げている。

「どうしたの？」

やはり答えはない。中東から来たばかりのカリルは、まだここの言葉が苦手なのだ。かわりに、不安げな顔つきで中空の一点を指さした。

カシオペア座があった。

おなじみの星座は、右上の一点が欠け、頭上に小さなИ《イー》の字をなしている。ふたたびカリルを見下ろすと、眉を寄せ、すがるような眼をこちらに向けてきている。

何かを訴えているのだ。

ややあって、ナツキも違和感の正体に気がついた。

雲一つない晴れの夜に、どうやったら星が欠けるのか。ナツキは携帯端末を取り出して――それが通じないことを思い出し、広間へ走って有線電話を手に取った。ナツキ専用に開いてもらったばかりの、軍基地の窓口があるのだ。コール一つで、相手が通話に応じた。

「おや、ナツキ殿、先ほどはどうも……」

「ちょっとお願いがあるんだけど、いいかな」

「なんなりと」

「レーダーで飛翔《ひしょう》物体の確認をしてもらいたい」

「お待ちください、ＡＩＭは航空兵器など保持しては――」

「わかってる、でもお願い」

電話の向こうで、何か指示を飛ばす声がした。

ややあって、男たちのざわめき声が聞こえはじめる。

「どうしたの」

焦《じ》れて訊ねたが、こちらに伝えるべきか判断しかねたのだろう。回線の向こうで、やりとりが重ねられるのが聞こえた。やっと了承が出た。

「四十キロほどの高高度に、いくつかの黒い飛行物体が確認されました。電波吸収体が塗布されているのか、捕捉《ほそく》が遅れました。敵方の航空兵器と思われます」

「具体的には」

「気球です」

「え？」

思わず問い返してしまった。

けれど、気球を軍事に使うことは、時代遅れではあるかもしれないが、珍しいことではない。冷戦時代のアメリカも、高高度の気球でソビエトを監視していた。

「ＡＩＭのものと考えられます。周辺国は元より高高度の軍用機を保持していますので。でもまさか、彼らがこんなものを使うとは思わなかったものですから……」

発見が遅れた、ということだ。

「脅威は？」

「まずは戦況の観測用でしょう。ですから、危惧《きぐ》するほどのものでは――」

違う。

それなら、ウェブの通販でも買える、ちゃちなドローンで事が済む。

礼もそこそこに、ナツキは通話を切り、思案を巡らせた。わざわざ、高高度に気球を配置する必要は何か。こちらから撃ち落とすにも地対空兵器は届かないし、国軍に高高度の航空兵器はない。

考えるうちに、だんだんと敵の狙いが見えてきた。

――これは、ちょっとまずいぞ。イズマイール大将。いや、だめだ。

誰にこれを伝えるべきか。

アフマドフ大佐。彼しかいない。

でも、大佐はすでに〈死者の都〉に陣を構えているし、もう携帯電話も使えない。

ならば、走ってこのことを伝えに行くことは？　可能だ。その間、ゲリラと間違われて撃たれる可能性は？

ないとは言えない。

黙考するうちに、やがて亡父の言葉が思い出された。

二階の大部屋に戻り、ジーラ・オルベリの姿を探し出す。

いた。二段ベッドの下でクッションを抱え、テーブルを囲む一同を、距離を置いて窺《うかが》っている。ジーラはナツキの一年先輩だ。後宮一の、美声の持ち主としても知られている。だが、その彼女の裏の趣味を知る者は少ない。

ナツキは彼女に駆け寄り、そっと耳打ちをした。

「ねえ。ナース服持ってない？」

突然の申し出に、ジーラは一瞬口をすぼめてから、

「あのね、ナツキ」

と諭すような口調になった。

「コスプレってのは、そういうやつじゃなくってね——」

「悪い。その話はあとで聞く。なんでもいいから、それっぽい服をお願い！」

3

先ほどまでの喧騒《けんそう》が、嘘のように静かだ。

カザフスタンの大使館で緑茶《コクチャイ》を飲みながら、〝大柄〟はそんなことを思う。目の前には、来客用のテーブルと、中国製の三二インチディスプレイが一台。

映されているのは、アラルスタンの国営放送だ。

〝戦況？　ここは前線だ。そんなもん、俺が知るかよ〟

マイクを向けられ、にべもないコメントを返したのはアフマドフ大佐だ。

場所は、街の西にそびえる丘、死者の都。

暗闇のあちこちから火花が上がり、そのつど、色とりどりのドームやモスク風の墓所が浮かび上がる。建物のように見えるのは、すべてミニチュアだ。後宮から見上げると、遠近が狂わされ、まるで遠くに浮かぶ楼閣のようにも見える。

大佐の背後の廟《びょう》には、供え物のチューリップ《ロラ》が飾られていた。

その花が、銃撃の音とともに弾《はじ》け飛ぶ。

うわっ、という悲鳴とともに、大佐に向けられた風防つきのマイクが揺れた。手榴弾が転がってきたのだ。ニュースキャスターの青年が慌ててそれを拾い上げ、敵陣に投げ返す。

遠くで、爆発音と悲鳴がした。

〝せっかく、勉強して憧《あこが》れの国営放送局に入ったのに……〟

〝何事も社会勉強だ〟

アフマドフが屈《かが》みこみ、落ちた花を拾って供え直した。

〝マグリスラードのみんな、ここは俺たちが守るから安心しろ。くれぐれも外には出るなよ。ＡＩＭは強い。だが、俺たちも先手で陣を敷けた。まあ、これからさ〟

〝以上、〈死者の都〉よりゼリムハ・アフマドフ大佐のコメントでした〟

無意識にため息が漏れた。

敵のバイク隊が進軍してくるのはまだ先のようだが、当初想定していたような、やられるがままの状況ではなさそうだ。携帯の基地局を止め、かわりに地上波でリアルタイムに戦況を流してしまうというのも、悪くない。それが誰の功績かと考えると、おそらく――。

「ナツキ、頑張ったね」

ぽつりと、隣で同じ放送を観ていた〝眼鏡〟がつぶやいた。

それから彼女はお茶請けの焼き菓子に手を出して、「まずい」と顔をしかめた。自分もそれに倣って手を伸ばしてみる。菓子は小麦の粒子が粗く、ぼそぼそしてやたらと喉が渇いた。

〝大柄〟はぽきりと首を鳴らしてから、

「そうだね」

と頷きを返した。何に対する頷きかは、自分でもよくわからなかった。

*

敵兵たちがいったん引いた。

放送が市街地の小隊に切り替わったところで、アフマドフは煙草に火を点《つ》け、丘からマグリスラードの市街を一望した。左手には、西アラル海からポンプで水を汲《く》み上げた貯水池が、さざめきながら星を反射し、瞬いている。右手側が、市街の中心部だ。普段は赤や青の原色のネオンで彩られた国民広場も、いまは消灯し、カジノホテルや省庁、ブティックの看板がひしめく狭間《はざま》に、ぽっかりと黒い穴を開けていた。

敵のカワサキのバイク隊が向かってきているという報告だったが、それはまだやって来ていない。夜間外出禁止令が出されているので、バイクの一団が来れば一目瞭然《りょうぜん》でわかるはずだ。そうでなくとも、南東の空港のあたりまで到達すれば、市街は榴弾砲の射程に入る。

焦れる。

せっかく、急襲部隊が俺たちを丘に引きつけているのだ。中央突破をするなら、いまが一番のタイミングではないのか。あいつら、いったい何をたくらんでる？

このとき、通信兵の一人が報告に来た。

「本部より連絡です。マグリスラードの上空に、飛行物体があると……」

「敵のドローンか何かか？　そんなもん、とうに無数に――」

反射的に口にしてから、それなら、わざわざ報告になど来ないと気づく。

「いったい、何が飛んでるってんだ」

「高高度の気球だそうです。数は七つで、黒く、電波吸収体を塗られているとか」

強張《こわば》った声とともに、通信兵が空を指した。

一緒になって目を凝らしてみるが、何も見えない。

「……電波吸収体だと？」

どうして、ゲリラどもがそんな高価な代物を扱えるのか。

いや。どこかの無人ステルス機でも乗っ取って着陸させ、そこから引っ剝《ぺ》がしでもすればいいのか。〝敵は武器の主力供給源であると考えよ〟――これは、ゲリラ戦の黄金律の一つだ。

相手が気球とあれば、こちらの地対空《スティンガー》も射程が足りない。

空から撃ち落とそうにも、国軍には高高度の航空兵器などない。ＰＫＦが動くまでのタイムラグを狙って、仕掛けてきたということだ。

「でも――」と通信兵は怪訝《けげん》そうな顔だ。「なんのために気球なんか？」

「……仮に、高度四〇キロの気球から一〇〇キロの物体を自由落下させたとしよう。空気抵抗を無視するなら、着弾時の初速はだいたい九〇〇メートル毎秒。さて、破壊力はどれくらいだ？」

通信兵が指を折る。

アフマドフは答えを待たずに、

「四〇メガジュール。概算でこれだ。落とすのは樽《たる》爆弾でもいいし、なんなら砂袋だっていい。ついでに言うなら、前の紛争で、ＰＫＦの連中が嫌というほどタングステン弾を残していった」

「すると……」

「あいつら、このマグリスラードの街そのものを人質にしやがった」

つい舌打ちが漏れた、そのときだ。

市街側から丘を駆け上がってくる、白い影が目に飛びこんだ。ナース服を着た女だ。

通信兵も同時に気がついたようで、

「気をつけてください」と低くつぶやいた。「やつらの自爆攻撃かも」

その頭を、アフマドフが軽く小突く。

「あんな細身の衣裳《いしょう》のどこに爆弾を巻く余裕がある。だいたい、自爆テロをやるやつってなあ、信心深いもんだろう？　何がどうなったら、髪の毛すら隠さずにミニスカートで前線に走ってくるなんてことになるんだ」

白旗のつもりだろうか、女は頭上で白いハンカチを振っている。

「だいたい――」

そこまで言ってから、自然と口角が持ち上がってきた。

「あんな素っ頓狂《とんきょう》な恰好《かっこう》で前線に来そうな女なんか、心当たりは一人しかいねえよ」

「あ」と、通信兵が何かに気づいたように声を上げた。「彼女、ナースじゃないです」

「んなこたあ、わかってる」

「憩《けい》です」

予期していたのと違う名前に、アフマドフは目をすがめた。

「……誰だい、そいつは？」

「誰って、日本のキャラクターですよ！　出番こそ少ないのですが、彼女が一番だという人間は、うちの隊にも……。動画共有サイトで、ロシア語に訳されたやつが――」

アフマドフはそれを無視して、「おい！」とナツキに向けて声を張り上げた。

「なぜ来た！」

ナツキが立ち止まった。息を切らし、肩を上下させているのが見える。

「市街の部隊に散開を命じて！　いますぐ!!」

彼女が叫んだ、その直後だった。

市街の三箇所で、同時に爆発が起きた。爆発は路傍の車を撥《は》ね上げ、爆風で周囲のブティックやカジノホテルのウインドウが割れた。

絶望的な報告が、次々に入ってきた。

まず、この攻撃で小隊二つが深刻な被害を受けた。そして、市街中央は敵本隊に突破されつつある。バイクではなく、闇に紛れたラクダ兵たちによって。

「こいつは」——負け戦かな、とつづく言葉を呑みこんだ。

やっと、ナツキがアフマドフのいるところまで登ってきた。

＊

ナツキは両手を両膝《ひざ》につき、深呼吸をした。足が痛む。知らぬ間に、丘のラクダ草で切ってしまったのだ。全力で走ってきたのに、身体はもう冷え切っている。

ソビエト時代の環境破壊が生み出したこの新たな沙漠は、昼は暑く、夜に寒い。

「遅かった……」

「なぜ来た」

頭上から、やや、詰問するような口調で訊ねられた。

「このことを、知らせ、ようと……」

やっと呼吸が整ってきた。

「それに、死んだ父さんがよく言ってた。〝俺が現場にいなくてどうする〟ってね」

少しの間があった。

「ふん」

大佐が鼻を鳴らすのが聞こえた。

不意に、暖かい何かが身体を包みこんだ。肩から軍用の毛布をかけられていた。

「目のやり場に困る」

そっぽを向きながら、アフマドフが携帯灰皿に煙草を放りこんだ。

いまさら恥ずかしくなり、ナツキは毛布の両端を身体の前に寄せる。

「丘の状況は？」

「いったんは押し戻した。だが、街に戦力を回さないとならんからな……」

アフマドフが物憂げにこめかみを揉《も》んだ、その直後だった。

敵陣から、拡声器を通した声が聞こえてきた。

〝いまのは、我々がこの日のために作った〈石の礫《つぶて》〉だ〟

聖典《クルオン》の一節が、流麗な古典アラビア語《アル・フスハー》で発音される。

〝我々は同様の攻撃をピンポイントで行使できる能力を有している。すでに議会や省庁を狙う用意もある。だが、我々の目的は殺戮《さつりく》ではない。貴軍の勇気ある決断を願う〟

投降の勧告、というわけだ。

アフマドフが肩の片方をすくめた。

「あちらさんは、ああ言ってるぜ。さて、どうするね？」

「大丈夫」

ナツキは顔を上げ、微笑を浮かべた。アイシャの睡蓮《ニルフィヤ》の笑みのようにはいかないが、それでいい。苦しいときには笑えだ。

それに、優勢だと思って、気でも弛《ゆる》んだか。さっきの勧告には、情報が多く含まれすぎている。苦しいは苦しいが、まだ終わったわけじゃない。

「ここに報道が来ているでしょう。わたしに中継を回してくれる？」

4

街の中心部から轟音《ごうおん》と地響きが聞こえてから、一転、大使館内は静寂に包まれた。聞こえてくるのは国営放送のアナウンサーのぼそぼそとした声ばかりで、これまでのように戦場の様子をリアルタイムで流すのではなく、話題は国際ニュースや株価に移っていた。

何かがあったのだ。

それも、従来の対ゲリラ戦の枠を超えた何事かが。

軽く、〝大柄〟は右手の人差し指を噛《か》んだ。それから、かすかな愁いとともに、荒れた右手の指を見下ろす。祖国からアラルスタンに流れ、後宮《ハレム》に入ったばかりのころは、何かと爪を噛んでいた。けれど、アイシャのように優雅に振る舞いたくて、それを無理やりにやめた。噛む対象が、爪から手に変わっただけだった。

「どう思う？」

隣で携帯端末を弄《いじ》る〝眼鏡〟に、ささやき声で訊ねる。

答えはなかった。ちらと、その端末の画面を覗いてみる。画面は黒いままで、そもそも何も操作されていなかった。小刻みに、肩が震えている。

「やれやれだね」

ため息をついて、相手の肩に腕を回した。肩が冷え切っている。けれど、震えは徐々に治まってきた。荒れた手だが、これくらいのことはしてやれる。

仰向けに、〝大柄〟はソファに身体を預けた。

質の悪いスプリングが、ぎしりと悲鳴を上げる。クッションが深々と沈みこみ、隣に坐っていた〝眼鏡〟が、安物のマトリョーシカみたいにころんと倒れこんできた。

「ちょっとやめてよね。あんた、でかいんだからさ」

二本の手をこちらの脇に突っ張らせて、〝眼鏡〟が身体を離した。

苦笑とともにそれを聞き流し、カザフスタン大使館の天井の漆喰《しっくい》を見上げた。ソビエト時代の安普請の建物を、そのまま転用したものだろう。白一色の漆喰の天井は、無駄がない点で好感が持てる。が、後宮と比べてしまうとさすがに味気ない。

このとき、放送の中継が急に切り替わった。

〝〈死者の都〉よりお送りします〟

緊張が走り、部屋に集められた離脱組が、いっせいに身を乗り出した。

画面に目を向けると、青や白のタイルを組み合わせたアラベスク模様の壁を前に、マイクを持ったニュースキャスターが心許なげに立っていた。屋内だ。おそらくは、地下墓所だろう。場所を地上から地下へ変えたのは、敵に位置を悟らせないためか。

カメラが左へパンした。

「ナツキ？」

反射的に、〝大柄〟は腰を浮かせてしまった。

ニュースキャスターの横に、見慣れた顔の後輩が立っているのだ。しかし、あのぶっ飛んだファッションはいかなる事情によるものか。

〝先ほどの首都への攻撃につきまして、……ええと……〟

胡乱《うろん》なものでも見るように、ニュースキャスターがナツキに目を向けた。ナース服のような衣裳の上に、軍用の毛布をスカーフがわりに羽織り、一応と言うべきか、髪は隠している。でも、これでは頭を隠してなんとやらだ。

皆がざわめきはじめた。

「なんでナツキが前線に？」

「その前に、あれはいったい……」

ええい、とばかりに画面のナツキがマイクを奪い、皆もぴたりと静まった。

〝わたしの名はナツキ・ナシーム・トオミネ。ゆえあって、臨時の国防相をやっている。まず、先ほどの首都への攻撃の正体について、手短に説明したい〟

それよりも、その恰好はなんなのか。

誰もがそう思うなか、ナツキが無表情につづけた。

〝攻撃はアラルスタン・イスラム運動《AIM》が開発した兵器によるもので、彼らはこれを、畏《おそ》れ多くも神の言葉を借り、〈石の礫《つぶて》〉と称している〟

慣れない古典アラビア語《アル・フスハー》で、聖典の一節が引用される。

石の礫とは、神がソドムの街に降らせた雨のことだ。コーランでは焼いた泥の石、聖書では硫黄《いおう》の火。わざわざ言及したのは、ＡＩＭのイメージを落とすためだろう。

「頑張れ」

自然と、口を衝《つ》いて出た。でも、そうじゃない。直接に言ってやりたいのだ。

〝彼らはこれで、首都部へのピンポイントの攻撃が可能だと主張している。実体は、高高度の気球から発射された爆弾。戦車や建物を攻撃する際はタングステン弾を、攻撃範囲を広く取る場合は通常の爆薬と、目標に応じてレシピを変えていると見られる〟

「だめだよ」

横で〝眼鏡〟がつぶやくのが聞こえた。

「こういうときは、もっとわかりやすく説明してやらないと……」

「焦ってるんだよ」

その肩を、〝大柄〟はぽんと叩く。

「みんながみんな、焦ってる。こればかりは、詮方ないさ」

〝問題は、どのようにピンポイント性を実現しているのか。気球は風任せだし、地上から四十キロも離れている。だから、爆弾にスマートフォンをくりつけ、上空からの映像やGPS、そして地上のWi-Fiルーターの位置を確認し、軌道を変えていると見られる〟

「ん。どういうことだい？」

誰に訊《き》いたわけでもなかったが、〝眼鏡〟がそれに答えた。

「地上には無数の無線LANのルーターがある。その位置をあらかじめ地図上にプロットしておけば、位置認識の精度向上が図れるってわけ」

なるほどね、と〝大柄〟は独りごちる。

ナツキが一呼吸置いてからつづけた。

〝そこで、皆にお願いがある。まず、家の電気を消してもらいたい。いまは夜だから、これだけで〈石の礫〉のカメラを無効化できる。外出を禁止され、ゲリラから攻撃を受け、皆、不安なことと思う。それでも、どうかお願いしたい〟

寒いのか、ナツキが身体を震わせた。

画面の左端から、迷彩服に包まれた男の腕が伸び、湯気の立つプラスチックのカップが差し出された。ナツキがマイクに入らないように礼を言い、それを一口含んだ。

〝GPS信号については、電子戦の担当が偽の信号でジャミングしている。残るは、都市部のWi-Fiルーター。……ただでさえ情報が少ないなか、難しい頼みであることは承知している。必要な情報は、必ず地上波でお伝えする。どうか、ルーターの電源を――〟

〝要するにだ！〟

ナツキの手からマイクが奪われ、野太い声が響いた。

カメラがさらに左へパンする。前の中継で話をしていたアフマドフ大佐だった。

〝と、割りこんで悪いな。こいつは、こんななりをしちゃあいるが……〟

そう言って、まずナツキを、次に自分のこめかみを指さす。

〝頭のほうは確かさ。そいつぁ、この俺が保証するよ。いいか、要点は二つだ。まず、部屋の電気を消すこと。そして、ウェブのルーターの電源を切ること。それで、戦況はふたたび有利になる。俺からも頼む。こいつの願いを、聞いてやっちゃくれねえか？〟

〝……以上、〈死者の都〉よりお伝えしました〟

中継がふたたび切り替わる。

ウズベキスタンの外務相による声明だ。

〝今回のマグリスラードにおける〈テロ事件〉の犠牲者へ、心から哀悼の意を表明する。我々としても、アラルスタン政府の過激派勢力との闘いを支持し……〟

部屋のあちこちから、失望したようなため息が漏れる。

「聞こえはいいけど、脅しだよねぇ……」

こちらがＡＩＭの封じこめに失敗し、統治能力を示せなければ、彼らは公然と介入してくる。その後、周辺国とともにアラルスタンを共同管理することまで視野に入れているはずだ。

「ねえ」と〝眼鏡〟がこちらの腕をつつき、頭上を指さした。

「ん？」

応えてから気がついた。電気が消されていないのだ。

携帯端末を取り出し、大使館から利用を許可されたＷｉ－Ｆｉ無線の状況を確認してみる。問題なく、ウェブページにアクセスができる。

同じことに気がついた者は多かったようだ。

なぜ消灯しないのか、ルーターの電源を切らないのかと、通りがかった大使館員に詰め寄る仲間がいる。しかし、大使館員は表情一つ崩さず、完全に無視を決めこみ、その場をあとにした。さすがは元ソビエトの役人というべきか、なんだか、いっそ鮮やかですらある。

「……まあ、そうだよね」

諦念《ていねん》を滲《にじ》ませながら、〝眼鏡〟がソファの上で両膝を抱えた。

「敷地内は治外法権なんだし、ナツキに従わなければならない道理はない」

「だからってさ……」

「それに、Ｗｉ－Ｆｉはここを頼ってやってきた在外カザフスタン人にとって、貴重な情報インフラでもある。それを切ってしまうのは、人道上の問題があるという見方もできる」

冷静な〝眼鏡〟の口調に、だんだんと苛立《いらだ》ちが募ってきた。

「どっちの味方なのさ？」

つい、〝大柄〟は相手の胸ぐらを摑んでしまった。けれど、すぐさまその手を離す。

相手の身体は思いのほか軽く、そして瞳《ひとみ》には悔しさが籠《こ》められていた。

冷たく聞こえたのは、感情を抑えていたからなのだ。

少し考えてから、〝大柄〟はソファを離れ、大使館員を呼び止めた。

「あのさ」

返答はない。

「ここの電気と、無線環境のことなのだけど……」

やはり、返答はない。

「ナツキが頼んでるんだ。聞いてやっちゃくれないかな」

「ナツキ？」

大使館員が横を向いたまま、瞳だけをこちらへ向けた。

「ああ、あの国防相ごっこの……」

頭に血が上った、そのときだった。いつの間について来ていたのか、〝眼鏡〟がそっとこちらの背をさすった。

深呼吸をしてから、〝大柄〟も同じように相手の背に触れる。

「わかってる。大丈夫だよ」

自分たちはカザフスタン大使館を頼り、難民申請を出そうとしている身なのだ。もっと言うなら、大使館との渡りをつけてくれたのはアイシャ。その彼女の顔に、泥は塗れない。

大使館員はというと、押しかけた在留カザフスタン人の対応に追われている。こちらは部屋に通されたのみで、まだ申請書も出せていない状況だ。

懐に入ったままのその書類が、どうしたわけか、やたらと重く感じられた。

*

いま、ナツキは〈死者の都〉の丘から街を見下ろしている。

あれだけ訴えたのに、眼下の光の溜《た》まりは依然として変わらない。いや――正確には、住宅や省庁の一部は消灯をしている。けれども、企業や商業施設、ホテルは変わらずに燦然《さんぜん》と照明を灯《とも》したままだ。これでは、〈石の礫〉のカメラまでは無効化できないだろう。

口を衝いて出た。

「どうして……」

「こんなもんさ」

アフマドフが隣に立ち、軍支給のライターで煙草に火を点けた。

「誰だって、我が身が可愛いからな」

「どういうこと？」

「街の連中にとっちゃ、〈石の礫〉とやらの精度が、高いほうがありがたいってこった。迂闊《うかつ》に電気やルーターを切れば、そのまま、無差別に自分たちの頭上に爆弾が落ちてくることにもなりかねんからな。わかってやれ。みんな、やっと前の紛争の傷が癒《い》えてきたところなんだよ」

「つまり、誰も協力してくれないってこと？」

答えはない。

唇を噛んで、もう一度市街を一望した。失望より、焦燥が先立ってくる。この灯火《ともしび》こそを、守りたいのに。どうして、誰も理解してくれないんだ。

「だが、この戦況はどうしたもんかな……」

煙を吐いてから、ぽつりとアフマドフがつぶやいた。

もう街を見ていたくなかった。見えない気球を見上げ、ナツキは深呼吸をした。

「実は、ほかにも気がかりが……」

「なんだい」

「当初の報告では、敵のバイク隊が首都へ向かっているという話だった。けれど、彼らはどこかでラクダに乗り換え、市街への夜襲に打って出た」

察するものがあったのか、アフマドフが軽く眉をひそめた。

「つづけろ」

「バイクが余っている計算になる。そして、これまでの敵の動きはあらかじめ計画されたものだった。余ったバイクを、最大限に活用した作戦は何かと考えると……」

そこまで話したところで、丘の下にいっせいに光が灯った。

五十、いや六十騎はいるだろうか。威勢のいいモーター音とともに、まるで示威するように、蛇行しながら丘を登ってくる。敵のカワサキのバイク隊だった。

すぐに、アフマドフが無線を取り出した。

「第二小隊を丘の東側へ。背面からバイク隊の攻撃を受けている」

指令を出し、空いた片手で榴弾を一つ取り出し、口でピンを抜く。——間に合わなかった。さっき、あれだけ登るのに苦労した斜面を、バイク隊は軽やかに駆け上がり、たちまち、こちらをぐるりと包囲してしまった。

ヘッドライトの逆光で、一瞬、何も見えなくなった。

やがて目が慣れた。夜襲のためだろうか、バイクはすべて黒一色に塗られている。

しばらく、バイク隊は何も仕掛けてこなかった。こちらを嘲笑《あざわら》うように、ぐるぐると周囲を回ったり、わざと大きくエンジンをふかしたりしている。けれど、その輪もじわじわとこちらへ迫り、小さくなってきた。

敵の一人が、宙に向けて銃を一発放った。

アフマドフが榴弾を握ったまま、

「ナツキ」

と、こちらを見ずに低くささやいた。

いつの間にか、呼びかたが〝お嬢ちゃん〟からナツキに変わっている。

「俺が道を開ける。おまえさんは報道陣のいる地下墓地へ逃げろ。場所はわかるな」

それからふたたび無線を手に、

「後方は包囲された。よって〈死者の都〉は放棄、全部隊を——」

——撤退させ、市街の防衛に回す。

そう命令するよりも前に、一発の銃弾がアフマドフの無線機を破壊した。飛び散ったプラスチックの破片が、ナツキの鎖骨のあたりに刺さった。その男はバイク隊の向こう側にいた。墓所の傍らに立ち、こちらへ突撃《AK》銃の照準を合わせている。

肩から拡声器を下げているのが見えた。

あれが、流麗なアラビア語とともに、投降の勧告をしてきた男だろうか。もう一人、つき従うようにＡＩＭの兵士が立ち、人質を後ろ手に拘束していた。

「アフマドフさぁん……」

青年ニュースキャスターの頼りない声がした。

バイク隊が道を開け、拡声器の男がこちらへ歩み寄ってきた。フランネルのシャツ《コユラリ》の上に、織物や迷彩のジャケットを重ね着し、顔を白のターバンで隠している。いざ目の前にしてみると、アフマドフたち国軍の装備と比べて、いかにも頼りない。

怖れるより前に感心してしまった。ゲリラとはいえ、こんな軽装で闘っていたのか。

「……我はラシードの子、ナジャフ・ビン・ラシード。ＡＩＭ幹部で、この丘の作戦部隊を任されている。状況は理解していることと思う。貴殿のすみやかな投降を願う」

「俺はゼリムハ・アフマドフ。大佐だ。民間人は、解放してやっちゃくれねえか？」

答えはなかった。

苛立たしげに首筋を掻《か》いてから、アフマドフがライフルを地面に放り、榴弾をジャケットごと投げ捨てた。それから、手に握ったままのピンの抜かれた榴弾に目を落とす。事態に気がついたバイク隊が、慌てて道を開けた。一、二とアフマドフが数え、できた隙間から丘の下めがけて榴弾を投げた。

その場の全員が、いっせいに耳を塞《ふさ》いだ。

無人の斜面に、ぽんと小さな花火が広がる。——瞬《またた》く間に、一同は捕虜となった。

5

ライフルの先端が背に当たった。

そろそろと、ナツキは地下墓所への階段を一段一段下りていく。ぞっとしないシチュエーションに、つい、歩みが遅くなってしまう。

また背をつつかれた。

「俺たちは女の身体には触れられない。協力してくれ。さもなきゃ——」

撃つ、ということだ。そう言われても、こちらはこちらで時間がほしい。それに、せめてもの嫌がらせだ。牛歩戦術と決めこみ、ゆっくりと階段を下りた。

寒く、土の匂いがした。

地下は思いのほか明るい。

見上げると、地上に迫《せ》り出す形にドームが建てられ、その窓から月の光が差しこんでいるのがわかった。アラベスク模様のタイルが、月光を照り返して鈍く光っている。

階段からは先はT《テー》字形をしていて、三方に小部屋がある。小部屋は暗くてよくわからないが、布で覆われた棺《ひつぎ》があるのがわかる。おそらく、名のある家の墓所なのだろう。

中央にはまるで花壇のように、色鮮やかなタイルが敷き詰められた一角があった。

「ここにいろ」

ナツキについで、涙目のカメラマンとニュースキャスターが、やはり銃でつつかれながら、重い機材を抱えて下りてきた。最後に、手ぶらのアフマドフがナジャフに連れられてやってくる。大きなため息とともに、アフマドフが花壇の真ん中に胡坐《あぐら》をかいた。

ゲリラたちが四方に立ち、銃を構える。

最後に、ナジャフが階段の一番下に腰を下ろし、男たちの一人に訊ねた。

「街の様子は？」

「電灯やWi-Fiも生きている。〈石の礫〉の機能に問題はない。だから、平和維持軍《PKF》が来るまでには……」

「惜しかったな」

ナジャフが男を遮り、こちらを向いた。

「あんたにももう少し実績があれば、街の人間も従ったのかもしれないが……」

軽く瞬《まばた》きだけを返し、ナツキは戦況を反芻《はんすう》する。

市街はラクダ部隊に突破されつつある。丘の〈死者の都〉は挟撃され、上空には面《めん》妖《よう》な〈石の礫〉とやらがある。ほぼ、手詰まりだ。丘の防衛など、提言しないほうがよかったのだろうかと後悔がよぎる。いや。実際に、彼らはこの場所を攻めてきたではないか。

「殺さないのか？」男の一人が、いきなり物騒なことを言う。

「それをいま考えている」

短く応じてから、ナジャフが携帯端末を取り出し、画面上で指を動かした。地上波を受信できるタイプのようで、まもなく国営放送の音声が流れはじめた。

〝ＡＩＭはイスラムのありようと根本的に異なる存在だと言わざるをえません。ですから、無視の一手ですよ。必要以上に騒ぎ立てても、まともなイスラム教徒への偏見が加速することにも繋《つな》がりかねませんし、それにですね――〟

学者か誰かの早口のコメントが流されていた。訴えの趣旨そのものは、理解できる。しかし、なぜだろうか。言葉が上滑りしているように感じられる。

ナジャフが放送を切った。表情は読めない。だが、おそらくは憤っているはずだ。

頭上で爆発音がした。

機銃掃射がそれにつづき、音は地下室に入りこみ、回折し、不気味に反響する。アフマドフの撤退の指令が通らず、挟撃戦がはじまったのだ。威圧的なバイクのモーター音が、丘を駆け巡っているのがわかる。

轟音とともに、地面が震えた。

反射的に、しゃがみこんで両手をつく。ざらりとした冷たい感触が流れこんできた。

アフマドフがこちらを見て目をすがめた。

「すまんなあ。俺たち男連中が、情けないばっかりによ」

「ううん」

ナツキは首を振った。

過去、紛争をはじめた男たちを恨んだこともある。それによって、大切な家族だって喪《うしな》った。けれど、いまは少し考えが違う。

「戦争をはじめたのは男でも女でもない。大人たちだよ」

何気なく口にした一言だった。しかし、それが場の雰囲気を変えた。

ぴくりと、ナジャフが眉を動かした。

何を考えているのか、階段に坐ったまま前屈みになる。体勢を変えるたび、背の突撃銃が、がちゃりと音を立てる。やめてほしい。

「ねえ」

声をかけてみたが、答えはない。

どこかに通気口でもあるのか、冷たい空気が吹き抜けた。ナツキは毛布の前を合わせ、しっかりと両肩を覆った。

「おい、おまえ」

突然、ナジャフが立ち上がると、カメラマンに向けて指をさした。

「照明をつけろ。この場を中継するぞ」

「え《シトー》」

たった二音節だけなのに、声が可哀想なくらい震えている。

ナジャフが眉間《みけん》を押さえた。

「俺たちは過激派だが、そこらの聖戦主義者《ジハーディスト》とは違う。あの学者の主張は、妄言さ。捕虜は捕虜として扱うし、その様子を、ありのまま流そうということだ」

カメラマン君はすっかり固まってしまい、最初にアフマドフを、次にナツキを見た。指示待ちだ。小さく、ナツキは頷いてやった。

照明が灯された。

それだけで、少し生き返ったような気分になる。

やがて、カメラマンがプロの表情に変わった。室内を歩き回り、一番よさそうなアングルを探る。棺が映らないようにと、階段を背にすることとなった。ナジャフのかわりに、ナツキとアフマドフが並んで階段に坐るよう指示され、ニュースキャスターがその前に立った。

「〈死者の都〉より中継をお送りします。ですが、その……」

　カメラマンの背後で、ナジャフが端末を取り出し、画面をこちらに向けた。タイムラグはあるが、確かに中継されているようだ。アフマドフが咳払いをして、マイクを奪った。

「アフマドフだ。いくつか、謝らなきゃならんことがある。まず、このごつい顔を茶の間に何度も晒《さら》さなきゃならなくなったことだ。そして二つ目。残念ながら、ＡＩＭの捕虜になっちまった」

　アフマドフがこちらに目配せをし、マイクを回してきた。

「ええと……」

　いったい何を話せと。

「この中継は、ＡＩＭ側の提案によって実現した。彼らのプロパガンダに加担してしまいかねないことを、皆に申し訳なく思う。が、戦場の姿をあるがまま皆に伝えるという意味では、こちらの意に沿ってもいる」

　深呼吸を一つ。

　毛布を握る手に、力を籠める。

「どうあれ、こちらはもう覚悟を決めた。でも、思い出してほしい。〈石の礫〉によって、街そのものが人質になっていることに変わりはない。だから、いまからでも……」

　つい口走ってしまい、男の一人にマイクを奪われた。

追従して、カメラがその男に向けられる。だが、男としても、マイクを手にしたものの、特に言うことがあるでもない。バケツリレー式に、手から手へ、マイクがナジャフまで回った。

少しの間があった。

逡巡《しゅんじゅん》しているナジャフに向けて、ナツキは右手を差し出し、発言を促した。彼の話を地上波に乗せてしまうことには、リスクがある。だが、どのみちこの場の主導権を握っているのは彼らだ。そして、それ以上に、ナツキは聞いてみたいと思ってしまったのだった。彼らが実際のところ何を考え、いま、どう思っているのかを。

「うむ……」

何を思ってか、ここでナジャフはターバンを脱いで素顔を晒した。

うっすらと無精髭《ぶしょうひげ》が生えている。思った以上に若い。二十代の半ばだろうか。意外と言っては悪いが、優男風でもある。

「……ＡＩＭ幹部、ナジャフ・ビン・ラシードだ。経緯は、いまナツキ殿が話した通り。まず、明らかにしておきたいのは、我々としては、法外な身代金を要求したり、見せしめに捕虜を殺したりする意図はないということだ。我々はあくまで、通常の捕虜交換がなされることを望む」

流れるようなロシア語で、ナジャフはここまでを話した。

ロシア語であるのは、通用語を用いることで、国際社会にメッセージを発したいからだろう。

「そしてこの機に、皆に我々の考えを述べておきたい。繰り返しになるが、我々の目的は残虐行為にはない。世俗に流れず、誠実にアラーを信じ、祈り、貧者に分け与え、共に助け合う……そのような、穏当で保守的なイスラム国家の建設を、我々は願っている」

やや恥じらうように、ナジャフが自分の首元のあたりを撫でた。

それから、物柔らかな調子でつづける。

「我々は願っている。誰もが教育を受け、家族同士が当たり前に助け合う国家を。口喧《やかま》しいオピニオンの洪水ではない、静かな祈りが広がった結果のような、そんな共同体こそを、我々は切に願い、そして実現を信じているのだ」

一呼吸あった。瞑想《めいそう》でもするように、やや上のほうへ目が向けられる。

我々――といったん口にしてから、ナジャフは首を振った。

「俺たちが枠組みのなかでの政治参加をしないことについて、批判があることは承知している。だが、俺たちはまた、政治参加できない民こそを代弁する者でもある。その民とは誰か――」

ゆっくりと、ナジャフが背後の棺を指さした。

「彼ら死者たちだ。ソビエトの唯物論とやらに押し潰された物言わぬ死者を、そしていまなお世俗化の波に呑まれ、制度の外へ追いやられた数多《あまた》の民を俺たちは代弁する。俺が話したことの意味がわかる者は……どうか、俺たちのことを支援してくれないか」

マイクを下ろし、ナジャフはふたたびターバンで顔を覆った。

「……あとは、適当に何か喋《しゃべ》れ」

カメラマンを経由し、ふたたびマイクが戻ってくる。

アフマドフに発言を促すが、首を振られてしまった。

失敗だ。

ナジャフがもっと過激な、好戦的で共感しづらい宣言をしてくれれば、話は早かった。もちろん、いまナジャフが口にしたような理念を、ＡＩＭがどこまで遂行するつもりかはまったくの未知数だ。けれど、確実に一定層の支持を得たことだろう。

こうなると、こちらとしても何も言わないわけにはいかない。

「いま彼が口にした夢は——」

間を置いて、こちらもロシア語で応えた。

思い出せ、とナツキは自身に言い聞かせた。十五年前の紛争を。家族を喪い、行き場もなく、このマグリスラードの街をさまよっていたときのことを。

どのような理念であれ、紛争を起こしてもいい理由など、何もないのだ。

「わたしたち暫定政府の思い描く未来像と、大枠において一致している。だからこそ、なぜ彼らが制度内での政治参加をしてくれないのか、その点を強く遺憾に思う」

違う、と思った。

言葉が上滑りしている。これでは、あの学者の弁となんら変わらないではないか。だが、この放送は周辺国の要人の目にも触れる。迂闊なことは、何も言えない。

そして、いまさら引き返すこともできない。

「でも、思い出してほしい。死者を代弁するということは、必ずしも現状の制度を拒む理由にはならない。ましてや、紛争を起こしていい理由にはならないということを」

マイクを相手側に向けた。

だが、ナジャフはディベートには応じず、こちらに背を向けてしまった。響かなかったのだ。それは、口にしたナツキ自身が一番わかっている。

「ええと……」

放送事故だ。

本当なら、ニュースキャスターが中継を戻すべき場面だ。しかし、捕虜となったショックからか、肝心の彼が放心してしまっている。

起きろ、と念を送ってみたが駄目だった。

仕方がない。こうなったら、引き延ばせるだけ引き延ばしてやる。しばらくの沈黙ののち、ナツキはアフマドフに訊ねた。

「大佐に家族は？」

突然の質問に、相手が眉をひそめた。

「やもめだよ。家内に逃げられてな……。それから、娘が一人。出来は、おまえさんほどじゃないがな。なあ、ナツキ。こんな話、楽しいかい？」

＊

〝出来は、おまえさんほどじゃないがな。なあ、ナツキ。こんな話、楽しいかい？〟

なんだその質問は。

明るすぎるくらいに明るい大使館内で、皆が味のある渋面をした。画面上の大佐はというと、答えたきり、また口を閉ざしてしまう。

〝それで、うーん……。娘さんはおいくつ？〟

〝おまえさんと同じくらいさ〟

ふたたび沈黙が訪れる。ざ、と一瞬のノイズが入った。

「いやいや！」

耐えきれず、〝大柄〟は声に出して叫んでしまった。

「そうじゃないでしょ!」

こちらの気も知らず、ナツキは淡々と質問をつづける。

〝どうして、アラルスタンの軍人になろうと?〟

〝や、ソビエトの軍人だったのさ。元の所属は、トルキスタン軍管区第一軍だ。なんだ、こう、愛国的な答えじゃなくて悪いな。だが、仕事は真面目にやってきたぜ〟

〝それで、奥さんは仕事一筋のあなたに愛想を尽かした?〟

〝ああ。……って、何を言わせるんだい〟

隣の〝眼鏡〟が噴き出し、それから周囲を見回し、神妙に口元を結んだ。

〝正確には、向こうから要望を受け、こちらから離縁したのさ。これでも、一応はイスラムなんでね。妻の側からの離縁は難しい〟

〝あなたはそれでよかったの?〟

〝仕方なかろうよ。相手の心が離れちまったんならよ……〟

「頼むよナツキ!」

「そのおっさんのことは別にいいんだよ!」

次々と、批難の声が上がりはじめる。それにしても、いったいなんだろう。この、焦燥感にも似たものは。

「ねえ」

と、隣の〝眼鏡〟に声をかける。

「ここまでの話から、何か情報は見出《みいだ》せた？」

相手は小首を傾げてから、いや、とつぶやいた。

「見出せない。ナツキのことだから、何も考えがないとは思えないんだけど」

「だよねえ……」

そうなのだ。

ここまでのやりとりを聞く限り、あまりにも情報がなさすぎる。暗号の類《たぐ》いが埋めこまれている様子でもない。

「あ、もしかして……」

「何？」

と〝眼鏡〟に訊ねた、そのときだった。

〝大丈夫《ロジマン》？〟

室内に、明るい声が響き渡った。

画面が放送局のステージに切り替わり、舞台上に、七人組の美男子が立っていた。そのうちの一人が、頭上に大きく両腕でハートマークを作っている。このポーズとともに「ロジマン？」と訊ねるのは、彼らの定番のギャグだ。

大使館組の皆が固まり、そしてほぼ同時に瞬きをした。

グループの名は、マグリスラード・バッドボーイズ。

アラルスタンでいまも昔も人気のある、歌劇を中心としたコメディ・グループだ。

衣裳が白で統一されているのは、今回の犠牲者や亡くなったアリー大統領への哀悼の意思だろうか。

しかし、なぜこのタイミングで。

考える間もなく、バッドボーイズの面々がトークに入った。

〝いや、何一つ大丈夫じゃないよ！　それが問題なんだよ！〟

〝突然ごめんね。こいつら、本当に空気が読めなくてさ〟

〝しかし大変だね。暗殺事件があったと思ったら、今度は〈石の礫〉やら何やら……〟

〝まずは説明しようよ！　お茶の間のみんな、ぽかんとしちゃってるよ！〟

然《しか》り。

〝そうだったな。では、まず入場いただきましょうか〟

〝我らが臨時文化相、ジャミラ・クンディ・サドザイ！〟

「ええ?!」

部屋中から声が上がった。これには、〝大柄〟も開いた口が塞がらない。

画面では、掛け声とともに、七人が手を叩いている。そのまばらな拍手のなか、硬い表情のジャミラが、右手と右足を同時に前に出して登壇した。

〝いや……。こう言っては失礼ですが、お若くて驚きましたよ！〟

〝あとでサインもらってもいいですか？〟

〝すみませんね、こいつら性格が軽いもので……。では、説明をお願いできますか〟

いったんマイクを口から離し、ジャミラが咳払いをした。すでに顔が赤い。

〝……紹介いただきましたジャミラ・クンディ・サドザイです。これまでわたしたちは、包み隠さずに情報をお伝えしようと、戦地からのレポートなども流してきました。ですが、わたしたちはこうも思ったのです。これでは、見ている皆さんも疲れ切ってしまうだろうと〟

ジャミラの出で立ちは正装の民族衣裳だ。

マイクを持つ手には、銀の腕輪《ビラクズク》がいくつも嵌《は》まっている。その腕輪の位置が、空いたほうの手で直される。

〝そこで、彼らに出演を依頼しました。いま、わたしたちは笑い《ユモル》を必要としています。非常時のいま、このようなことを申し上げるのは憚《はばか》られます。しかし文化省として、もっと広く言うならば文化の側として、できることはないかと考えた結果です〟

〝そうそう〟

〝ぼくたちだって嬉《うれ》しいよ、こんなことで役に立てるならね〟

ジャミラが頷き、大きく息を吸った。

〝では、お送りします。マグリスラード・バッドボーイズの、沙漠を征《ゆ》く！〟

呆《あき》れたり怒ったりする暇《いとま》もあればこそ。

たちまち、垢抜《あかぬ》けない四つ打ちのビートが刻まれ、バッドボーイズの面々が切れのいいダンスをはじめた。昔と比べてしまうと、少し恰幅のよくなったメンバーもいる。けれど、皆の動きは変わらずに淀《よど》みない。

〝沙漠を征く〟は五年前に発表された、いまも国民に人気のナンバーだ。

初代大統領が唱えたユーラシア遊牧主義が意識されており、〝最初の七人〟によるアラルスタンの開拓や、かつて中央アジアを席巻《せっけん》した騎馬民族の隆盛が歌詞でほのめかされながら、男女の愛が歌われる。これを支離滅裂だと指摘する者は、非国民と誹《そし》られても仕方がない。

〝ああ、そうそう〟

一曲が終わったところで、舞台の背面に地図のようなものが映し出された。

街の上空映像だった。

〝先の国防相のお願いだけどさ。残念ながら、まだこれだけ電気が灯ってるんだよね〟

〝ぼくはしょうがないと思うよ。みんな、ただでさえ怖いんだしさ〟

〝ま、そうなんだけどねえ……〟

「上手《うま》い」隣で〝眼鏡〟が唸《うな》った。

「なんで？」

「考えてみてよ。これだと、電気を消さない裏切り者の家が、一目でわかってしまう」

「ふうん……」

応えながら、〝大柄〟は頭の後ろで腕を組んだ。

「そういうもんかねえ」

仕掛けたのは誰だろう。やはり、ジャミラか。アイシャやナツキは、頭は使うけれど、あまりこのような搦《から》め手は使ってこない印象だ。

〝そこで、俺たちからもお願いするよ！〟

〝どうか家の電気とルーターを消してくれないかな。たった、この二つでいいんだ〟

〝あ。もちろんテレビはそのままね〟

〝ロジマン？〟

〝ぼくたちだって、五年後も、十年後も活動していたいしね〟

舞台の照明が消され、バッドボーイズの七人がシルエットと化した。かわりに、上空映像が星空のように浮かび上がる。ただ、星空とは大きく異なる点がある。そこかしこで、戦闘の火花が上がっていることだ。

それはまったく不意にだった。

画面を見ていられず、目を伏せてしまった。

最初は、自らの所作の意味がわからなかった。〃大柄〃を俯《うつむ》かせたのは、羞恥《しゅうち》に似た何かだった。いまだ煌々《こうこう》と照明を消さない大使館にいることが——それは大使館にとっては仕様のないことだとはいえ——すっかり、嫌になってしまったのだ。

〃よし、この際だ、みんなであれをやろう！〃

〃そうだ、ジャミラさんもぜひ一緒に！〃

〃ロジマン？〃

バッドボーイズたちの声に紛れ、小さく、女性の声が混じっている。

伏したままでも、〃大柄〃にはありありと想像できた。乗りに弱いジャミラが、若干の殺気を孕《はら》んだ目つきとともに、頭上に大きくハートマークを作っている姿が。

二人が立ち上がったのは、ほぼ同時だった。

「わたしは役には立たないかもしれない。それでも——」

「そんなことないよ」すぐに〃眼鏡〃が応じた。「それは、絶対にそう」

頷いて、〃大柄〃ことサミア・ズミエフスカヤが手元の難民申請を破った。

それに倣い、〃眼鏡〃ことシルヴィ・チェルニャフスカヤも、書類を二つに裂いた。

6

傍らでナツキたちを見張っていたゲリラも、ナジャフと同様に、端末の放送に目を落としている。じっとしていられず、ナツキは横に割りこんで肩を並べた。

相手は迷惑そうに顔をしかめながらも、画面が見やすいよう、こちらに少し傾けた。

バッドボーイズの演目は、すでに二曲目に入っている。

背景に映し出されている街の灯りは、しばらくのあいだ、そのままだった。けれどやがて――一つ、二つ、と電灯が消されはじめた。南の旧市街は完全な闇となり、北の新市街は、企業のビルを中心に、消灯がなされはじめた。企業が消灯をしたのは、ブランドイメージを考慮してのことかもしれない。

そして、暗闇が訪れた。

ところどころに明滅する戦闘の火花のみが残され、面々のシルエットも闇に溶けた。

〝やったね！〟

曲が終わったところで、メンバーの一人が叫び声を上げた。

〝みんな、本当に、本当にありがとう！〟

ため息を一つ吐《つ》き、ゲリラが放送を切った。

気まずい沈黙が覆った。

照明の逆光のなか、ナジャフはじっと端末を見下ろしていたが――おそらくは、苦い表情をしていることだろう――そのうちに舌打ちをして、端末を懐にしまった。

「やられたぜ。ナツキとやら、これを仕組んだのはあんたか？」

突然に訊ねられ、ぴくりと背を反らせてしまう。

「いや……」

渇いた口で、ナツキはかろうじて答えた。

「でも、ジャミラが仕掛けてくれるとは思った。必要な情報は伝えられたからね」

ゆっくりと、相手が頷くのがわかった。

表情はわからない。だが、怒りや悔しさとは異なる、もう少し複雑な感情が伝わった。わずかに空気が弛んだところで、アフマドフが首を鳴らし、そっと立ち上がった。

「だがよ、あの妙ちきりんな風船が無効化されたところで、こちらの劣勢に違いはない。だいたい、〈石の礫〉の脅威が去ったわけでもないんだろ？　このまま、夜が明けりゃあ……」

「大丈夫」

ナツキはアフマドフの言を遮り、片目を瞑《つむ》った。

「そのころには、ＰＫＦから高高度の戦闘機を借りるか、最悪でも、迎撃のための新たな気球が準備されるはず。問題は、それよりも……」

言い淀んだ。

眉間に、皺《しわ》が寄っているのがわかる。

「なんだい、ナツキ」

「〈石の礫〉はカザフスタンやウズベキスタン、さらにはロシアまでも射程に入れてしまう。それが、あの兵器の最大の問題なんだ」

「ちと待ってくれや。ロシアは、いくらなんだって遠くねえか？」

「バイコヌール宇宙基地がある。ここからだと、直線距離でわずか二百五十キロほど。あそこはロシアの管轄で、通貨もルーブル。重要性については、言うまでもないよね」

「ああ……」

唸るような声を上げ、アフマドフが眉間を押さえた。

得心のいかない様子で、ニュースキャスターが小首を傾げた。その頭を、自分の部下でもないのにアフマドフが小突く。

「少しは考えろ。周辺国の連中にとっては、アラルスタン国内にゲリラ連中がいるだけで、いつテロ攻撃を受けるかもわからないんだ。すると、どうなると思う？」

「……一緒に闘ってくれるとか？」

「カザフやウズベクは、あの気球兵器のことを絶好の口実にする。ゲリラ掃討を旗印に、うちを政治的に侵略するためのな。そうだろ、ナツキ？」

そう、それが問題なのだ。頷きたくはないが、頷いた。

「ナジャフ」

眼前のシルエットに向けて訊ねる。

「あなたたちは、最初からそのことをわかっていて、あの兵器を？」

アラルスタンは中央アジアにおける政治経済の緩衝地帯。

その役割の一つは、過激派の居場所を作ること、逆に言えば国内に封じこめることだ。それゆえに、アラルスタンは彼らの拠点ともなる。けれど、いまアフマドフが話したような展開となれば、ゲリラたちは周辺国へ流出していくだろう。結局、誰も幸せにならないのだ。

しばらくの沈黙があった。

「俺は反対したさ」

ナジャフが短い答えを返した。

それから、銃を構えた男たちを向いて、

「ああ、おまえら。いまのは内緒だからな」

と、隠す気もなさそうに言い添える。

なるほどね、とナツキは口のなかでつぶやいた。ＡＩＭには、ＡＩＭ内の力学があるということだ。軽く、耳の後ろのあたりを掻いた。

人間界だ。

「……〈石の礫〉を作ったのは、いったいどんなやつなの」

ナジャフに訊ねたつもりだった。

ところが意外なことに、口を開いたのは隣のアフマドフだった。

「これは機密なんだがな……〝最初の七人〟の一人がＡＩＭについている」

「ええ？」

二度、三度と瞬きをした。

そんな話は、聞いたこともない。いや、まあ、だから機密なのだろうけれど。

「通り名は〈バックベアード〉――本名は、誰も知らない。技術は確かなんだが、いかれた野郎でね。最初は役に立ったそうだが、やがて国が整ってくるに従い、政治の中枢から追放された」

「本当の話なの？」

「おまえさん、〝最初の七人〟の名を全部言えるか？　英雄であるはずの〝最初の七人〟――その七人全員の名が明らかにされていない理由の一つさ」

確かに、小さいころは疑問に感じたものだ。

レオンチェフやアリー、そしてマグリスといった開拓者たちの名は耳にする。けれど、残りが誰かがよくわからない。しかしやがて、建国神話を立ち上げるにあたって、『荒野の七人』みたいに、とりあえず七という数字をつけたのだろうと、疑問に思わなくなってきていた。

ふと、ナツキは上を見た。

静かだった。

ひっきりなしに頭上から響いていた戦闘の音が、聞こえてこない。戦闘が終わったのだ。ナジャフが男たちと頷き合い、ふたたびこちらに向けて銃を掲げた。

「出ろ」

挟撃をされたのは国軍の側。勝ったのが、自分たちであると確信しているのだ。国軍がどこまで持ちこたえたかはわからないが、そうなった可能性は高い。

まずニュースキャスターとカメラマンが、ついでアフマドフが手を上げながら階段を上って行く。最後に、ナジャフとナツキだけが残った。

「議会に参加してもらうことは、本当に無理なの？」

ゲリラに制度参加しろというのもおかしな話ではあるけれど、そうしつこく問いかける。が、相手は軽く片方の肩をすくめただけだ。シャツとジャケットのあいだに羽織られた織物が覗く。

文様を見ようと首を伸ばしたところで、隙なく銃を向けられた。

ゆっくりと両手を上げ、ナツキも階段を上り切る。

待っていたのは、意外な光景だった。正面から、煌々と照明を向けられている。最初、それはバイクのヘッドライトだろうと思った。そうではなかった。

光は国営放送の照明だった。

視界の先、地上に立ち並んでいるのは、国軍の兵士たちだ。いや、ＡＩＭの兵士たちもいる。だが彼らは一様に武装を解かれ、一箇所に固められていた。

背後のナジャフから、動揺が伝わってくる。が、真っ先に現状を把握したのは彼でもあった。最初に感じたのは、こめかみに当てられた鉄材の冷たさ。ナジャフはすかさずこちらの首に左手を回し、銃を突きつけてきた。

彼の左手は、実際はこちらの身体に触れていない。

理由は、未婚の男女が互いに触れてはならないからだろう。文句は山ほどあるが、状況に関わらず自らの原理原則を貫く人間は、嫌いではない。先に上がっていった味方三人はというと、もう少し乱暴に、地べたで後ろ手を押さえられ、人質に取られている。

必死に、ナツキは思案を巡らせる。

アラルスタンは中央アジアにおける、自由主義の島。ロシアのように、人質ごと皆殺しにして終わりとはならない。まして、テレビカメラが入っている。とすると、どうなるか。人質として取られたまま、ＡＩＭの本部まで連れて行かれる？　その場合、国の被害は？

待て。

ナツキは臨時の国防相だが、民間人という立場で、夜間外出禁止令を破っている。すると、国軍はナジャフごと自分を射殺する権利がある。そのことを大声で伝えてみるか——いや、駄目だ。

——生き残ることを、まず考えろ。

そこまで思考を進めたときだ。

国軍の列から、一人の男が前に踏み出した。思わぬことに、それはイズマイール大将だった。一瞬、嫌な予感がしたが、それは杞憂《きゆう》だった。

「戦闘の結果を伝える」

イズマイールが厳かに口を開いた。

「市街戦は後方からの強力な援軍により、我が軍が制する形となった。この丘も、余った兵力によって制圧し、これにより戦闘は終結した。よって——」

ナツキたち一同のあいだに、わずかな緊張が走る。

それを知ってか知らずか、イズマイールが無表情につづけた。

「ナジャフ・ビン・ラシード。貴殿との捕虜交換に応じる」

アフマドフとナジャフが、ここでやっと息を吐いた。

通常の捕虜交換がなされることを望む——それは、ナジャフ自身が言い出したことだ。やがて、捕らえられたＡＩＭの兵士四名が、こちらへ押し出された。

「どうします」ゲリラの一人がナジャフにささやく。「これならまだ、人質ごと自爆したほうが……」

おいやめろ。

中継のカメラを一瞥してから、ナジャフがそれに応えた。

「ＡＩＭはそういう組織じゃない。それに、思い出せ。チェ・ゲバラの七の黄金律、〝負ける闘いはしない〟だ。まあ、こってり絞られはするだろうがな……」

それから、「おい！」とイズマイールに向けて吼《ほ》える。

「俺たちの側の戦死者を弔いたい。死体を引き渡してはくれないか」

「約束しよう。だが、指紋の類いは取らせてもらう。その上で、遺品とともにトラックでそちらへ返す。おまえたちが帰るぶんのバイクも渡す。それでいいな」

ナジャフたちが頷き合う。前へ進め、と顎で促された。

頷いて、眼前の緩衝地帯に、ナジャフたちとともに歩みを進める。数名の国軍やテレビクルーとともに、相手方の捕虜も近づいてきた。

あと数歩のところで、ナジャフが向こう側の捕虜に訊ねた。

「戦況は悪くなかったはずだ。いったい何があった？」

問いかけられた相手は、市街地で闘っていたＡＩＭの兵士らしい。憔悴《しょうすい》した表情で、

「ラクダが……」

とつぶやいて、それきり黙ってしまう。

「ラクダ？ 俺たちのラクダがどうかしたのか？」

「いや……」

男はもう何も言わない。

ナツキはちらと眼前のカメラに、それから遠くの市街へ目をやった。市街のあちこちで上がっていた火花はすでになく、ぽっかりと闇が広がっていた。まるでその闇が、そこに棲《す》まう人々とともに、大きな一匹の獣のように呼吸していると感じられた。

風が吹いた。

「ナツキ。おまえさん、いったい何をやった？」

こちらを見ずに、アフマドフがささやき声で訊ねた。

「それがね……」

言い出しづらい。

「今日がなんの日かなんて、もう忘れちゃったよね。国中の遊牧民が集まる、独立記念日でしょう。だから、使いを出して彼らの部族長に願い出て――」使いとは、なるべくなら世話になりたくないあの道化のことだ。「一晩限りの私兵として、わたしたちに協力してもらった。万が一、市街が突破されたときのバックアップとして」

アフマドフが呆れたように口を開け、しばし黙した。

「……驚いたな」

「ラクダの扱いにおいては、当然、彼らが一番優れている。いつも狼や夜盗と闘っているから、銃の扱いも慣れてるしね。でも、大佐にこのことを知らせなかったのは、申し訳ない。作戦本部に通達はしたんだけど、こちらとしても、使いを出したのみで、本当に彼らが協力してくれる確証はなかったから……」

もごもごとそこまで話してから、ナツキはカメラに目線を送った。

「勇敢なる遊牧の民に感謝する。おかげで、わたしたちは難局を乗り越えられた」

視界の隅で、アフマドフとイズマイールが視線を交わし合うのがわかった。

それは信じ合う者同士の、親愛のこもった眼差《まなざ》しでは決してなかった。が、ナツキが想像していたようなものとも違った。やはりイズマイールは、アフマドフのことが気に食わない。あわよくば、死なせたいとさえ思っている。けれど、それとまったく同じくして、生き残ってほしいとも感じているのだ。

バイクが用意された。

ナジャフはそれにまたがる前に、不意に、ナツキの耳許に口を寄せて一言ささやき、

「あばよ」

と叫んでエンジンをふかした。彼の仲間たちもそれにつづいていく。刹那《せつな》、テール

ランプが丘に赤い軌跡を残し、やがて斜面の向こうへと消えた。

「何を言われたんだ？」

アフマドフが興味深そうに訊ねてきたが、どうしたわけか、ナツキは答えられなかった。別に、どういう内容でもないはずなのだけれど。

――また、あんたと闘えるといいな。

と、ナジャフは去り際に言い残したのだった。宣戦布告だ。それなのに、まるで、プロポーズでもするみたいに。まったく、アフマドフやイズマイールのことといい。

この世界には、まだわからないことが多すぎる。

7

軍用のジープがナツキを後宮《ハレム》の跳ね橋で降ろし、北の基地に帰っていった。そのエンジン音が遠ざかるに従って、遠くから二胡《ドウタール》の音《ね》色《いろ》とともに、掠《かす》れた歌声が聞こえてきた。

それは死出の門か、あるいは誉れへの門か――
沙漠の楼閣は揺れ動き

千の流血と脳漿《のうしょう》とが
街を貫く川を、そして物言わぬ屍者《マルクム》の頭上を辱めた

それは死出の門か、あるいは誉れへの門か
迎えの角笛《カルネイ》はなく
沙漠の船を従えた英雄は、独り傷つき、つかのまの閨房《けいぼう》へ帰らんとする

道化に扮《ふん》し、二胡を爪弾きながら、閉ざされた正門の前でイーゴリは歌う。まるで、聖典《クルオン》に出てくるソドムの門の預言者《ルート》みたいに。

跳ね橋の途中で、ナツキは立ち止まった。

「できれば、もうちょっと別の誰かに出迎えてほしかったな」

「これはこれは、国防相殿！　いや、まさに獅子《しし》奮迅の闘い！　このイーゴリ、陰ながら、しかと見届けましたとも！　ですが、ああ！　友人同士、なんというお言葉でしょう！　わたしが、どれだけ国防相殿をお慕い申し上げているか……あの頑固な族長どもとの交渉で、どれだけ骨が折れたか、少しは労《ねぎら》っていただいても――」

「ありがとう《スパシーバ》」

ナツキはそっけなく応えて、

「でも、ＡＩＭにも武器を売ってるんでしょ」

「なんと、わが忠心を疑っておいでとは！　それに、第一にです、取るに足らぬ武器商人の身にも、五分の魂というものがございます……仮に——いいですか、仮にですよ——わたしがＡＩＭに武器を売ったと致しましょう。その事実を、国防相殿にお伝えすることは致しかねます。ラクダの私兵について、ＡＩＭに漏らさないのと同じようにです。たとえ、それが我が親友、国防相殿からの御質問であっても——」

友人が親友になった。

ため息をつき、ナツキは歩みを進めて正門の横の通用口をノックする。すぐに、内側から扉が開けられた。そのままくぐり抜けようとしたが、ふと立ち止まり、一つだけ訊ねてみた。

「あんたの目的はなんなの？」

一瞬——それはほんの一瞬だったが、イーゴリが口元を結び、目つきを鋭くした。

それからまた、内心の読めない道化の笑みを顔に貼りつかせる。

「強いて申し上げるなら、そうですな……かの、カラシニコフ氏を超えることでしょうかね……」

訊かなければよかった。

ミハイル・チモフェエヴィチ・カラシニコフ——歴史上もっとも量産され、コピーされ、一億挺《ちょう》とも言われる数が拡散した突撃銃、AK47の設計者のことだ。そして、どの大量殺戮兵器も、これまでAKが殺してきた人数には及ばないとまで言われる。

イーゴリの言は、すなわち、もっとも人類を殺した人類になりたいということだ。

「あのさ」

「いえ、決して本気になさってはいけません！　こんなものは、ほぼ戯言《たわごと》のようなものなのですから！　いえ、ことによると、こんな戯言こそに真実が含まれているやもしれませんがね……ですが、今後とも、あなたの忠実なる僕《しもべ》、イーゴリを何卒《なにとぞ》御愛顧のほどを！　なんと申しましても、お客様に最高のソリューションを御提案することにこそ、このイーゴリ……」

ナツキは途中で耳を傾けるのをやめ、後ろ手に門を閉ざした。

意外なことに――そして何より嬉しいことに、ナツキを出迎えたのは、〝大柄〟と〝眼鏡〟の二人だった。ほとんど無意識に、ナツキは二人に飛びつき、両手で抱きかかえようとした。

「やだ」

〝眼鏡〟がさっと身をかわし、片手が空を切る。

その二人の背後、つかず離れずの距離に、もう一人が立っていた。ジャミラだ。

「助かったよ。これで、財務の仕事を分担できる」

やや面映《おもは》ゆそうな顔とともに、横を向いたまま柱に寄りかかっている。

ナツキはにやりと笑い、両腕を頭上に掲げてハートマークを作った。

「ロジマン？」

助走をつけて、ジャミラが殴りかかってきた。が、途中で気が変わったのか、強くハグされてしまった。けれど、むかつくことには違いないらしい。拳骨《げんこつ》の角で、気持ち強めに小突かれた。

いくつもの足音が二階から階段を下りてきた。

先頭はアイシャ。全員ではないものの、離脱したと思われたほかの面々もいた。

アイシャのことだから、毅然《きぜん》とこちらを労うだろうと思った。が、そうではなかった。目の前まで来たアイシャは、目を合わせたあと、へなへなとその場に屈みこんでしまった。

「よかった」

やがて小さく下から声がした。

「あなたにまで死なれたら、もう……」

ナツキもその場に屈み、右腕を相手に回した。応えてアイシャも、右腕を回してくる。おかしな恰好になってしまったが、案外、アフマドフやイズマイールの関係も、このようにおかしな、しかし当人同士にしかわからない何かがあるのかもしれない。

二人一緒に立ち上がったところで、

「なんか妬《や》けるねえ」

のんびりした口調で〝大柄〟が囃《はや》した。

「でも、これだけ人数が揃えば、祭りも開催できそうじゃない」

「祭り？」

「毎年、あんた楽しみにしてたでしょ」

〝眼鏡〟が眼鏡の位置を直した。

「預言者生誕祭の出し物よ。もうあと二ヶ月しかないんだから、そろそろ準備をはじめないと」

「ああ……」

国そのものの危機とあって、祭りのことなど、まるで念頭になかった。

いまはまだ、遠い国の出来事のようにしか感じられない。そう自覚したせいだろうか、なんとなく虚脱したまま、その場に突っ立ってしまった。

「それより――」

ジャミラが〝大柄〟と〝眼鏡〟を顎で指した。

「この二人から、あんたに土産があるってよ」

――それは台所の横の小部屋にあった。

だんだんと、麻痺《まひ》しかかっていた感情が驚きに、そして驚きが歓喜へ変わっていった。元は物置であった場所が改造され、廃材のドラム缶と煉瓦《れんが》を組み合わせた、即席の風呂《ふろ》が作られていたのだ。アラルスタンは木材が不足しているため、薪《まき》ではなくガスで温められるよう工夫がなされている。

設計は〝眼鏡〟で、ドラム缶は〝大柄〟が帰り道に見つけて抱えてきたのだという。

「早くしてよね。一番風呂はあんたって決めてんだから」

「ウラー！」

叫び声とともに、ジャミラに飛びつこうとした。案の定というか、ジャミラが目をすがめながら一歩あとずさり、また腕が空を切った。

物置の窓から入りこむ風は寒かったが、一酸化炭素中毒になるから閉めるなと〝眼鏡〟からのお達しがある。どちらにせよ、湯は充分に温かい。ドラム缶の底には、誰が用意したものだろうか、不器用に楕円形《だえんけい》に切られた胡桃《くるみ》材が敷かれていた。

昼の大統領の銃撃から、あまりにも多くのことがあった。

湯に浸《つ》かっているうちに、眠気とともに、今日一日の出来事が無作為に蘇《よみがえ》っては消えていった。アイシャの突然の内閣発足宣言にはじまり、ウズマが横槍《よこやり》を入れてきて

――そうだ、腹の立つ婆さんだが、彼女もこの風呂に入れてやりたい――そして、そう。悪夢のような演壇に立たされた。それから死者の都まで走って……。

次に目を覚ましたのは、二階の大部屋のベッドだった。一日に五回流される礼拝を促す呼び声、アザーンが聞こえていた。反射的に身を起こして、天井にしたたかに頭をぶつけた。

「もう、うるさいな」

下からジャミラの声がする。

部屋のあちこちから衣《きぬ》擦れの音が聞こえた。真面目な生徒らは、いちはやく一階のモスクに向かい、すでに部屋をあとにしている。

ぶつけた頭をさすると、髪にくっついた天井の漆喰がぽろぽろと落ちてきた。

ナツキは二段ベッドの上で、寝間着を着せられていた。

じゃあ、なんでカジノがあるんだよ!!

とにかくここは危ない。まあ、俺もパニックに陥っていたんだろうな。逃げようと思って、地下駐車場に向かったんだ。

高級車が並ぶなか、ぽつねんとママチャリが一台。信じられるのはこいつだけだ。こいつだけは、俺を裏切らなかった。


覚悟を決め、夜の街へ繰り出したら、なんと！　ラクダの部隊同士が闘っているんだ！　この光景は、ちょっと見せたかったよ。でも、流れ弾に当たるわけにもいかないので、チャリの機動力を活かし、GPSを頼りに裏路地へ。で、迷った。


裏路地で一人、兵士が見張りについていた。

俺が敵じゃないと見たのか、手招きとともに何事か訴えている。なんとなくわかった。背後を見張ってくれ、だ。

白状する。俺は何も知らなかった。新政府とゲリラのどっちに大義があるのかもわからないし、その兵士がどちらに属しているのかもわからなかった。

でも、俺がここを離れれば、こいつは後ろから撃たれるかもしれない。だから……背中合わせに、見張りについたんだ。

通じない言葉で、話をしながら。

思ったよ。案外、こんなふうに人間は戦闘に加担してしまうのかもなと。

（つづく）

ママチャリで世界一周～アラルスタン編3

いや、今回は死ぬかと思った。っていうか、軽く五、六回は死んだ!!


というのも、うまいことルーレットで勝ったから、カジノホテルに部屋を取って、あとはシャンパンでも呑みながらテレビで情報収集を……と思っていたんだ。

でも国営放送は言葉がわからないし、BBCはもうEUの話しかしてない！　「おのれ偏向報道」とアルジャジーラに変えたら、なんと日本の憲法の話。あ。それ、すごく大事！　でも、いまはそうじゃないんだよ!!


そして、俺は一番愚かな選択をした。〝人の多いところが安心〟ってやつだ。

ルーレットはちょっともう気まずいので、スロットを回していたら……まったく、今日の俺はどうかしてる。来た！　まさかのナイン・セブンだよ！　遊んで暮らせる!!

と、思ったのも束の間。

目の前から、スロット台が消滅した。正確には、外からの衝撃が窓ガラスや俺のナイン・セブンを吹き飛ばし、ほんの数十センチ先を廃墟に変えたんだ。

さすがに凍ったよ。だってそうだろ？　あと一列前についていたら、俺は粉々だ。


英語のわかる人に話を聞いたら、賭博はイスラムで禁じられているから、テロの対象になりやすいのだとか。

4. 三人のミカエル

1

机越しに、二つの影が向かい合っている。

戸口に立った男が、震える手でリボルバー式の拳銃《けんじゅう》を構えた。だが、銃口を向けられた相手は、まるで意に介する様子を見せない。机に手をついたままパイプをふかし、横目で戸口の男を睨《にら》みつけるのみだ。

「ようこそおかえり《パジャーラバッツ》、ヴォルコゴーノフ君……と、言いたいところではあるが」

気怠《けだる》そうに、その口が開かれる。

「どういうことか、説明を願えるかな」

「チャルニャエフ将軍。わたしも、で、できればこんな真似などしたくありませんでした」

撃鉄に指がかけられる。

「お気持ちに変わりはありませんか。わたしが申しますのは、つ、つまり——ここからさらに西、サマルカンド、さらにはブカラまで攻めこんでいくという……」

パイプの煙越しに、チャルニャエフが眉《まゆ》をひそめる。

「捕虜になっているあいだ、未開な先住民どもに感化でもされたか？」

「わたしは《ヤ・ビル》——」

ヴォルコゴーノフはいったん口を開いたが、そこで壁にぶつかりでもしたように、言葉を途切れさせてしまう。銃を構えたまま、小さく首を振った。

「わたしは皇帝《ツァーリ》の命を受け、ポ……ポーランドで無辜《むこ》の民を殺してきました。ゲリラだけではありません。聖職者や貧民、女子供をもです！　一月蜂起《ほうき》と、終わりの見えないゲリラ戦……。そのわたしに、今度はサマルカンドやブカラの民を殺せと？」

「ああそうだとも、ミハイル・ヴォルコゴーノフ君。だから、おまえをこのタシケントまで連れてきたのではないか。まさに、女子供を殺すプロフェッショナルとしてな」

そう言ったきり、将軍は相手に背を向ける。

「皇帝の命に変わりはない。それとも流行《はや》りの革命分子とやらにでも身を投じるか？」

チャルニャエフはちらと振り返り、相手を一瞥《いちべつ》したが、どうせ撃つわけもないと高をくっている。背を向けたまま、ヴォルコゴーノフが退室するのを待っているのだ。

「とすれば、銃口を向ける相手も違う。その物騒なものをしまうんだな、士官風情が」

「わたしは〝おまえ〟でも〝士官風情〟でもない！」

銃声が轟《とどろ》き——双方が「ひゃっ！」と悲鳴を上げ、尻餅《しりもち》をついた。

「ちょっと、なんで実弾なのよ！」

将軍役の〝大柄《サミア》〟が叫んで、つかつかと士官役のジーラに歩み寄った。

二人が着ているのは、軍服でも民族衣裳《いしょう》でもなく、中国製のシャツとジャージだ。

「さすがに驚いたよ！　わたしを殺す気かい！」

客席の最前列で、ナツキとアイシャ、ジャミラの三人は、ああ、と同時に目を覆う。

いま、皆がいるのは予行演習のために借りた昼間の国立劇場。毎年恒例の、預言者生誕祭に合わせた出し物の歌劇——その練習をしているところなのだ。

ところが、いざ手をつけてみると、何をやってもうまくいかない。

歌と伴奏はタイミングがずれ、書き割りの背景が役者側に倒れこんでくる。小道具の刀は、弾《はじ》けて客席まで飛んでいく。アクションシーンで死んだはずの人がむくりと起き上がったり、しまいには劇場そのものが停電したりする。そして、後宮《ハレム》一の美声の持ち主であるはずのジーラ・オルベリは、あがってしまい、幼少期に悩まされていたという吃音《きつおん》まで出てしまった。

一番の理由は、皆が官僚への対応やら外交やら、あるいは財務の健全化やらに追われ、脚本の作成や練習が間に合っていないことだ。

それにしても、まるで邪眼か何かに睨まれでもしているみたいだ。

ナツキもナツキで、頭の固い軍人と、さらに頭の固いゲリラに挟まれ、このごろは睡眠不足に悩まされている。あげく、ジーラあたりは「ナジャフ様と会ったんでしょ？　どんなおかただった？」だなどと口喧《やかま》しい。

顔を伏せ、こっそり目の周りを押した。

ふたたび顔を上げると、舞台の上で、ジーラは銃を手にへたりこんでしまっていた。

「や、戻ってきてよ！　あなたはジーラ。ジーラ・オルベリ！」

「わたしは……皇帝の命を受け……」

〝大柄〟はすっかり呆《あき》れ顔だ。

「ショックなのはわかるけど、わたしゃもっとショックだったよ！」

彼女に弾が当たらなかったのはいいが、そうすると、気になるのは国立劇場の壁に開いてしまった大穴だ。あれは、どうやったら誤魔化すことができるだろう。

まあいい。大きな問題ではない。

アイシャを挟んだ向こうで、ジャミラが腕を頭の後ろで組んだ。

「まず、脚本がいま一歩なんだよね……」

「仕方ないでしょう」

アイシャがポーカーフェイスで応じる。

「去年までの脚本家はロシアに亡命。ほかの脚本家も、怖がって誰もやりたがらない」

「でもさ」

「そう言わないでよ」

ナツキも小声で割って入った。

「〝眼鏡《シルヴィ》〟たちが、徹夜で作ってくれたんだからさ」

新たに脚本を作るのは、民衆をはじめ、各国の高官たちが観劇するからだ。

だからナツキたちとしては、劇を通して国威発揚をしつつ、近隣諸国、さらには国内のゲリラに向け、そのつど時代に合った穏健なメッセージを発しなければならない。いっそやらないほうがいいような気もするが、アイシャとしては、アラルスタンがしっかり統治されていることを、劇を通して近隣諸国に示したい意図がある。実際、預言者生誕祭の歌劇は、この国に代々伝わってきた無視できない外交ツールなのだ。

「とはいえ、どうしたものかなあ……」

突貫工事で作られた脚本を、ナツキはそっと閉じた。

表紙には〝三人のミーカーイール〟と題が刷られている。時は遡《さかのぼ》ること、十九世紀後半。皇帝アレクサンドル二世の治世のもと、ロシア軍が南進し、中央アジアの征服に王手をかけたころだ。

対峙《たいじ》するのは、かつてこの地域を治めていたブカラ汗国《カン》。

主役は、ジーラ扮《ふん》するロシアの下士官、ミハイル・ヴォルコゴーノフだ。

もう一人のミハイルであるチャルニャエフ将軍のもと、下士官はブカラ汗国と闘うが、あるとき戦に敗れ、汗国の捕虜となってしまう。

待っていたのは、彼にとって運命の転機となる出会いだった。

汗国の勇猛な戦士、ミーカーイール・ビン・ムザファルである。

最初、下士官はブカラの異文化を見下し、なかなか馴染《なじ》めずにいた。けれどもやがて、この汗国の戦士と友情を築き、高潔や庇護《ひご》といったイスラム流の武士道を学んでいく。下士官は、捕虜交換によって将軍のもとへ帰り——そして、先ほどの場面へ繋《つな》がるわけだ。

それにしてもだ。

各国の高官たちの前で、この学芸会を披露しなければならないのか。

「構図自体は、悪くないんだけどねえ」とジャミラ。「ロシアに睨まれるのは御免だから、ロシア人を主役にする。そのロシア人は、かつてポーランドのゲリラを殺したことを悔やんでいる。これはア《A》ラルスタン・イ《I》スラム運《M》動と重ねてるんだよね？」

「そうなんだけどさ」

ナツキは額飾《ハファ》りバンドの位置を直した。

「その前に、内容的に、どこかで聞いたことがあるような……」

「あの娘《こ》たち、アメリカ映画が好きだからねえ」

他人事《ひとごと》のように応じているが、アイシャも準主役の一人だ。彼女は、中央アジア側の代表ということで、戦士ミーカーイールを演じることになっている。

そして歌劇であるので、要所要所で歌が入る。

最後は、アイシャを中心に、ユーラシアの平和を願う歌で締める予定だ。

なんとかなると思っているのか、それとも、サインしなければならない書類に埋もれ、それどころではないのか。相変わらず、アイシャは真意の読めない微笑を口元にたたえている。

「せめて、細部を磨いてくれるプロの脚本家でもいればね。名前は出さないまでも」

ジャミラが欠伸《あくび》を嚙《か》み殺した、そのときだった。

2

三人の背後、一階席の入口のあたりで大きな咳払《せきばら》いがした。

「いや、これはいけません！　まったくもって、いただけませんな!!」

聞き間違えようのない、よく通る声。そして、いつもの道化の衣裳。

また、あの招かれざる客だ。

武器商人のイーゴリが、どこで手に入れたのか脚本を片手に練習風景を眺めていた。

「ちょっとあんた」

振り向きざまに、ジャミラが目をすがめた。

「さっさと返して。一応、その本は機密なんだから」

「何がまずいといって、まず第一に脚本がいけません！」

さっきまでその話をしていたのに、いっせいに、三人が殺意を籠《こ》めた目をイーゴリに向ける。

イーゴリはまったく意に介さず、つかつかと通路を下ってくると、ひょいと舞台に飛び乗った。それからぽかんとしている〝大柄〟とジーラの横を通り過ぎ、セットの机の前にそっと佇む。

その顔つきが、一瞬でミハイル・チャルニャエフ将軍のそれに変わった。

「さっさと物騒なものをしまうんだな、士官風情が」

その一言だけだった。

しんと、一同が静まり返った。もう少しやらせてみようかと、皆が思いはじめたときだ。イーゴリは元の戯《おど》けた表情に戻ると、飄々《ひょうひょう》と、ジーラが立っていた位置まで歩いていった。

「いいですか、お嬢様がた。次の口上は、こうでなければなりません」

イーゴリが三本の指で銃を作った。親指が撃鉄で、人差し指と中指が銃身だ。それを、主《あるじ》を失った机に向ける。

すっと下士官の表情に変わった。

「わたしは〝おまえ〟でも〝士官風情〟でもない！　ドミートリィ・ヴォルコゴーノフの子、ミハイル・ヴォルコゴーノフ――一つの名を持つ男だ！　ポーランドの無辜の民、そしてブカラ汗国の戦士たちの無念、いまこそ、その血で贖《あがな》ってもらう！」

イーゴリは啖呵《たんか》を切ると、広げた指をぱちんと鳴らし、銃声に代えた。

「……と、まあ、こんなところでございましょう」

また、元の顔つきに戻っている。

「もっとも、ミハイル殿の御父上の名など存じ上げませぬがね」

ここまで力強く進言していたイーゴリが、不意に、遠い目をした。

「……かつて、この大地は叙事詩に満ちみちていました。英雄たちの活躍は、民の口から口へ伝えられ――そうです、かのレーニン氏やスターリン氏の叙事詩まで残っているくらいでしてね」

「スターリンの？」傍らの〝大柄〟が眉をひそめる。

「御所望とあらば、今度、お披露目致しますよ。それにしても、それにしてもですよ！　このイーゴリ、武器商人である前に吟遊詩人の身です。そのことを、お忘れになってもらっては困りますな……まったく、水臭いではありませんか！　我が盟友、ナツキ殿！」

　イーゴリの台詞《せりふ》を受け、皆の視線が集まった。

　こっちに振らないでほしい。

「人手が足らぬというならば、どうして、わたくしめの存在を思い出してくださらなかったのですか！　いやはや、本当に水臭いことです！　いえ、わかります、わかりますとも――」何がわかったというのだろう。「このイーゴリ、一肌脱ごうではありませんか！」

　ぽんと、アイシャがこちらの肩を叩《たた》いた。

　いつの間にか、イーゴリのお守りのような立場になっている。やめてほしい。

　少し考えてから、ナツキは遮るように手のひらを相手に向けた。

「ああ……、わかったわかった。その話はあとで聞くからさ。いまは、練習時間もぎりぎりなんだ。そのあたり、こちらの事情も汲《く》んではもらえないかな」

「わかります、わかりますとも！」

絶対わかってない。

「まず、全体の構成です。いましがた、お嬢様がたが演じた対決のシーンこそを、冒頭に持ってくるのです！　そして、中盤でもう一度演じるのですよ！　もっとも、チャルニャエフ将軍のことなど、人々はすっかり忘れていることと存じますがね……」

「ふむ」

アイシャが口元を覆った。

なんだか嫌な予感がする。案の定、彼女がこんなことを言い出した。

「餅は餅屋というし、一応、話だけでも聞いてみようか。ただ、練習の邪魔だから、一緒に楽屋に来てもらえるかな？　でもドミートリィはやめてよね。この劇の舞台は一八六五年前後。どうせ、由来はロシア皇帝の暗殺未遂犯とか、そのあたりでしょう」

「これはしたり！　さすがは、高等教育のお嬢様がたです！」

イーゴリが額をぴしゃりと叩いた、そのときだ。

「ねえ！」

舞台の奥から、疳高《かんだか》い声がした。書き割りの裏から〝眼鏡〟が飛び出してきたのだった。ぱたん、と書き割りがこちら側に倒れる。

「この風来坊に脚本を直させるの？　なんだか、やる気がなくなっちゃう……」

「大丈夫」

そう言って、アイシャは睡蓮《ニルフィヤ》の笑みを口元にたたえる。

「まずは話を聞くだけ。あなたの努力は無にしないから」

「でも……」

アイシャが舞台に上がり、舞台脇の楽屋を指した。まずジャミラが、ついでナッキもその背を追う。けれど、ナッキは何か嫌な予感が拭《ぬぐ》えない。せっかくまとまりかけていた皆の心が、この劇によって、また分裂しかかっているような。

ジーラはといえば、イーゴリの演技を見て、すっかり自信喪失してしまっている。

あの野郎。

道化の背に目を向けたが、仕草は相変わらず飄々としていて、いっこうに真意が摑《つか》めなかった。

楽屋は綺麗《きれい》に清掃されているが、少しだけ黴《かび》の匂いがした。

一面に並んだ鏡は額縁のような金色の細工を周囲に施され、その前に化粧台と、赤い羅紗《ラシャ》を張った丸椅子が並んでいる。

ナッキは丸椅子の一つに坐《すわ》り、両手を椅子の左右についた。

イーゴリはといえば、自分の家のように化粧台に腰掛け、懐から新品のトランプ《カルタ》を一組取り出した。封を切り、器用にクラブからスペードまでの2から10までのカードを抜き出した。

それを傍らに並べ、油性ペンで脚本のシーンを一つひとつ書いていく。意外と言ってはなんだが、達筆だ。

「あんた、脚本をもう暗記してるの？」

ジャミラの問いには答えず、イーゴリはすらすらと筆を走らせる。まもなく、カードのほとんどが埋められた。

「うむ……」

と、その口から唸《うな》り声が漏れる。

「それなりに、まとまってはいますな。さすがは、後宮のお嬢様がたの仕事といったところですかね。まあ、元が剽窃《ひょうせつ》なので、当然と言えば当然の次第ではありますが」

「指摘できる点は？」とアイシャ。

「まず、ロシアの下士官とブカラの戦士が、いきなり仲良くなるのが、よくありません。もう少し時間をかけて、衝突しながら、徐々に相互理解するほうがよろしいかと」

イーゴリに指摘されるのは腹が立つが、ナツキもこれには頷《うなず》かざるをえない。

「あとは、そうですな……。最後の合唱のシーンですが」

ジャミラが眉間《みけん》に縦皺《たてじわ》を寄せた。

「それが何か？」

「確かに、合唱のほうが盛り上がりはしますが……。ここは、いっそのこと、アイシャ殿の独唱と致しませんか。つまりですな、アイシャ殿がただ一人、皆の前に立つほうが、より鮮明に、新政権の決意を皆々様に印象づけられるのではないかと」

「なるほどね」とアイシャが口のなかでつぶやく。

「大きな点と致しましては、こんなところでしょうか。あとは、場面ごとの細かい入れ替えや、いましがた御披露したような台詞の修正をしたいところですが、いかが致しましょうか？」

三人で顔を見合わせる。〝眼鏡〟には悪いが、イーゴリの指摘には確かに一理ある。

軽くアイシャが頷いたのを受け、ジャミラが事務的な手つづきに入った。

「正直機密というほどでもないから、脚本は一部貸し出す。ただ、当然ながら外部には漏らさないこと」

「ええ、ええ！」イーゴリが深く頷いた。

「でも、こちらとしては皆のモチベーションの問題もある。だから、そちらの案を採用するとは限らないし、逆に、上がってきた案にさらに手を加えることもありうる。採用不採用の如何《いかん》に関わらず、報酬は文化省から出す。それでいいかな？」

「よござんすとも！」

揉《も》み手で応《こた》え、イーゴリが脚本を手にひょいと床に降り、右手を胸に当てた。

契約成立だ。

イーゴリはそのまま戸口へ向かおうとしたが、それから不意に思い直したように、懐から余ったカードを一枚取り出し、こちらには見えないように化粧台に伏せた。

おのずと皆の視線がカードに集まる。

その隙に、イーゴリはもういなくなっていた。いったい、この一枚のカードがなんだというのか。ナツキが手を伸ばしたところで、アイシャが思わぬことを言い出した。

「せっかくだし、なんのカードか賭《か》けてみない？」

「何を？」ジャミラが身を乗り出す。

「〝ロケット亭〟の炊き込みご飯《プロフ》でどうかな」

「乗った」

ジャミラと二人同時に口を開く。

それから、皆で唸って考える。２から10のカードはすでに脚本の吟味に使われているので、残るはＡ《エース》と、そしてＪ《ジャック》からＫ《キング》といった絵札ということになる。

最初に張り《ベット》をしたのはジャミラだった。

「スペードのＪ。スペードは元は剣だし、武器商人ってことで、まあ一致するでしょ」

「ジョーカー」ナツキは直感そのままに応じる。

二人で、アイシャに視線を向ける。

彼女はしばらく顎《あご》に手を添えて考えていたが、やがて意外な答えを出した。

「ハートのＡが上下逆に伏せられている」

「へ？」間の抜けた声を出してしまった。

「……トランプはタロットカードの小アルカナとそのまま対応している」

「小アルカナって？」

「トランプそっくりのもの。１から順に数字があって、トランプと同じように、杖《つえ》や盃《さかずき》、金貨や剣といったカードの種類がある。これはそのまま、クラブとハート、ダイヤとスペードだよね。そしてタロットであるから、もちろんカードごとに意味がある」

ジャミラと二人で目を見合わせる。

それをよそに、アイシャが優雅な手つきでカードをめくった。彼女の言った通り、それは上下逆に伏せられたハートのＡだった。

「盃が意味するのは心。そのＡは、交流や恋愛のはじまり、ひいては共同事業のはじまりを意味する。だから、あの男は状況に合わせてハートのＡを選んだ」

ただし、とアイシャが人差し指を立てた。

「タロットは逆さになると、意味が反対になる。盃のＡの場合は、韜晦《とうかい》や一方的な愛情、そして関係や恋愛のつまずきといったところかな」

〝眼鏡〟の一件への皮肉か、あるいは彼自身のパーソナリティを指す名刺のようなものか。とにかく、イーゴリらしいことに変わりはない。

「彼のことだから、逆さのカードを使うだろうと思った。そして、トランプで明確に上下があるのはAのカードくらい。意味から絞りこむと、おのずとハートのAが浮き上がってくる」

「はいはい、あんたが頭いいのはわかったよ」

ぽんと手を叩いてから、ジャミラが不機嫌そうに首筋を掻《か》いた。

「〝ロケット亭〟のプロフね。一緒に食べようじゃない。あたしも行きたかったんだ」

3

雑貨店とアパート《ホナドン》に挟まれた数メートルの空間に、赤錆《さ》びた鉄柱が二本立てられ、それを無骨な鉄のプレートが橋渡ししていた。青と白、そして赤で塗られた小さなロケットの絵とともに、〝ロケット亭〟とロシア語で屋号が記されている。ソビエトが宇宙開発に威信を賭け、誇りをもっていたころの、その名残りだ。

通りかかっただけでは、ここが料理店だとは気づきにくい。

が、門から足を一歩踏み入れて覗《のぞ》くと、粗末なプラスチックの椅子やテーブルが並べられ、奥に小上がり《チョクガル》が一つあるのがわかる。右手のアパート沿いには、串焼《シャシリク》きを炭火にかけるための長い焼き台がある。

こんな店でも味は確かで、朝には大混雑となる。

夕方近いこの時間になると誰もいないが、いまのナツキたちにとっては、そのほうがありがたい。そのぶん、作り置きのプロフは、向日葵《ひまわり》の油が米に浸みてやや味が落ちるけれど、それでも美味《おい》しいことに違いはない。

三人で小上がりに席を取り、人数分のプロフと紅茶《カラチャイ》を頼んだ。

ナツキたちの姿を見た店主は、一瞬だけ目を見開いたが、穏やかな笑顔とともに頷き、それから厨房《ちゅうぼう》へ戻っていった。

先にサラダとパンを出された。

サラダは玉葱《たまねぎ》とトマト、それから胡瓜《きゅうり》を切っただけのものだ。ドレッシングがわりの酢は消毒を兼ねているので、たっぷりと全体にかける。パンは麦わら帽子ほどのパン種に、熱湯をかけてから焼き上げるこの地方のもので、西欧でいうところのベーグルに近い。おそらく、ユダヤ人が持ちこんだ製法でないかとジャミラは言うが、由来は定かではない。

「一度、サマルカンドのやつを食べてみたいんだよね」

ナツキはパンの切れ端を口に放りこむ。

紅茶のポットと一緒に、重ねた湯呑みが出された。アイシャが三人の前に湯呑《ゆの》みを並べ、半分ずつ注《つ》いで回る。

土の香りの乗った風が吹き抜けた。店主がステレオを鳴らしはじめた。垢抜《あかぬ》けない四つ打ちのダンス・ミュージックだ。騎馬民族なら三拍子を好みそうなものだが、四つ打ちが流行るのは、車が普及したせいだろうか。沙漠《さばく》や平原のなか、延々とつづく一本道を車で走るには、確かにこの手の縦乗りの音楽がぴたりとくる。

温度を確かめるように、ジャミラがゆっくりと湯呑みを口へ運んだ。

「サマルカンド、あたし行ったことあるよ」

「ずるい。いいなあ」

「でも、ウズベキスタンと言えば……」

おのずと、それぞれの仕事の話になる。

昔から好んで三人で来ていた店が、ランチミーティングの場になってしまうのは寂しいが、こればかりは愁えても詮方《せんかた》ない。

ＡＩＭを撃退してから、国境は輸出入のためのみに開き、民間人は空港を経由しないと出入国できない状況となっている。目的はゲリラの封じこめで、こうした対策がなされたことから、当初は周辺各国もアイシャ政権に好意的だった。

いま現在も、各国は水配分をはじめとしたさまざまな交渉に応じている。

ところが、ウズベキスタンを中心に、徐々に外交チャンネルが狭まってきているように感じるとアイシャは言う。

「たぶんわたしたちの頭越しに、この国をどうするかが話し合われてる」

「諜報《ちょうほう》機関がないのが痛いね」

ナツキがつぶやいたところで、プロフの皿が三人の前に並べられた。一口食べてみて気がついた。ずいぶん時間がかかると思っていたら、新たに作ってくれていたのだ。向日葵油をまとった米は、一粒一粒がぱりっと立っていて、香ばしい。

羊肉に添えられているのは、羊の一番いい部位、尻尾《しっぽ》の脂身だ。

「お嬢がたには、精をつけてもらわないと」

サラダの皿を片づけながら、店主がぼそりとささやいた。

「また来てくれて嬉《うれ》しいぜ」

この店主は、実は旧ソビエトの技術官僚《テクノクラート》だ。噂によると、かつてはバイコヌール宇宙基地に勤めていた。ところが、新たに設計したロケットの案が取り入れられず、出世の目が消えた。それで、アラルスタンへ流れてきたのだとか。

それでも屋号にロケットとつけるあたり、宇宙への未練が残されているのだろうか。

店主が立ち去ったところで、ナツキはささやき声で訊《たず》ねた。

「周辺国がわたしたちに冷淡なのは、やっぱりあのゲリラの気球のせい？」

「それもある。でも、あなたのせいじゃない」

アイシャが答え、それから交互にナツキとジャミラの二人を見た。

「まずは、温かいうちに食べましょう。せっかくの、親父さんの厚意なんだから」

頷いて、ナツキは車が往来する外の通りに目を向ける。

通りの向こう側にあるのは、国民広場だ。広場の西側は省庁や銀行がつらなっているが、この南東の一角だけは、昔ながらの市場《バザール》や、こうした飲食店が残っている。

帰り際に、土産と称して、煉瓦《れんが》大のハルヴァを三つ渡された。

ハルヴァは南インドから西アフリカまで、広く食されている練り菓子だ。

かつてこの店を訪れたアフガニスタン人の旅行者から教わったレシピだそうで、炒《い》った小麦粉とバター、それから香辛料を合わせたのだという。一口だけ齧《かじ》ると、ほろりと崩れ、口のなかで幻のように溶けて消え、あとに香ばしさが残った。病みつきになる味だけれど、これを丸ごと食べると軽く二千キロカロリーを超えるので、かなりの危険物でもある。

アイシャが魅力的な提案をした。

「ね。せっかくだから、あの屋根《トム》の上で食べない？」

すでに冬にさしかかり、屋根の上はいかにも寒そうだが、異を唱える理由はない。

幅ばかりやたらと広い道路を渡って、人のまばらな広場に入り、管理事務所の小屋へ向かった。道行く人々はカップルが多い。木々は、預言者生誕祭に向けて電飾が準備されつつあった。

管理人のムスタファは三人の顔を見るなり、

「おお、なんだか久しぶりじゃねえか！」

と大きく声を張り上げた。

「どうだい、チェスでも一局」

「ごめんね。もう少し落ち着いたら、またお相手させてよ」

「なんだい」つれないナツキに、ムスタファは不満そうだ。

周辺の酸汁《クヴァス》売りから一杯ずつのカップが、ソフトクリーム売りから新開発だというビートのソフトクリームが渡される。つづけて、雑貨売りから袋入りのウエハースを差し出された。

瞬《またた》く間に、手元がお菓子だらけになってしまった。

しばらく口にしていなかったクヴァスの味が、懐かしく感じられる。ソフトも悪くない味だった。ビートは塩害に強く、中央アジアでよく作られている植物なので、観光客向けに悪くないかもしれない。そう伝えると、ソフトクリーム売りは少し嬉しそうだった。

ムスタファが止めるのを無視して、三人で屋根に上った。

木枯らしは、銀飾りつきのドレス《コイレック》や被衣《チュルピ》が遮ってくれる。それよりも、予定外のソフトクリームで冷えてしまいはしたが。

一箇所脆《もろ》くなっていたというトタン材の屋根には、いつの間にやら小さな穴が開いていた。

その穴から、ぬっと毛深い手が伸びてくる。ムスタファが温かい緑茶《コクチャイ》のポットと湯呑みを差し出してきたのだ。礼を言って、食べきれない菓子を彼に分ける。

ナツキとジャミラは腰掛けたが、アイシャは何を思ってか、立ったまま広場を眺めている。チュルピが風を受けてはためき、その下の額飾り《ハファ》バンドを覗かせた。

もう一口、ナツキはハルヴァを齧る。ほろほろと生地が崩れ、粉が風とともに散った。本当は、スプーンを使って食べる菓子なのだ。

そのときだ。

宣言でもするように——いや、それは実際に宣言だった——力強く、アイシャが口を開いた。

「わたしには、どうしてもやりたいことがある」

緑茶を啜《すす》ったジャミラが、これを聞いて頭を上げる。

「それは、政治家として？」

やや間を置いてから、アイシャが頷いた。

「わたしはチェチェンで生まれ育って、両親が命懸けでアラルスタンに送りこんでくれた。定期的な送金もあって、皆より恵まれた環境のもと、教育を受けることができた。でもその両親も、すでに世を去った。ちょうど、あなたたちと仲良くなってきたころ――」

当時のアイシャの様子から、ナツキも薄々そうでないかと思ってはいた。けれど、彼女の口から直接語られたのは、これがはじめてのことだった。

チェチェンの独立派は、ロシアに対するテロをたびたび行ってきた。あるいは、拷問死といった経緯もあったのかもしれない。わからないし、訊《き》くこともできない。

後宮の生徒たちは、多かれ少なかれ、皆、同じような過去を背負っている。〝大柄《サミア》〟や〝眼鏡《シルヴィ》〟にしても、内戦のつづいたタジキスタンで居場所をなくし、アラルスタンへ逃れてきたロシア系の移民だ。

今回の劇の主役、ジーラもそうだ。彼女は二〇〇五年にウズベキスタンで起きたアンディジャン事件で、目の前で父を喪《うしな》っている。アメリカの対テロ戦に反対して非暴力デモに参加したイスラム保守派の住民を、ウズベキスタン政府は封鎖した広場に誘導し、ほとんど皆殺しにしたのだ。彼女に銃弾が当たらなかったのは、まだ子供で背が低かったから。

子供で背が低かったという当たり前のことが、しかし、彼女のなかに罪の意識を形作った。おそらくそれが、彼女の芯《しん》の弱さとも繋がっている。

「残念なことに――」

立ったまま、アイシャは二人にしか聞こえない声でつづけた。

「人権より、国体を優先すべき場面は確かにある。国体よりも、信仰を優先すべき場面があるように。そしてまた、信仰より人権を優先すべき場面があるように……」

けれど、そうやってわたしたちは脅かされてきた。心を。あるいは、命そのものを。

ジャミラが目を伏せた。

「だからね」

アイシャは遠くを見たまま、独語するようにつづけた。

「わたしは国体と信仰、そして人権の三権分立を確立したい」

反射的に、ナツキは目を上げた。

「どういうこと？」

「簡単に言うと、国体の暴走を人権が制限する。そして、人権の暴走を信仰が制限する。さらには信仰の暴走を国体が制限する。この三竦《さんすく》みを制度化するってこと」

「ええと……、イメージが摑みにくいな。たとえば、国会と宗教局と人権局があって、相互に人事権を握っているような？」

「たとえばね。それだけだと、うまく機能しないだろうけど」

「ううん……」

ナツキは口をつぐんでしまった。

アイシャは祖国の家族を失い、庇護者であったアリーも斃《たお》れ、そんななか、うやむやのうちに政権を樹立した。いったいその過程のどこで、この友人は、こんな過激とも取れる思想を抱くに至ったのか。

そう、過激だ。でも、その思想の目指すところは――。

無為に人の死なない、しかも精神性を内に抱いた国、といったところだろうか。

魅力的だ。

ナツキは思考を次の段階に移した。まず、実現は可能だろうか。何しろ、保守派も左派も、世俗派も宗教右派も、誰もが反対しそうな制度には違いない。制度設計そのものも、よほど詰めて考えない限り、有名無実のものとなる。

憲法の改正も必要だ。

それでも、やってやれなくはないかもしれない。中央アジアの諸国は、一部を除いては、しょせん半独裁か独裁かなのだ。そしてどの国も、そうでなければ立ちゆかない事情がある。

結局は、アイシャのこれからの求心力次第ということになる。

「それから、そう。アリーを撃った下手人も、必ず、この手に捕らえて……」

どきりとした。

殺す、とはアイシャも口にしなかった。だが、一度ならず考えたはずだ。前大統領のアリーを、誰よりも慕っていたのは彼女だからだ。それは当然の感情でもある。けれど、同時にこうも思った。この明晰《めいせき》な友人さえ、憎しみの連鎖からは逃れられないのかと。

菓子を手にしたまま、また、ジャミラが軽く下を向いた。

風とともにハルヴァの包みが音を立て、わずかに粉が散った。

「誰にも邪魔はさせない」

アイシャが発したのは、静かな、けれど強い口調だった。

その目は、すでにここではない遠くを見ている。

「ウズベキスタンやカザフスタンが、裏で何を策謀していようとね。そのためにも、この政権の統治力を周辺国に示しておかないと。あの外交劇一つでも、分水嶺《ぶんすいれい》になる」

しばらくの間があった。

軽く耳許《みみもと》を掻いて、ナツキはちらとアイシャを見上げる。——戻ってきていた。そこにあるのは、独裁者の顔でも、理念を掲げる政治家の顔でもない。一人の友人の顔だ。口元には、微笑が戻ってきている。

「なあ、お嬢がた！」

野太い声が下から響いてきた。

「要人警護とかはつけないのかい？　なんだか、俺はおまえさんたちが心配だよ」

ムスタファだ。

小屋の前のベンチにチェス盤を広げ、クヴァス売りと一局指しはじめている。

「その点は大丈夫」

アイシャが片目を瞑《つむ》ってみせた。

「そもそも、誰もやりたがらなかった大統領。わたしが狙われる合理的な理由はないの」

「だがよ。誰もが合理的に考えるってもんでもねえだろ。とにかく気をつけてくれな」

「ありがとうね」

応えるアイシャの顔には、もちろん、あの蓮《はす》の花の笑みが広がっている。

4

二つの影が向かい合っている。

左手側に立ったヴォルコゴーノフが、震える手でリボルバー式の拳銃を構えている。

だが、銃口を向けられた相手は、まるで意に介する素振りを見せない。

机に手をついたまま、パイプをふかし、横目で相手の男を睨んでいるのみだ。

「ようこそおかえり《パジャーラバッツ》、ヴォルコゴーノフ君……と、言いたいところではあるが——あ。アイシャ、おかえりなさい！　ジャミラとナツキも！」

劇場を借りる時間を過ぎたあとも、後宮の大広間で練習をつづけているのだ。脚本それ自体が、これから変わるかもしれないというのに。

〝大柄〟は、ナツキが何を考えたかわかったようだった。

「脚本がどうなろうと、またそれに合わせるだけさ。なあ？」

胸を叩き、〝眼鏡〟に同意を求める。

「ええ……」

伏し目がちに、嘆息するように〝眼鏡〟が応えた。

ふたたび練習がはじめられる。

ジーラの吃音は、後宮へ戻って民族衣裳に着替えてから、少し改善したように見える。床に目をやると、本番の舞台の奥行きに合わせて、白いテープが貼られていた。あちこちに小道具や着替えが散乱し、うっすらと、皆の汗の匂いがする。

〝眼鏡〟は歌劇用の大砲に腰掛けて、物憂げに皆の練習に視線を向けていた。

「ねえ」

アイシャが、小声で〝眼鏡〟の名を呼んだ。

「さっきは悪かったね。でも、この劇は外国の高官たちも観に来る。一考に値する案が上がってくるなら、やっぱり、それは採用を検討したほうがいい」

「そんなことは」――わかってる。

つづく言葉を、〝眼鏡〟が呑むのがわかった。

「安心して。あなたの頭越しに修正したりはしない。必ず、相談するから」

これで、相手も一応は納得したらしかった。軽く頷いて、その場は引き下がる。

〝大柄〟の独唱がはじまった。

　ああ、我が聖なるペテルブルクよ
　暁光を受けて輝くバルトの海よ
　幾度、汝《なんじ》に焦がれただろう？　この辺境の沙漠の真ん中で、遥《はる》かな草原の地で
　災厄《ボウワン》が降りかかった
　そして我らが敵には、さらなる災厄が
　だが、あなたは慈悲深い上にも、慈悲深いかたであらせられる――

ここは彼女の見せ場の一つだ。

心の奥底で、将軍は皇帝《ツァーリ》を疑っている。クリミアからコーカサス、ポーランドと転々とし、ついには南の「辺境」にまで飛ばされた。西欧化と富国強兵の名の下に、罪のない汗国と闘わされる、我が身の運命を呪っているのだ。

将軍とて、いわば中間管理職の身。下士官ヴォルコゴーノフの訴えを、斥《しりぞ》けなければならない立場にいる。皇帝の命に翻弄《ほんろう》されるチャルニャエフが、聖典《クルオン》のアイユーブ、あるいは旧約《タウロト》でいうところのヨブに重ね合わせられる箇所でもある。

史実では、民の抵抗に遭い、チャルニャエフの南進は失敗に終わる。

それが、この一八六五年という時代が舞台に選ばれた理由だ。任を外されたチャルニャエフは、かわりにペテルブルクへの帰還を果たす。暴虐なる北の皇帝は、慈悲深くもある。

ナツキは下士官役を終えたジーラに目をやった。汗ばんだ身体を胡桃《くるみ》材の柱に寄りかからせ、不安を顔に貼りつけている。

被衣《チュルピ》を脱ぎ、軽く頭を掻いてから、彼女に話しかけた。

「こないだはありがとうね」

「え？」

「貸してくれた衣裳のこと。あれで、わたしもなんとなく吹っ切れた気がする」

吹っ切れすぎであった気もするが、深く考えないでおく。

少し気が弛《ゆる》んだのか、ふふ、とジーラが薄く笑った。

「それでさ」ナツキは首筋に手を添える。「ちょっと、思いついたんだけど」

「何？」

「衣裳を着て練習してみない？」

二度、瞬《まばた》きが返ってきた。けれど、これにはジーラも思うところがあったらしい。

「なるほどね」

そう言い残して、彼女は衣裳を取りに、ばたばたと二階へ駆けていった。

ややあって、水色のウィッグの上に黒い帽子を被《かぶ》り、セーラー服に黒のニーソックスという出《い》で立ちのジーラが階段を下りてきた。

雰囲気的に、あまりロシアの下士官という感じではないが、それは触れないでおく。

〝大柄〟が独唱を終え、練習が途切れたところで、ジーラが白線内に入る。おのずと、皆の視線が彼女に集まった。凜《りん》と皆の前に立ち、彼女が口上を述べた。

「わたしは皇帝の命を受け、ポーランドで無辜の民を殺してきました」

その顔は、イーゴリが演じてみせたのと同じような、下士官のそれだ。

「ゲリラだけではありません」

一呼吸置いてから、ジーラが強い口調でつづけた。

「聖職者や貧民、女子供をもです！　そう、あの一月蜂起と、終わりの見えないゲリラ戦……。そのわたしに、今度はサマルカンドやブカラの民を殺せと言うのか！」

　これだ。

　やや脚本とは異なるが、屈折した下士官の佇《たたず》まいや空気を、濃く身にまとっている。吃音も消えた。問題は本番で何を着るかだが、それはあとで考えればいい。

　つい、ナツキも白線をまたぎ、あいだに入ってしまった。

「……その物騒なものをしまうんだな、士官風情が」

「わたしは〝おまえ〟でも〝士官風情〟でもない！　ドミートリィ・ヴォルコゴーノフの子、ミハイル・ヴォルコゴーノフ——一つの名を持つ男だ！　ポーランドの無辜の民、そしてブカラ汗国の戦士たちの無念、いまこそ、その血で贖ってもらう！」

　来た。

　主役の変貌《へんぼう》に、一気に場の緊張感が高まっていく。傍らで胡坐《あぐら》をかいていた〝大柄〟が立ち上がり、手のひらを掲げた。ジーラも腕を掲げ、ハイタッチをする。だが、ついイーゴリの案を採用してしまったことに、彼女もここで気がついたようだった。

　ジーラは眉尻を下げ、おずおずと〝眼鏡〟のほうへ目を向ける。

「いいんじゃない？」

　苦笑とともに、〝眼鏡〟がそれに応じた。

「大きな問題じゃないよ。ドミートリィはアレクセイとでもしておこう」

行けそうだ。

ジーラの変貌を見て、ナツキも身体の奥が熱くなってくるのを感じる。

「ねえ。わたしも、歌ってみていい？」

「もちろん」

応えて、〝大柄〟が小道具のギターを手に取った。

「どの曲がいい？」

「〝サクサウール〟を」

今回の劇のために、皆で作曲をしたナンバーだ。

頷いて、〝大柄〟がイントロの分散和音《アルペジオ》を爪弾《つまび》く。

アラルスタンにとって、サクサウールはなくてはならない植物だ。元の植生は広く、中国西部からアラビア半島、西アジアまで。それに〝最初の七人〟が遺伝子改良を施した。沙漠を覆う白い恵みはラクダの飼料となり、串焼《シャシリク》きの火となり、塩や有害物質が風に乗るのを堰《せ》き止め――そして、長い根は年月をかけて土壌を強固にしてくれる。

大きく息を吸った。

我らは憶《おぼ》えている

天地の狭間《はざま》の塩の沙漠で、朝、我らを言祝《ことほ》ぐ白い花を
幻の海を懐かしむその小さな霞《ディムカ》を
サクサウール、我らが地を永遠《とわ》に覆わんことを

我らは憶えている
ヨルダンの死海のほとりで、シナイ半島の高層ビルの傍らで
夕べ、駱駝《らくだ》に食《は》まれるその白い花を
サクサウール、彼らが地を永遠に覆わんことを

アイシャと、それからぼそぼそとつぶやくような声でジャミラが入ってきた。

やがて合唱が広がった。

あるいは、仄暗《ほのぐら》いイラクの油田の周囲に　ウイグルに　ペルシアに　アフガンに
アラビア半島の南端の遠いアラブの祖国に
沙漠に独り根づき、うねるその幹の太く逞《たくま》しい実存よ
サクサウール、彼らが地を永遠に覆わんことを

我らは憶えている
天地の狭間の塩の沙漠で、朝、我らを言祝ぐ白い花を
幻の海を懐かしむその小さな霞を
サクサウール、我らが地を永遠に覆わんことを

音楽は感情を揺さぶる。視界の隅で、ジーラの左眼が一筋の涙をこぼしていた。

寒暖差の激しいアラルスタンの、その短い春にサクサウールは花をつける。それを遠くから眺めると、まるで霧が風に乗って大地を流れるようにも見える。

一年は一瞬だ。それなのに、ふたたび全員で次の春を迎えられるかがわからない。

作詞にあたっては、慎重にイスラエルといった国名は避けた。数年も経てば使えなくなる地名もあるかもしれない。それでも、ナツキたちは曲に願いを籠めた。また春が来て、サクサウールの小さな白い花と出会えることを。そして、ウイグルやパレスチナやアフガンの民においても、そうであることを。

*

「ふん」

不機嫌に鼻を鳴らして、ウズマ・ハリーファは緑茶《コクチャイ》を啜った。

取り巻きの一人が、目尻を下げながら口を開いた。

「いいじゃない。若いころを思い出すねえ」

預言者生誕祭の出し物の歌劇は、ウズマたちの代から執り行われている。自分たちが主役であったころのことに、思いを馳《は》せているのだ。

いま、三階の枢密院の片隅で、ウズマは緑茶を呑みながら、雛鳥《ひなどり》たちがさえずる歌に耳を傾けている。周囲には、取り巻きが数名。皆、ここが教育機関に変えられるより前から勤めていた仲間たちだ。

下の世代は、学のないお局《つぼね》連中だとこちらを蔑《さげす》む。

逆に西欧の自由主義にかぶれて、ウズマたちが搾取の被害者だなどと口にする餓鬼どもまで出てきた。こちらはこちらで、生まれた時代が違ったというだけで、自由を謳歌《おうか》する雛鳥たちが厭《いと》わしい。もっとはっきり言うならば、憎い。皆、そう思っていたはずだった。

その空気が、徐々に変わってきているのが感じられる。

「ふむ……」

緑茶で口を湿らせてから、また別の取り巻きがつぶやいた。

「悪くない。やや、優等生的な気はするがな……」

アイシャを中心に雛鳥が立ち上がり、瓦解寸前のこの国をなんとか統治しようとしている。それはわかる。

だが、若造の正義が事態を悪化させるさまを、これまで幾度も、ウズマは目にしてきた。アイシャたちには、圧倒的に経験が不足している。学はあっても、人間を知らないのだ。

最初は、何もできないだろうと思った。

流れを変えたのは——おそらく、ナツキの存在だ。

最初、あの日系人は何事にも受け身で、周囲からも虐《いじ》められていたはずだった。履修を終えたところで、物にならぬとウズマは考えていた。それが、どこでどう化けたのか、ありえないと思われた文民統制《シビリアン・コントロール》までなしとげてしまった。

あの娘を拾ったのが、ほかならぬ自分だというのは、皮肉以外の何物でもない。

もう一度ウズマが鼻を鳴らした、そのときだ。

銀の胸飾りや御守《アキック》とともに下げていた、携帯端末が震えた。何気なくその画面を見て——自分の口元に、暗鬱《あんうつ》な笑みが広がるのがわかった。

「どうかして？」

ウズマはすぐには応えず、メールの画面を相手に向けた。

即座に、皆のあいだに緊張が走るのがわかる。

「ウズベキスタン軍が南部の国境を破り、こちらの油田を占領した。確かな情報だ」

「そんな」と一人が漏らした。「油田は、ウズベクと共同開発していたはず」

また別の一人が言う。

「それに、ここは政治経済の緩衝地帯であったはず。それを、ウズベキスタンのほうから破ってきたと？」

「もとよりウズベクなど独立国家共同体《CIS》にも米軍にもなびく、ただの蝙蝠《こうもり》よ」

ウズマはメール画面を閉じ、ふたたび首に下げた。

「信用など、最初からない。おおかた、ロシアやカザフスタンとでも話をつけたのだろうな」

「すると、平和維持軍《PKF》は動かない？」

「さてな」

応じながら、ウズマは湯呑みを置いた。

「どうあれ、ここで米軍や国連に助けを求めるようでは、お里が知れるというもの。どれ、雛鳥たちのお手並み拝見と行こうかね」

「助言してやらないのか」

うっかり、そう口にしてしまった一人を、ウズマは眼光一つで黙らせる。

「〝勇気の前には、運命さえ頭を下げる〟——とどのつまりは、あやつら次第よ。真に勇気を持つ者が立つか、あるいは運命に屈することになるか。……わしは、あくまで後者に賭けるがね」

男連中が帰ってきてからは、陽も沈まないうちから酒盛り。なみなみと注がれたウォッカを一気にあおるのだけど、これがきつい!!　でも、沙漠のまんなかであおるウォッカは、そのまま頭から抜けていくようで、不思議と悪酔いしない。


そして、そう。無理やりに一気飲みをすると、「いいか、アラルスタンには駆けつけ三杯というルールがある」だなどと言われ、また酒を注がれる。

あるんだ、駆けつけ三杯！

って、なんで、どうでもいいことばっかり通じるんだよ!!

ラクダの乳の酒も呑んでみたいのだけど、ジェスチャーが通じず、それは断念。


で、そろそろ俺としては、おいとまといきたいのだけど、なかなか離してくれない。

相棒のチャリを隠された上、独身だとわかると、放牧地一番の美人だという娘を紹介されてしまった。心が動く。はてさて、俺の明日はいかに!!　（つづく）

ママチャリで世界一周～アラルスタン編４

さて、いったいどこから説明したものか……。

まず、いま俺の目の前には天幕（ユルト）の天井がある。地面に織物を敷いただけの寝床だから、なんだか腰が痛い。
ユルトのなかに、家具はほとんどない。
寝具を収める小箱の上に、薄型のテレビが載っているのが面白い。壁（と言っていいのかな）には、いろんな文様を刺繍した織物が下げられている。

場所は、首都のマグリスラードから東に外れた放牧地だ。

というのも。遊牧民の兵士と一夜を明かしてから、「おまえは命の恩人だ」ということで、彼らの家（？）に招かれたらしいのだ。「らしい」ってなんだよと自分でも思うけど、言葉が通じないんだからしょうがない。

男たちは日の出とともに起き、ラクダの放牧へ向かう。ユルトを出ると、一面の塩の沙漠だ。正確には、白い低木がそこかしこに生えている。触ったら硬く尖っていて、少し指を切った。でも、ラクダたちはその葉を食べるらしい。

女性の仕事は乳搾り。それから、沙漠のあちこちに建てられた、水蒸気を集める妙なタワーからの水汲み、そして薪集めだ。手伝おうとすると怒られるので、やることがない。いまの季節は乳が出ないとかで、皆、茶飲み話に耽っている。

5. 二人のドミートリィ

1

フロントガラス越しに、一面、白い大地が開けている。

地面を覆っているのは塩と、それからサクサウールの低木だ。道沿いに、遊牧民の天幕《ユルト》がまばらに建てられているのが目につく。露天に小さな台が置かれ、そこにラクダの乳から造った酒や乾酪《クルト》といった売りものが並ぶ。

視界のあちこちに、籐《とう》家具を寄せ集めたような塔が立っている。

大気中の水分を集めるための〝オアシスの塔《アジス・バスニャ》〟だ。不規則に地平までつづく大小の塔は、まるで墓標のようでもある。けれど、海の消えたこの地にあって、この塔は人にとっても、そしてラクダにとっても欠かせないライフラインの一つだ。

〝眼鏡《シルヴィ》〟は手元のマイクを口元に寄せた。

「今年もハレム・シスターズが帰ってまいります！」

呼びかけはジープの屋根につけてある巨大アンプによって増幅され、ただでさえ道が悪いなか、低音が振動となって余計に車体を震わせる。

「場所はマグリスラード国民広場！　観劇は七ソム！　たったの七ソムです！　預言者生誕祭の一晩を、ぜひわたしたちの歌劇とともに――」

遊牧民の母子が天幕から顔を出し、奇妙なものでも見るような目をこちらの車に向けた。やめて、見ないで。

いや、聞いてもらわなければ困るのだけれど。

「ハレム・シスターズ！　アイシャ＆ハレム・シスターズをよろしくお願いします！」

思い切って声を振り絞ったとき、徐行運転をしていた車が傾いた。

昨晩、わずかに雪が降ったらしく、それが陽差しに融《と》け、道がぬかるんでいるのだ。

アラルスタンに舗装道路は少ない。輸出入の要《かなめ》となる幹線道路は中国人たちがいい道を造っていったが、それ以外の場所、たとえばこうした遊牧民の放牧地はだいたいこんなものだ。

舌打ちとともに、運転席の〝大柄《サミア》〟がアクセルを踏みこんだ。

空回りだった。

こうなると、車体ごと引っ張ってくれる別のジープが通りかかるのを待つしかない。

〝眼鏡〟はマイクを切り、ため息をついた。

「なんでわたしたちが、こんなこと……」

「仕方ないさ」

なかば諦《あきら》めたように、〝大柄〟がシートをリクライニングさせ、ゆっくりと頭の後ろで手を組んだ。

「みんなテロを怖れて、チケットが全然売れないんだから。それとも、各国の高官たちの前でがらがらの客席を披露する？」

「だけどさ」

「だいたい、今日のマイク担当を希望したのはあんたじゃない」

そこを衝《つ》かれると痛い。

「だって嫌なんだもん。毎日のように、目のぎらついた財務官僚に囲まれてさ。結局、わたしは確認してサインするだけだし」

「抜け出して大丈夫なの？」

「今日くらいならね。さんざんバランスシートを見てきたけど、まあ、ひとまず財務は健全。官僚が優秀すぎるのが、かえって息苦しいくらい」

「やれやれだね」

頷《うなず》きを返して、もう一度〝大柄〟がアクセルを入れた。同じ結果だった。

「ま、やれることはやってみようか」

つぶやきを一つ残して、彼女が車を降りていく。背後に回り、後ろから押そうというのだ。慌てて助手席のウインドウを開き、首を突き出した。

案の定だ。目の前で、〝大柄〟はぬかるみでバランスを崩し、転びそうになった。

「やめなよ！　あんたも劇に出るんでしょ！」

「仕方ないさ。その劇自体がピンチなんだし」

このとき、背後の沙漠《さばく》からエンジン音がした。一瞬、救援を期待したが、期待はすぐに危機感に変わった。

「伏せて」

〝大柄〟が鋭く指示を飛ばしてきた。

「なるべく自然に、居眠りしているみたいに」

わかってる。

〝眼鏡〟はマイクを下ろし、ダッシュボードに伏せた。

エンジン音の正体は、アラルスタン・イスラム運動《AIM》のバイク隊。面の割れていない〝大柄〟はともかく、〝眼鏡〟は一応ながらも財務を束ねる立場だ。万が一、こんなところで人質に取られでもしたら大事になる。

でも、なぜだろう。

このあたりは、ＡＩＭの勢力外であったはずなのに。

「なんだ、後宮《ハレム》のお嬢がたじゃないか！」

追いついてくるなり、先頭を走っていた男がバイクを停め、〝大柄〟に声をかけた。

後宮の人間だとわかったのは、こちらが民族衣裳《いしょう》を着ているからだろう。

腕の隙間から声の主を覗《のぞ》き見た。

白いターバンで顔を隠し、ジャケットを羽織ったＡＩＭの定番スタイルだ。

「そうか、タイヤが嵌《は》まっちまったのかい……。なんとかしてやりたいが、引っぱるにしても俺たちのバイクじゃなあ」

ここで不意に、男が胡乱《うろん》きわまる屋根のアンプを注視した。

「なんだい、ありゃあ」

「歌劇のチケットが、思うように捌《さば》けなくてさ――」

〝大柄〟が運転席に戻り、相手の人数分のチラシを取って戻った。

「よければ、あんたらも観に来ておくれよ」

チラシは〝眼鏡〟たちが作り、後宮のインクジェット・プリンタで量産したものだ。

一応は国の興行なのだから、文化省でも頼ればいいと思うのだけれど、それはそれで、手続きの上でいろいろとややこしいのだという。いま思うと、うまく丸めこまれたような気もする。チラシの出来映えを見たアイシャの反応は、一瞬の無言のあと、「まあ、手作り感がいいんじゃない」との由。

男がチラシの束を受け取って、振り向いてほかのメンバーにも配った。

「ふん、歌劇ねえ……」

「実際、困ってるんだよ。お忍びでいいからさ」

ゲリラを誘ってどうするんだと思うが、いまこの場で怪しまれないためだろう。

「預言者生誕祭に敵味方なし。ま、そのスタイルで来られると困るけどね」

男たちが顔を見合わせて笑う。

そんなことより、早くあっちへ行ってほしい。ちょうどそう思ったとき、相手の一人がこちらを覗きこもうとした。

そっと、〝眼鏡〟は目を閉じる。

「連れの娘《こ》はどうしたんだ？　具合でも？」

なんでもない、なんでもないから。

「手伝いを頼んだんだけどね——」こんなときは、揺るぎない〝大柄〟の声が頼もしい。「なんだか寝不足みたいでさ。そのまま、寝かしといてやってくれるかな」

「応援のジープを呼んでやろうか？」

「ううん……。わたしたちも立場ってやつがあるから。さすがに、あんたたちを頼るわけにもいかない」

「違いない」

苦笑とともに、バイクのエンジンをふかす音がした。

「劇、楽しみにしてるからな。神の御心のままに《インシャラー》」

「厚意に感謝する。インシャラー」

やがて、バイク隊がこちらの左右を駆け抜けていく音がした。

でも、本当にすべてのバイクが過ぎ去ったのかがわからない。身動きが取れないまま、首筋を汗が伝う。やっと、〝大柄〟が助手席の窓越しにこちらの背に触れた。

生きた心地がしないまま、顔を上げる。

〝大柄〟が片目を瞑《つむ》ってから、自分の額を指さした。

「おでこ。痕《あと》がついてる」

「あの人たち、本当に来るのかな……」

「たぶん……」語尾が濁される。「来ないだろうね」

表情が、微妙な愁いに覆われていた。

ここでやっと、〝眼鏡〟も思い出す。ウズベキスタンと共同開発をしていたはずの南部の油田が、突然のウズベキスタン側の侵攻によって占領されたこと。そして、ＡＩＭが政府に先んじて声明を出したことを。

いわく——アラルスタンの土地は、アラルの民のものである。

アイシャら暫定政府側の対応がどうあれ、自分たちは独力で油田を奪い返すのだと。

「あの人たち、勝てると思う？」

こちらの問いを受け、〝大柄〟が助手席のドアに寄りかかった。

「竹槍《たけやり》とレールガンの闘いさ」

直言を避け、比喩《ひゆ》を返しながら彼女が天を仰いだ。

「だから、あいつらはたぶん本当に願ってるよ。わたしらの劇を観に来れることをね」

死にに行く、ということだ。

心中で、本音と建前がぶつかるのがわかる。結局、本音が勝った。

「来れるといいね」

「ああ」すぐに答えが返る。「来てほしいな」

目を前に向けた。

バイクの一群は、すでに見えなくなっている。同時に、木のドアが軋《きし》むような、牛の鳴き声にも似た声が背後から聞こえてきた。

ラクダだ。

十頭ほどのラクダを引きつれた遊牧民の男が背後に迫っていた。いや、いるのはラクダだけではない。ガイドでも請け負っているのか、東洋人の観光客を従えながら歩いている。反射的に、〝眼鏡〟はマイクの電源を入れた。

「今年もハレム・シスターズが帰ってまいります！」

たちまち、遊牧民の男が血相を変えて走り寄ってきた。

声の主が助手席の〝眼鏡〟だとわかるや、拳《こぶし》の背で、どん、と激しくフロントガラスを叩《たた》いてくる。

「うるさいな！　ラクダが逃げちまうだろ！」

2

後宮一階のラウンジは、かつてなく重い空気に満ちみちていた。

そういえば、子供のころのナツキは、こんなとき無意味に声を上げたり、飛び跳ねたりしたものだった。本当は、いまも少しだけそうしたい。しみじみと、自分は責任ある立場に向いていないと思ってしまう。

小上《チョクガル》がりの向かいで身体を横たえるのは、アフマドフ大佐だ。

このごろ、よく基地を抜け出しては、茶飲み話をして帰っていくのだ。しかも、いつの間に後宮に持ちこんだものか、立派なガラス細工の水煙草をふかしている。

なんとなく鬱陶《うっとう》しいが、こう見えて軍のキーマンなので無下にできない。

「もう一人の娘はいないのかい？」

どことなく不満げに、アフマドフがそんなことを言う。

うるさい。

こちら側は、ナツキのほかにアイシャ。ただ、今回ばかりは、さすがに茶飲み話ではない。ウズベキスタンが、突如としてこちらへ侵攻し、南部の油田を占領した件についてだ。

まず、国軍に油田を奪還できるだけの力はない。

防衛は、もっぱら独立国家共同体《CIS》の平和維持軍《PKF》に頼っている。そうだからこそ、アラルスタンは〝自由主義の島〟として、周辺国から存立を容認されもしてきたのだ。

「今回みたいなケースこそ、ＰＫＦに動いてもらわなきゃならんのだが……」

気怠《けだる》げに、アフマドフが煙を吐き出す。

胡桃《くるみ》材のテーブル越しに、柑橘《かんきつ》系のフレーバーが香ってきた。

「ＰＫＦの返答は〝ウズベキスタンとの二国間で解決してくれ〟だ。期待するだけ無駄ってやつだな」

テーブルの上でアイシャが両手を組み、ぎしりと木材が音を立てる。

前大統領のアリーを斃《たお》した一発の銃弾。それがいま、めぐりめぐって中央アジア全体のバランスを崩しつつあった。

「各国は調停に入らず、今回の侵略行為を見過ごす。そう話がついていると？」

「たぶんな。そうでもなきゃ、ウズベクの連中とて、ここまでの行動には出ねえだろ」

もう一度、煙が吐かれる。

「ま、この程度のこと、おまえさんたちにゃお見通しだろうがな」

確かに、見通してはいる。が、見通しは立っていない。

アフマドフに向けて、ナツキは手を差し出した。パイプの吸い口の一つを手渡される。本体から蛸《たこ》の足のように垂れ下がっているチューブの一本だ。直接に口をつけぬよう、両手で覆うように持って煙を吸い入れる。

ぽこりという水音とともに、甘橙《アピリシン》の香りが鼻腔《びこう》に広がった。

「ウズベキスタン側の建前は――」

話しながら、考えをまとめてみる。

「まず、わたしたちの統治が不充分で、ＡＩＭたちゲリラの跋扈《ばっこ》を許しているということ。したがって、共同開発している油田をＡＩＭから守る。一応、筋は通ってる」

正確には、通っていない。というより横紙破りに近い。周辺諸国が黙認できる、ぎりぎりの線を衝かれたというだけだ。

アフマドフが眉《まゆ》をひそめた。

「カザフスタンの連中が加担するメリットは？　北アラルの水資源か？」

彼が言う北アラルとは、干上がりつつあるアラル海の、北側に残された小さな湖のことだ。

〝最初の七人〟の最初の仕事の一つは、まずこの湖を生き存《ながら》えさせることだった。彼らは海を南北に分断するダムを建設し、結果、北側はかろうじて水位を保ち、いまは魚も戻ってきている。

アラルスタンは沙漠の国家だが、わずかながら、漁業もあるのだ。

「うむ……」

アフマドフが姿勢を変えながら、顔をしかめた。

聞くところ、腹に胆石ができているらしい。ところが、地域が平定されるまでは入院などできないと、手術を拒んでいるのだそうだ。しばらくは放置しても問題ないようだが、イズマイール大将からは説得を頼まれている。まったく、なぜこう余計な仕事ばかり増えるのだろう。

誰か、この頑固親父をなんとかしてほしい。

「ウズベクの連中が南部の油田を取る。でもって、カザフが北部の水資源を取る」

頑固親父が空中で手のひらを向かい合わせ、それをぎゅっと狭めた。

「つまり、挟み撃ちの形で、俺たちの領土や資源を削りに来るってことか？」

「それは――」

「考えられない」ナツキよりも先に、アイシャがきっぱりと答える。

「なぜだい」

「北アラルへの河川からの流入量は、多くても、年間でたった二立方キロメートル」

これは、流入源であるカザフスタンとの協定によって決められた水量だ。

少ないようだが、これ以上増やしても、地形やダムの関係から水位は上がらないのだ。けれど、このわずかな水量が、北アラル地域に恵みと魚をもたらしている。ナツキたちにとっては、血の一滴にもあたる水だ。

しかしそれが、相手にとってもそうだとは限らない。

アイシャが肩を片方だけすくめた。

「カザフの本業は原油の輸出。これが七割くらいで、ざっくり見積もって数百億ドルかな。対して、北アラルの魚がいくらになる？　カザフにとって、侵略はリスクに見合わないってこと」

「そうは言ってもよ」

口にしてから、いてて、とアフマドフが右腹を押さえる。

「しょせんは人間たちがやることだろ。領土的野心ってもんもあるだろうが」

「いまどき、領土的な野心を隠さない国なんてよほどの大国くらいのもの。おおむねは、それぞれに野心を抱えながらも、いまの国境線に基づいた冷戦後の秩序を保っている。一応だけどね」

　そこまで言ってから、アイシャがこちらを見た。

　頷いて、ナツキがあとを引き継ぐ。

「ウズベクがカザフに差し出せるものはいくらでもある。極端な例を挙げるなら、たとえば、二重為替《かわせ》のレートや関税の緩和。あるいはトルクメニスタンに抜ける石油のパイプライン。だから、わたしたちの知らぬ間に、両国のあいだでなんらかの取引があったと見るのが妥当だと思う」

「じゃあなんだい。俺たちは、手をこまねいて見ているのか？」

「そうね――」

　応《こた》えて、アイシャはテーブル上で組んでいた手の親指を丸めた。

「まず、国際的な批難のメッセージは出す。どう理由をつけようとも、ウズベキスタンが冷戦後の秩序を守っていないことは明白だから」

「それで？」

「国境線は土地を分かつのではなく、資源を分かつ。この観点に立つなら、油田の共同開発をはじめた時点で、うちとウズベキスタンの国境線は曖昧《あいまい》になっているとも言えるの。すると、今回の侵略の本質は、共同開発における、将来的な利益分配をめぐる折衝ということになる」

アイシャがこちらに手を差し出した。

なんだろうと考えていると、パイプの吸い口を指さされた。頷いて差し出した。

「なんだ、ニコチンは入ってないんだ」

一口だけ吸ってから、アイシャが不満げに漏らした。この才色兼備のお嬢様は、たまに、意外なところで惚《ぼ》ける。

そのお嬢様がつづけた。

「まず批難の声明を出して、国際的な注目が集まったところで、こちらも相手の痛いところを突っつく。ウズベキスタンがいまだに二重為替を敷いていることや、半独裁であること。そしてイスラム保守派の人権を無視していることや、それによって過激派が国外に流出してることまでね」

「挑発するのか？」

「だって、むかつくじゃない」

アイシャの台詞《せりふ》を受け、ナツキもアフマドフも、いっとき無言になる。

彼女が咳払《せきばら》いをした。

「要するに、ウズベクがこちらを黙らせなければならない状況にするってこと。その上で、うちも南部に軍を派遣する。目的は奪還ではなく、軍事的な共同管理。これなら、ウズベクとしても拒む理由をつけにくい。協定は、ＣＩＳではなく上海協力機構《SCO》

を通して詰める」

ウズベキスタンにとって好都合なのは、こちらが意地を張って奪還を試みて負けたり、あるいは、その隙にＡＩＭが力をつけたりすることだ。こうなると、のちの折衝が困難になる。

アイシャの案は、とにかく事態を振り出しに戻そうというものだ。

中国主導のＳＣＯを通すというのもいい。図体《ずうたい》ばかり大きいＣＩＳに対し、中国人たちが新たに提唱したこの枠組みは、こうした個別案件《シングルイシュー》の問題解決能力に長けている。

「でもな……」

口を開くだけ開いて、アフマドフが押し黙った。刹那《せつな》、アイシャも顔を伏せる。おそらく、いま三人とも同じことを考えている。

ＡＩＭだ。

国境線は土地を分けるのではなく、資源を分ける——そのような観点を、ＡＩＭは持たない。彼らはゲリラだが、思想は保守だ。伝統を重んじ、そして人々が棲《す》む土地を重んじる。

油田占領の報が流れたあと、ウェブに一本の動画がアップロードされた。

映っていたのは、ＡＩＭ幹部のナジャフだ。

流れるようなロシア語で、彼は組織としての声明を読み上げた。

まず、アラルスタンの土地は、アラルの民のものである。暫定政府の対応がどうあれ、自分たちは独力で油田を奪い返す準備がある。そして、ＡＩＭであることを選んだ以上、自分たちにはその義務があるのだと。

人々の目には、ナツキたちの対応が及び腰で、大義は彼らにあると映ったかもしれない。いや、きっとそうだろう。

けれど、一口に奪還と言っても――。

「見殺しか」

アフマドフが単刀直入に訊《たず》ねた。

しばらくの間ののちに、そっと、アイシャが双眸《そうぼう》を閉じた。

「……だから、外交で時間を稼いで、軍の派遣をできる限り遅らせたい」

同じことだ。

いや――そうでもないか。少なくとも、こちらからＡＩＭに銃を向けるような事態にはならなくなる。

アイシャのプランは、油田を軍事面でも共同管理すること。しかし、アラルスタンのために闘うと宣言した者たちを、国軍がウズベキスタンとともに迎え撃つようでは、それこそ人々の心はばらばらになってしまう。そうなっては、ＡＩＭもさらなる支持を伸ばすことになるだろう。

「うむ……」

アフマドフが唸《うな》った、そのときだった。

大広間からぱたぱたと駆けてくる足音があった。ジーラ・オルベリだ。

ジーラはアフマドフの姿を見て、一瞬怯《おび》えた猫のように立ち止まり、それから助けを求めるような視線をこちらへ送ってよこした。

小上がりから身を乗り出すと、耳許《みみもと》で、彼女が早口に用件を告げた。

「わかった」頷いて、ナッキはパイプの吸い口をアフマドフに返した。「すぐ行くと伝えておいて」

3

街の南側、旧市街と新市街が接するあたりにその店はあった。

市街の境目となる大通りには競馬場がある。外国人観光客らがカジノホテルへ行くのに対して、こちらは主に暇な地元民が集う。一度、アイシャたちとこっそり馬券を買いに来て、予想が外れてから、なんとなく避けていた一角でもある。

競馬場の並びにはしばらく家電の小売店がつづいたのち、さらに進むと、大衆食堂の固まった小径《こみち》がある。その小径の途中に、白地に赤の簡素なキリル文字で小さく

〃ユジーンのベシュ・バルマク〃と書かれた看板があった。

「ここで待ってて」

ナツキは運転席の兵士に頼んでから、顔を悟られないよう、スカーフで覆い隠した。

店の入口は両手を広げたほどの幅しかなく、門をくぐるとすぐに、半地下への階段があった。脂の香りが漂う。その香りを嗅《か》いで、この店は本物だと確信した。コンクリートの階段は老朽化とともにあちこちが欠け、下の吹き溜《だ》まりにビニール袋や果物の皮が集まってはいるものの。

いったん、深呼吸をする。

階段を下りてアーチをくぐると、すぐに奥の個室へ案内された。

「案外早かったな」

やや掠《かす》れたくぐもった声とともに、ナツキのための紅茶《カラチャイ》が注《つ》がれた。

待っていたのは、ＡＩＭの幹部、ナジャフ・ビン・ラシードだ。

「あんたなら、一人で来てくれると思ったよ」

軽く頷いてから、ナツキは席についた。正確には、外に人を待たせているので一人ではない。だが、それはナジャフにしてもそうだろう。

髪は隠したままスカーフの前を解いて、茶で口を湿らせた。

「以前、あなたはわたしたちを正当な捕虜として扱った。本当なら、こちらもあなたを正当な使者として迎え入れなければならない。そうできなかったことを、まずお詫《わ》びしたい」

　来る道で考えた口上を述べると、ナジャフが薄く笑った。

「そう畏《かしこ》まらないでくれ。この店ははじめてか？」

「ええ」

「それはいけない。ユーラシア遊牧主義と言いながら、この店を知らないとは」

　ナジャフが声を上げて店員を招いた。

　慣れた口調で、羊とヨーグルトのスープ、そしてベシュ・バルマクが立てつづけに注文される。ベシュ・バルマクは、肉を載せた自家製の麺《めん》だ。農耕民にとっての御馳《ごち》走《そう》が炊き込みご飯《プロフ》だとすると、遊牧民にとっての御馳走が、これにあたるだろうか。

　今日のナジャフは素顔だ。日に焼け、沙漠の潮風の残り香をまとう姿は、一人の漁師のようでもある。ただ、首から下は、前と同じように、織物《スザニ》の上に迷彩のジャケットを重ね着している。突撃銃《AK》は個室の隅に立てかけてあった。それが目に入った瞬間、かすかに胸を掴《つか》まれる思いがした。

　しばらく無言がつづいた。

「階段を下りてくるとき、匂いでわかったろう。ここのは羊じゃなく、本当の馬肉を使っている」

まあ、とナジャフが物柔らかにつづけた。

「前々から、競馬場との関連が疑われてるんだがな。真相がわかったら教えてくれ」

笑っていいものか戸惑っているうちに、椀物《わんもの》が来た。

爽《さわ》やかな香りだ。

酸乳《アイラン》に羊の出汁《だし》を利かせたスープだ。味つけはシンプルだが、品が感じられる。

追って、メインディッシュの麵も来た。短く切った麵の上に、たっぷりの玉葱《たまねぎ》とともに、馬肉の煮込みや輪切りのソーセージが密に並び、湯気を立てていた。

ナジャフはじっとこちらを見ている。

視線を気にしながら、ナツキはフォークで欠片《かけら》を口へ運んだ。

肉は羊を使ったほうが安いが、それよりも滋味があるように感じられる。東のキルギスあたりではこれが国民食で、結婚式などで饗《きょう》されるという。

そうだ。確か、ジャミラの好物でもあった。

でも、休みの日には乗馬クラブで馬を馳《は》せ、密《ひそ》かに馬主でもあるアイシャはこの料理を好まない。だからか。これまで、三人でここに来たことがなかったのは。

ナジャフが右手を拭《ぬぐ》い、手を使って麵と肉の塊を口に放りこんだ。麵を短く切ってあるのは彼のオーダーだ。これで文字通り、五本の指《ベシュ・バルマク》で食べられる。

また無言だ。

お互い、用件は言わずともわかっている。だが、本題に入りたくないのだ。まもなくして麵もなくなった。いましがた、食べはじめたばかりであるのに。ナジャフが手を拭い、ふたたび店員を呼んで追加の紅茶を頼んだ。

結局、こちらが口を開くことになった。

「ウズベク軍は油田の周囲に陣を築いて、大隊規模の軍を配備している。まず、対戦車砲が三門。それから、無数の重機関銃や対戦車擲弾《RPG》、迫撃砲が周囲に向けられている。あなたたちのバイクでは、とても……」

「だろうな」

曇りない目を、ナジャフがすっと細めた。

「だが、すでに決められたことなんだ」

「あなたも闘いに？」

「前線だ。どうも上から疎まれててな」

ナツキは首筋のあたりを掻《か》いた。

もしかしたら、国防相を人質に取っておいて、おめおめと帰ってしまったからだろうか。ジャミラから借りたままのブレスレットが、からんと音を立て、肘《ひじ》の位置にまで落ちた。

「……こちらは既存の兵力のほかに、いくつか、協力を頼める遊牧集団も加わった」

やっと、ナジャフが本題に入った。

「ここにあんたたちの火砲が加われば、油田の奪還とて不可能ではない。表立って合流できないことは承知している。だが、国軍が奪還に向けて動くのは自然なことだ」

テーブルの上で、ナジャフが両の手を組んだ。

親指に逆剝《さかむ》けがある。手は沙漠の暮らしに焼け、荒れていた。

「共闘してくれないか」

あと一日。いや、半日早く申し出てくれていれば。あるいは、ＡＩＭがあらかじめ制度内での政治参加をしてくれていれば。

そんな陽炎《かげろう》のような思いがよぎった。が、やはり呑《の》めない提案なのだと考え直す。

「難しい」

答えたくなかったが、そう答えた。

「……一時的な奪還がなせたとしても、ウズベクは威信をかけて軍の第二波、第三波を送りこんでくる。ここで大敗となれば、将来的な油田の利権のすべてを失うことにも繋《つな》がりかねない」

「了解した」

最初からわかっていたように、ナジャフが澄ました顔で湯呑みを傾けた。

ナツキも湯呑みに茶を注いだが、運ばれて来たばかりで、まだ色が薄い。

「そこまでわかっていて、なぜそのような提案を？」

そうだ。今日のこの会合もまた、陽炎のようなものではないか。そう思って顔を上げたが、相手は無表情のまま答えない。なんだか、壁にぶつかったみたいだった。

少し考えてから、話題を変えた。

「うちの仲間が一人、今日のことを羨《うらや》ましがってたよ。あんたのファンなんだってさ」

「なぜだ？」

瞬《まばた》きをするナジャフを見て、得心したような思いがする。この男は、あの地下墓地の演説を通じて、どれだけ支持を広げたかを把握していない。純粋に、自らの理念を述べただけなのだ。

こういうところも、上の人間からすれば気に障るのかもしれない。ナジャフは話は終わったと見たらしい。待って、と反射的に声を出しそうになった。でも、待つといっても何を？　現に、話は終わったのではないか。

ナジャフがジャケットを羽織り直したとき、織物の文様が垣間《かいま》見えた。前に捕虜になったときにも、密かに気になっていた織布だった。

確信はない。

だが、似ているのだ。母が作った、そしていつの間にか失《な》くしてしまったあの織物と。ナツキも記憶が曖昧だが、確か、母は古書店で買ったウイグルの図案集を基に、刺繍《ししゅう》を施していた。そしてそれは、この地方の意匠とは趣きが異なる。

もっと、近くで確認することができれば。

「その布、よければ見せてくれない？」

ナジャフはぴくりと動きを止め、しばし、迷った。

「大切なものだ。あまり見せたくはない」——不自然な間があった。「少なくとも、いまはな」

「いつなら？」

「平和になったらだ」

そのような未来など、まるで信じていないような口調だ。

そこまでだった。

ナジャフが席を立ち、隅に立てかけてあった銃を背負う。その姿が、以前会ったときよりも薄らいで感じられた。気まぐれに塩の沙漠に立ち籠《こ》める、この国の朝の霧みたいに。彼はそのまま個室の戸口へ足を向けたが、そこでふと、ぴたりと立ち止まった。こちらに背を向けたまま、ナジャフが独言するようにつぶやく。

「あんたたちの仲がいいのはわかってる。だが、一応は気をつけておけ。いつ、俺みたいに……」

やめろ。そういう遺言みたいなやつは。

慌ててスカーフを羽織り直し――こんなときに限って、うまく結わえられない――ナツキは相手の背を追った。個室を出た時点で、すでにナジャフの姿は消え、会計も済まされていた。

まるで、最初から会談などなかったかのように。

すべてが夢のようだ。

現実感のないまま地上に出たところで、木枯らしが容赦なく吹きつけてきた。少し離れた場所に停めてあった軍のジープが動き、ナツキの目の前で停まった。兵士が運転席から降り、後部座席のドアを開ける。理由のわからない後悔がよぎった。

首を振り、表情を引き締めてジープに乗りこんだ。

まもなく車が出た。兵士はハンドルを手に、眼前に目を向けたまま小声で訊ねた。

「奢《おご》ってもらったりしてないでしょうね。あとで問題に……」

「大丈夫。そんなこと全然ないから」

変な受け答えになってしまった。が、兵士もそれ以上は追及してこない。

「やつが出てくるのを見ました。南へ向かったようです。バイクにGPSをつけておきました」

ちょっと、やめてよね――。その台詞を、すんでのところで押しとどめる。

「ご苦労だったね。それは、イズマイール大将の命令で？」

「ええ。あなたとナジャフが接触するようならと……」

この兵士が外で待っていたように、周囲にはナジャフの仲間もいたはずだ。バイクにGPSをつける様子は目撃されたろうし、すぐに取り外されることになる。追跡工作が無駄だというだけじゃない。

これで、わずかに生じた信頼関係のようなものも御破算だ。

「このあとは、後宮へお戻りに？」ミラー越しに視線が来た。

「……悪い、警察署に寄ってくれるかな。ちょっと野暮用があってね」

「承知しました」

行く道で、端末を取り出してイズマイール大将へ連絡を入れておく。

「いましがた、ＡＩＭのナジャフと接触した」

あまり話したくない相手だが、報告すらしないというわけにもいかない。

「先方の用件は、共闘の申し出。それについて断るとともに、彼らの計画についても、思いとどまるよう説得を試みた」――これは保身のための嘘だ。ナジャフが一度決めたことを曲げないことは、承知している。「が、おそらくは油田の襲撃に打って出ると思われる」

「それはいい」

回線越しの、ノイズ混じりの声が応じた。

「ウズベク軍とＡＩＭが対消滅してくれれば、うちとしても万々歳だ」

「ええ《ダー》」

相手の露悪的な表現については、聞かなかったことにする。

このごろ書類にサインばかりしているせいか、目の奥が痛い。そしてこの先には、もっとつらい仕事が待ち受けているはずなのだ。ほんのしばらくでいい。もう、何も考えたくない。少し寝かせてくれと運転席の兵士に頼み、ナツキは目を瞑った。

まもなく睡魔が来た。

4

廃工場のシャッターが上がっていくとともに、凍える外の冷気が吹きこんできた。

一台のトラックが、ゆっくりと後ろ向きに入ってくる。ビープ音とともに流れる奇妙な言語は、おそらく日本語だ。バック中です、とでも言っているのだろう。

トラックが収まったところで、部下の一人が手際よくシャッターを下ろしはじめる。エンジンが切られた。客人を迎えるため、すっとナジャフは立ち上がる。工場に残されていた錆びたパイプ椅子が、反動でバランスを崩して倒れた。

やがて運転席のドアが開き、今回の商売相手――イーゴリ・フェルツマンが顔を出した。道化の服装でなく作業着であるのは、積荷が積荷だからだろうか。

右手で握手をし、それから空いた左手を互いの肩に回す。

「迫撃砲や対戦車擲弾《RPG》、機関銃その他一式。一応、オーダー通りに揃えてはまいりましたが……」

気乗りしないような口調とともに、イーゴリが荷台の鍵《かぎ》を手渡してきた。

部下の一人にそれを放る。すぐに、皆が積荷を検《あらた》めはじめた。

それからイーゴリとともにその場を離れ、廃工場の一角、おそらくは応接室であった部屋に入った。石油ストーブに載っていた薬罐《やかん》を手に取り、二人ぶんのコーヒーを淹《い》れる。カップはプラスチックで、コーヒーはネスカフェのインスタントだ。

だが、こんなものでも価格は紅茶の三倍はする。

本物を飲んだことはない。おそらく、都心のカジノホテルにでも行かない限り出てこないだろう。

ストーブを取り囲むパイプ椅子に腰を下ろすなり、イーゴリが口を開いた。

「本当に、お行きになるのですか」

短いつきあいでもないのに、イーゴリの口調は相変わらず慇懃《いんぎん》だ。

「いやはや、今度ばかりは無謀ですとも！　わたしにとっても、皆様は大切なお得意様でして――」

「暫定政府を相手にすればいい。うまく食いこんでるそうじゃないか」

「それは……まあ、ええ、ぼちぼちやってはおりますが」

ナジャフも椅子に坐《すわ》り、二人してネスカフェに口をつけた。

「一つ、わたくしめの哲学を披露してもよろしいですか」

やおら、イーゴリがそんなことを言い出す。

黙って頷きを返した。どうせこの男は、拒んだところで話しはじめる。

「人間が真に主役であるのはいつか、という問題なのです」

読めない顔つきのまま、イーゴリが指を立てた。

「わたしの考えでは、それは生まれたときです。望まれて生まれたとき、はじめて人は主役たりうるのですよ。それから時間をかけ、自分が主役ではないと徐々に学んでいく次第でしてね……。ふたたび主役に戻るのは、死を前にしたとき。だから、人は己《み》から進んで死にたがるのです」

「愚弄《ぐろう》したいのか？」

「引き留めているのです」

「その点で言うと、あんたは生涯、主役を貫き通す構えだな」

「何をおっしゃるのです！」――コーヒーの飛沫《しぶき》が撥《は》ねた。「わたくしめなど、あなたや後宮のお嬢様がたと比べれば、とても、とても……。それに、望まれて生まれたわけでもございませんしね。ただの、しがない武器商人にすぎません。まあ、吟遊詩人でもありますが――そうだ、そうです！　このごろはですね、脚本家の真似事をはじめましてね――」

「噂は聞いた」

やけに底の小さいプラスチックのカップを、倒れないようそっと床に置く。

「歌劇の脚本を直しているそうだな。いったい、何をたくらんでる？」

「ええ、ええ！　なんと、お聞き及びでしたか！　ですが、たくらみなどというのは取り消していただきたいものです！　それと申しますのも、お嬢様がたの脚本が、その、仕上がりに難があったものですから……、このイーゴリ、天地神明に誓いまして、まったくの純真な心から……」

「ああ、悪かったよ」

苦笑とともに、手のひらを向けて遮る。

構わずに、イーゴリがつづけた。

「しかも、しかもですよ！　わたしとしては一世一代の賭《か》けのつもりで、ジョーカーからクイーンに向けて、思慕の情を一枚のハートのカードに託したのです！　ところが、それもどうやら誤解されている節があるようでして――」

なんのことやらわからないが、心のどこかに引っかかるものがある。

「あんた、まさかあの小娘のことを？」

「誰を指してのことかは存じ上げませぬが、わたくしめと致しましてはアイシャ様一択でございます！」

軽く、ナジャフはターバン越しに頭を掻いた。

この男と話していると、どうも緊張感が途切れてくる。

「どんな劇なのかい」

姿勢を変えて、ナジャフは訊ねた。

訊ねたのは、心の奥底で観劇が叶《かな》わないと感じているからだろう。

「他愛《たわい》のないものですよ。題は〝三人のミーカーイール〟と申しまして――」

「ミハイル・チャルニャエフ将軍との闘いか」

「さすが、お察しがいい！」イーゴリが仰々しく額を叩いた。「ええ、ええ！　そのロシアの将軍との闘いを、どの国に対しても角が立たぬよう、アメリカ映画風にアレンジしたものでしてね……まあ、こう申し上げてはなんですが、学芸会ですな。わたしでしたら、そうですな、さしずめ〝二人のドミートリィ〟とでも題した劇に致しましょうが……」

生返事をしながら、ナジャフはストーブに両手をかざした。

それを、前のめりに興味を示したとでも勘違いしたのか、相手はますます饒舌《じょうぜつ》になっていく。

「この劇はですね、ドミートリィの名を持つ二人の人物を軸に展開するのです。まず一人目は、ドミートリィ・ロマノフスキー司令官。御存知のように、チャルニャエフ氏の後釜《あとがま》として、皇帝の命を受け、ブカラ汗《カン》国の連合軍を破った人物です。そしてもう一人が、かのドミートリィ・カラコーゾフ君です！」

「誰だって？」

「おや、こちらは御存知ありませんでしたか！　このカラコーゾフ君というのは、ロシア皇帝の暗殺を企てた最初の人物でしてね……当時は、カザンかモスクワの大学で学んでいたころになりますかな。ですから、休みを使って中央アジアに足を運んだことにでも致しましょうか。そこで、彼はブカラ汗国を訪れるのです」

　イーゴリの説明は簡素なものだったが、伊達《だて》に吟遊詩人を自称してはいない。身振り手振りのせいだろうか、不思議と、目にしたこともない十九世紀の中央アジアが浮かんでくるようだ。

「ふむ……」

「そこでは見るものすべてが、彼にとって新しいものです。ロシアとはまったく異なる価値基準を持った汗国を知り、異国情緒に触れて——そうだ、恋の一つでもさせることと致しましょうか。しかしそこに、ドミートリィ・ロマノフスキー司令官が攻め入ってくるのです！　我らがカラコーゾフ君は、若さからの純真な正義感で、汗国とともに闘い――そして、敗北を喫します」

「死ぬのか？」

「生き残ります。しかしそれが、のちの皇帝暗殺の動機へ繋がっていくのですよ！」

　また飛沫が飛んできた。

「ときに、当時の皇帝、アレクサンドル二世は情熱的なおかたでしてね。恋愛結婚をしたのちには、貴賤《きせん》結婚までしておられます。隠し子も数多い。いっそのこと、ドミートリィ・カラコーゾフ君も皇帝の隠し子ということにしてしまいましょうか！　そう、かのオイディプス王の悲劇になぞらえましてね！」

　イーゴリの瞳孔《どうこう》は開きかかっている。曇りない嗜虐《しぎゃく》性とでもいうべきか。明らかに、自ら創作した悲劇を楽しんでいる様子が窺《うかが》え、やや鼻白んだ。

「皇帝暗殺か……」

　ふと、そんなつぶやきが口から漏れていた。

「そうだ。一つ解せない点がある」

「なんでございましょう？」

「……前に大統領のアリーが暗殺されたあと、我こそはと立ち上がる者はなく、議員の男どもは逃げてしまった。それで、結局アイシャが暫定政府を立ち上げることになったわけだが……。すると、なぜアリーは殺されなければならなかったんだ？」

「これはしたり！　ホワイダニットと来ましたか！」

わからぬ語句とともに、イーゴリが手を叩いた。

「これで、黒幕がアイシャ様ならたいしたものですが……。現実的には、ウズベキスタンあたりの策謀と見るべきでしょうかね。実際、諸国のパワーバランスは揺らぎはじめ、彼《か》の国は油田を手にしたわけでして。だからこそ、ナジャフ殿も死地へ向かわんとしておられる。しかし――」

イーゴリが肩をすくめた。

「どうあれ、皇帝とは暗殺されねばならない、そのような定めにあるのですよ」

それは本心を隠す煙幕のようにも、なんらかの暗い予言のようにも聞こえた。

首を振って、ナジャフは懐から一通の書類を差し出した。

「武器の代金は指定のウェブマネーを送金した。これは証明書だ。この〝自由主義の島〟は、まったく、あんたのためにあるような国だな」

「これはどうも……」

受け取るイーゴリの表情は、いかにも気のない目つきだった。この男は、がめついくせに、まるで金に興味がないのだ。

そしてまた、いつもの饒舌がはじまった。

「確かに受領致しました。ですが、ナジャフ殿。ゆめゆめ、お忘れなきよう！　このイーゴリ、お客様への最上のコミットメントを通じて、人と社会の豊穣《ほうじょう》なるエンゲージメントを――」

喋《しゃべ》り足りなそうなイーゴリを、無理やりに追い払う。

しばし、部屋に残って一人ストーブに手をかざした。それから、イーゴリ版の歌劇の内容を反芻《はんすう》する。あれは、何を伝えようとしていたのか。俺に、ドミートリィにでもなれというのか。だとしても、どちらの？

あいつの話は、いつも迂遠《うえん》だ。

小さく、喉《のど》の奥から笑いが漏れた。あのぶんでは、思慕の情とやらもきっと伝わらないことだろう。

足下で氷が砕けた。

ぬかるんでいた沙漠は、日没とともに、ナジャフたちを拒むかのように硬く凍りつきはじめた。バイク隊のヘッドライトが、その凍りついた沙漠と、寒さに耐えるサクサウールの低木の群れを照らし出している。

幾度かナジャフは氷を踏みしめ、足下を確かめた。ターバンに隠された口元が、わずかに歪《ゆが》むのがわかった。バイク隊にとっては、これ以上なく厳しい条件となる。だがこれが、上からの指令なのだ。

かじかんだ手で、ナジャフは拡声器を手にした。

「勇敢なる戦闘員の諸君――」

ざわついていた一同がしんと静まった。

「そして、一度は我々と戦火を交えながらも、アラルのために集ってくれた遊牧の民よ。今宵《こよい》、この地に集まってくれたことを感謝する」

まずナジャフに近しいバイク隊が、ついでラクダを率いる戦闘遊牧民が声を上げた。

「ウズベキスタンは手強い相手だ。そしてサマルカンドは言うに及ばず、ブカラ、キヴァ――。彼《か》の地は、我らが中央アジアの伝統と歴史をなみなみと蓄えてもいる。だが、義を持たぬ国だ。独裁がつづくなか腐敗が進み、平和維持軍《PKF》と米軍のあいだを蝙《こう》蝠《もり》のように行き来し、ついには敬虔《けいけん》なイスラム教徒の非暴力デモに対し、虐殺という手段にまで打って出た」

静かに、ナジャフは皆に語りかける。

これまで幾度も、もっと大仰な煽動《せんどう》をしろと命じられてきた。ときに恐怖を煽《あお》り、ときに欲望につけこむ、そのような話しかたが望ましいのだと。なんてことはない、要は慣れだとも。

けれど、心には逆らえない。

だからＡＩＭに入ったのだ。上が望むような話しかたや身のこなしができなくとも。

「その義を持たぬ国が、いま、我らが地へ手を出さんとしている」

刹那《せつな》、拡声器を口元から離して宙を仰いだ。

空は晴れ、月が出ていた。自分たちの信仰の、そのシンボルとなる天体が。

「今宵、我らは取り戻すのだ。何をか？　それは油田ではない。そしてまた、我らがアラルの領土でもない」

ナジャフの真意がわからず、幾人かがざわつきはじめる。

それを横目に、語調を強めた。

「信仰だ。世俗派と称する偽の信仰を、欧米に飼い慣らされたイスラムならぬイスラムを打ち破り、我らが真正なる信仰を取り戻す——今日を、いままさにこのときを、その幕開けとしよう」

静かに、けれども徐々に、皆の士気が高まりつつあるのがわかる。

——彼らを犬死にさせるつもりはない。

ウズベキスタンの軍は、油田からさらに北上してくることはないだろう。ならば、ゲリラ戦の鉄則、ヒット・アンド・アウェイで敵の戦力を削ることができる。

もっとも、上層部が望むのは聖なる殉教だ。であれば、死ぬのは自分一人でいい。幹部の犠牲があれば、宣戦布告を発したＡＩＭとしても顔が立つだろう。最小の犠牲。それが今回、ナジャフが密かに心に決めた任務だった。

このとき二胡《ドウタール》の旋律が響いた。

まだ、引きあげたわけではなかったらしい。いつの間にかイーゴリが皆の前に立ち、古くから伝わるその楽器を爪弾《つまび》いていた。

歌声が夜に沁《し》みた。

いま、凍える夜闇に軍をなす者よ
鉄の馬を駆る者よ、我らが月の民よ
霊鳥に護《まも》られ、剣をＡＫに持ち替えた現世の聖戦遂行者《ムジャヒディン》よ
大地を撃ち
不義の油田に火を放つのだ
さればこそ、解放と黎明《れいめい》が訪れるだろう
進め、アラルの民よ

　燦《さん》たる旭日《きょくじつ》を迎えんことを——鉄の馬を駆る者よ、我らが月の民よ

いつもの様子からは想像できない流麗さで、静かにイーゴリは歌う。

まもなくエンジン音が響き渡った。

ナジャフも拡声器を背にかけ、自らのバイクにまたがる。アクセルを入れ、先頭に躍り出た。晴れた月明かりのもと、冷気が透明な吹雪と化す。それに伴い、ラクダたちも駆けはじめた。

鼓舞のためだろうか、誰かのひときわ大きなエンジン音が背後から轟《とどろ》いた。

バイクで駆りながら、ナジャフは思う。

あのイーゴリ版の歌劇に当てはめるなら、自分はどの立場だろうか。ドミートリィ・ロマノフスキーに抗《あらが》い、死したブカラ汗国の一兵士か。ならば、別にそれでかまわない。

　主役になるつもりなど、最初からない。

*

　ナジャフの戦死の報が後宮に届いたのは、それから約十時間後のことだった。

俺をここへつれてきた男も、闘いに出るという。

寝耳に水とはこのことさ。そんなの、死にに行くようなものじゃないか。残されたダーナだってどうするのか。でも、皆の決意は固い。で、俺はどうしたか。


笑ってくれ。


一緒に闘うと申し出たのさ。俺の心は、もう客人ではなく仲間のつもりになっていたんだろうな。ところがこのとき、爺さんの一人が俺に問いかけたんだ。

「人間の一番悲惨な運命とは何か？」

瞬きをしていると、答えを言い渡された。「おのが使命を間違えることだ」と。


恥ずかしくて、顔が真っ赤だよ。俺は旅人で、そこを誤るなということだ。わかる。わかるさ。

でも、まるで世界の一員から放り出されたような……。

ダーナを頼むと言い残して、あっさりと、本当にあっさりと、皆、闘いに出てしまった。俺と、女子供らを残して。

一人テントに籠もって、俺は泣いたよ。

本当に、泣いたんだ。こんなの、いつ以来のことだろうな？

（つづく）

ママチャリで世界一周～アラルスタン編５

このままではまずい。

さすがの俺も、それくらいはわかっている。


まず、結婚相手として紹介された、放牧地一番の美人だというダーナだ。

最初は、お互い冗談だと思っていた。ところが、一緒に漬け物を作ったり、街へ買い出しに行ったりするうちに、こちらも言葉を覚え、だんだんと気心が知れてきたというか……。

いったい、どうしてこんなことになったんだろう？

「強く生きろ――流れ者のママチャリライダーより」

と書き置こうとして目撃されたときは、マジ泣きされてしまった。


放牧の手伝いをする機会が増えた。

道中、ゲリラのバイクの群れに抜き去られて、肝を冷やしたことも。そうだ。そのあと、妙なものを見たりもした。巨大なアンプを屋根に載せたジープだ。

なんでも、後宮の女性たちが歌劇を催すのだとか。

何それ面白そう!!


一方、男たちの表情は日に日に険しくなっていく。あるとき、小型トラックにたくさんの長銃を積んだ男がやってきて、皆に配っていった。訊けば、ゲリラが遊牧民たちに応援を願い、油田の奪還だか何かを試みているのだとか。

6. 船の墓場

1

ソビエト時代の規格化された平屋が立ち並んでいる。

家はすべて白くペイントされ、まるで子供が描いた家の絵のように、三角形の屋根にドアがあり、そして二つの窓が両脇にしつらえられている。もっとも、屋根は臙脂《えんじ》色のトタン材で、窓はことごとく割れてしまっている。

廃村なのだ。

場所は、首都マグリスラードの南端。かつては島の南端であり、漁業が栄えていた。それが海の消滅とともに、廃村と化した。規格化された家々が放棄されている様子は、これ以上ないくらい殺伐としていて、侘《わび》しい。けれど、こう見えてアラルスタンの観光資源でもある。

かつて海があった場所へ、ナツキは目を向ける。海底であった砂地に向けて、長い一本の錆びた階段が延び、その先に点々と、赤黒い鉄塊と化した漁船群がある。〈船の墓場〉だ。

トップシーズンとなると、この場所も、欧米からの観光客でいっぱいになる。彼らは意識高く喪《うしな》われた海を悼み、環境破壊について意見を交わし、そして廃船の前でピースサインをして写真を撮って帰る。

でも、いまは冬場だ。人の気配はない。

白昼の無人の墓場へと、一段一段、ナツキは階段を下りていく。潮風が、首周りを覆うショールを舞い上げた。ショールはジャミラに買ってもらったスペインのブランド品だ。前に贋物《にせもの》のスカーフを掴《つか》まされて喜んでいたのを不憫《ふびん》に思ったのか、あるとき突然にプレゼントされた。

飛びそうになる帽子《タキヤ》を押さえた。

目を瞑《つむ》れば、いまも目の前に海があるかのようだ。そうだ、あの日も海だった……。アイシャと仲良くなった翌年、ジャミラと三人でジープをチャーターして、西アラル海へ出かけたのだ。西アラルは、アラルスタンの西側にわずかに残った海の名残り。

塩分濃度は海水の五倍で、死海の五分の一ほど。棲《す》む魚のない、いわば死んだ——けれども静かな、深い青色をした静謐《せいひつ》な海だ。そこも、物好きな観光客のキャンプスポットとして夏場は賑《にぎ》わう。

ジープから最初に飛び出したのはナツキだった。

周囲に観光客がいないことを確認してから、白熊のようなロシア系の運転手に目隠しをしてもらい、水着に着替えた。イスラム教徒向けの全身を覆う水着ではなく、この日のために買っておいたビキニに。

恥ずかしがり屋のジャミラだけは、いったいどこで仕入れてきたのか、「DU《ド》BA《バ》I《イ》」と大きく書かれた観光用のTシャツを重ね着していた。

余計に恥ずかしいだろうとは指摘できない。

砂浜を走りながら、ちらと振り返ると、すでに運転手はシートをリクライニングし、午睡に入っていた。浜は湿り気を帯び、立ち止まるだけで沼のように足が沈んでいく。ナツキは貝殻を拾おうとして転び、いきなり砂まみれになってしまった。

「止まっちゃだめだよ」

先輩風を吹かせながらジャミラが走り出し、そして同じように足を取られて転び、ドバイのシャツを台無しにした。つい指をさして笑うと、味のある渋面とともにジャミラが起き上がり、追いかけてきた。

アイシャだけが優雅に、ゆったりと、けれども足が沈まない速度を保ちながら、微笑とともにあとからついてきた。佇《たたず》まいは、まるで宙に浮かんでいるようだった。

波の際まで来た。

鳥や獣の声はない。海の消滅に伴い、狼など一部を除いて、動物たちは一様にこの地を去った。そんななか、死した海のみが静かに寄せては返していた。透度が高い。水面《みなも》の向こうは、砂ではなく灰色の泥の層だ。

恐るおそる踏み出すと、一気に脚が沈みこみ、あたりの水が灰色に煙った。ジャミラがナツキの横を走り抜け、波間に灰色の軌跡を残し、ぷかりと仰向けに浮かんだ。躊躇《ためら》っているナツキの肩を、アイシャがぽんと叩《たた》いた。

気がついたら、膝《ひざ》の近くまで身体が沈みこんでいた。アイシャに手を引かれ、両足を引っこ抜く。すぐに、ジャミラのいる場所まで追いついた。

あとは、世界中の誰もがやるような遊びだ。

水を掛け合ったり、両手を噴水に模して水を噴き上げたり。……あのころ、わたしたちは何を考えていただろう？　アイシャは、最初から外交に関わるつもりで勉強を重ねていた。ジャミラはどちらかというと物ぐさで、勉強はもっぱら試験前のみだった。それなら、自分は？　もう少し不勉強で、もう少し愚直だった気がする。あのころ、わたしは何を考えていただろう？

そうだ。

西アラルの海、いずれ消えゆくだろうその小さな海に身を浮かべながら、こんなことを思ったのだ。遊牧生活には憧《あこが》れる。けれどそれ以上に、父と同じように、技術者になりたい。植物を改良し、塩の都を緑の都に変え——そしてゆくゆくは、水の都に変えるのだと。

全体像はこうだ。

自ら開発した樹木や生育方法を用いて、南の沙漠《さばく》国家、トルクメニスタンを緑化し、さらに南へ、イラン、サウジアラビアにまで緑を広げていく。

そして、世界の気候は繋《つな》がっている。テレコネクションと呼ばれる現象だ。はるか南、アラビア海の湿気は、サハラやアラビアの砂塵《さじん》に遮られて東へ折れ、南アジアにモンスーンをもたらす。ならば、その経路を変えてやることで、この地を森に変えられるのではないか、ひいては海を呼び戻せるのではないかと考えたのだ。そうなれば、降雨の少ないカザフスタンの草原《ステップ》も、穀倉地帯に変わっていく……。

言うなれば、そう。

アイシャが外交で国を支えるというなら、自分は、古代の雨を呼ぶ巫女《シャーマン》になってやろうと。

ただ、いまの目で見るなら、事はそう単純ではない。

仮に技術面で上手くいったとしても、南アジアや東南アジアで降雨が減少する。政治や経済、そのすべてに関わる調整を、しかも国家をまたいでやり通さねばならない。加えて、何が正しくて間違っているかなど決められない。

現に、灌漑《かんがい》がもたらした〝二十世紀最大の環境破壊〟として知られるアラル海の消滅とて、南のウズベキスタンに綿花の恵みをもたらしている。カラカルパクスタンの経済も、この綿花に依《よ》るところが大きい。

もっと言うなら、アラビア半島の沙漠には、遊牧民ベドウィンの伝統的な暮らしがある。ナツキの緑化案は、彼らベドウィンの暮らしを破壊するということにもなる。

逆に、環境破壊によって生まれた湖もある。カリフォルニアのソルトン湖だ。この湖水は周囲に恵みをもたらし、鳥類多様性の至宝と呼ばれたことさえある。他方、前世紀初頭のアメリカの大気汚染は、空中でエアロゾルとなり、モンスーンを回避するための防壁として働いた。

あるいは、そう。温暖化の原因と言われる二酸化炭素の増加は、アラルスタンのような乾燥地においては、植物の光合成にとって恵みとなり、植生を一割ほど増やしている。

わからないのだ。

自分たちは、この地球という惑星のことを。

そればかりか、目の前のことさえも。あのときわたしは、ナジャフをそのまま戦地へ送り出してしまった。それが彼へのせめてもの敬意だと思った。けれど、その判断は正しかったろうか。止める術《すべ》は、まったくなかったのか。彼が示した共闘の案は、本当に検討に値しなかったのか。

しゃがみこんでしまいたい衝動にかられる。

ナジャフのことを考えると、二本の足で立っていることさえ難しくなってくる。二本の足で立っていることが、恥ずかしくなってくるのだ。やることはやったと、胸を張れない自分がいる。なまじ政治に関わってしまったことで、何かを失いかけている。実存にも似た、何かを。

消え入りたくなるのを堪《こら》え、恥を棚に上げ、下腹に力を籠《こ》めた。これからまた、もう一つ自分は失うのだ。

階段を下り切った。

赤黒い鉄塊と化した船は、不心得者が描いた相合傘や落書き《グラフィティ》、それから誰が描き残したものか、アメリカのアニメーションのキャラクターなどで覆われている。相合傘が多い。観光資源のつもりで残した漁船群が、どうしたわけか、地元民のデートスポットになっているのだ。

ここにも、三人で遊びに来たことがある。

市場《バザール》で買ったスケッチブックや中国製の色鉛筆を手に、皆で写生をしたのだ。アイシャは、生真面目に目の前の沙漠と、そこに点在する漁船群を描いた。ジャミラは確か、廃船の構造を面白がって、船の中の様子をスケッチしていたはずだ。

「やあ」

頭上から声がかかった。

待ち合わせの相手、ジャミラは先に廃船の一つに登って、船首近くに腰かけて足をぶらつかせていた。本当は、階段を下りる前から見えていた。でも、なんとなく目を合わせられずにいた。

おいでよと言うように、彼女が隣の空間を指さした。

「あのとき、ナツキが何を描いたか憶《おぼ》えてるよ」

「あれは、いつのことだったっけ……」

差し出されたジャミラの手を摑み、船体をよじ登りながら問いかけてみる。

「さあね」

愁いを帯びた声で、ジャミラが応《こた》えた。

「五年前か、あるいは去年だったかも……。でも、どちらであっても同じこと。その記憶を、昨日のことのように感じる以上は」

曖昧《あいまい》に頷《うなず》き、ナツキもジャミラの横についた。

2

二人とも何も言わなかった。

ナツキは所在なく脚を組もうとして、あわやバランスを崩して落ちそうになる。すっと、ジャミラが手を伸ばしてこちらの重みを支えた。

赤錆びた船体に手をついてしまい、右の手のひらを痛めた。

「いつもそう」

ジャミラが苦笑いをした。

「危なっかしくて、見ていられない。まだ、いろんなことが信じられないよ。心のなかでは、あんたを可愛い妹みたいに思ってる」

そしてナツキもまた、ジャミラのことを姉のように。

両想いだ。

「知ってる？」

遠景にそびえる首都マグリスラードのビル群に向けて、ジャミラが顎《あご》の先を向けた。

「トルストイ通りの〈猫街《ねこまち》雑貨店〉なんだけど、このあいだ、なんかお洒落《しゃれ》に生まれ変わったんだよ」

「え、やだな」

トルストイ通りは、街の中心近くの大通りだ。

名前はソビエト時代のもので、いまは長ったらしい別名がつけられている。でも、長ったらしいので皆はトルストイ通りと呼びつづけ、タクシーの運転手ですら新しい名称を知らずにいる。アラルスタン黎明《れいめい》期の失策の一つだ。

〈猫街雑貨店〉はその一角にあり、よくアイシャと三人で小物を買いに出かけた。内装は垢抜《あかぬ》けなくて、いつも古臭いポップスがかかっていた。その雰囲気が好きだったのだ。

「しかも、聞いてよ」

二度、ジャミラが左の拳《こぶし》で船体を叩いた。

「新たにイベントスペースができて、最初に呼ばれたのが審判の日《ヨメウディーン》の四人！」

「経営が変わったの？」

「二代目が継いで、なんだかやる気満々みたい」

「ありゃあ……」

ナツキはうなだれながら、なぜだか可笑《おか》しくもないのに笑いがこみ上げてきた。目《め》尻《じり》に、涙が溜《た》まっていく感触がある。

ちなみに審判の日《ヨメウディーン》は、長年トップを張ってきたマグリスラード・バッドボーイズの対抗馬と目される、若手四人組のゴシックメタルバンドだ。なので、バッドボーイズ派のナツキたちは勝手に審判の日《ヨメウディーン》を敵視している。

「それにしても——」

痛めた右手をナツキはさする。

「観光客《サイトシア》がいなくてよかったね。って、そりゃそうか。もう十一月だもんね」

ジャミラの顔つきが、やや皮肉を帯びたものになってきた。

「いったい観光客は、ここに何を観に来るんだろうね？」

「ええっと、……現場《サイト》？」

ぽかりと頭を叩かれた。何も叩かなくたっていいのに。

視界の隅で、ジャミラが唇を歪《ゆが》めた。

「二十世紀最大の環境破壊と、その犠牲者たち——。ガイドブックによるなら、そんなところかな。少しは可哀想にでも思ってくれるのかもね。でも、その善良な観光客のうち、いったいどれだけの人数が気づくことやら」

問いかけるように、ジャミラはそこで言葉を切った。

わからない。眉《まゆ》を寄せて、考えるふりをした。

「何に気づかないって言うの？」

「人類が真に環境破壊をやめたとき、この国はふたたび海に沈み、地図上から消えるってこと」

三人で写生をしたとき、自分が何を描いたか思い出した。

ばつの悪い思いとともに、ナツキは両手を船体につく。

「あのときは驚いたね」

ジャミラが、ナツキの絵を思い出そうとするように遠くを見た。

「あたしたちは、景色にせよ、船にせよ、ただ目の前にある風景を写し取った。何しろ写生だもんね。でも、あんたは発想がまるで違った――」

昔、この場所でナツキが描いた絵。

それは、海に面した漁村の景色だったのだ。

「あたしたちは思ったよ。この娘《こ》は危ない、ってね」

失礼な。

抗議しかけたところで、ジャミラが手のひらをこちらへ向けた。

「あたしたちは、やがてこの国を支えるべく後宮《ハレム》で教育を受けた。でも、あんたの奥底には、ことによると国さえ滅ぼしかねない、より大きな義があるってこと」

「うむ」――変な声を出してしまった。

「それはあんたの強みでもある。でも、上の世代から見れば危険なものにも映るでしょ。だから、思ったわけ。あたしたちが、あんたを支えなきゃ、ってね」

潮風がふわりと二人を包んだ。

そっと帽子を直す。できるなら、このまま時間が止まってほしい。

「……クールルーフ効果は知ってる？」

まるで沈黙を埋めるように、勝手に口が開いた。

「失われた氷河を取り戻すために、白いペンキでアンデス山脈を覆うの。そうすると太陽光が反射されて、十五度近くも温度が下がる」

「中国が似たことをやったね」ジャミラが笑った。「確か禿山《はげやま》を緑に塗ったんだっけ」

「もしかしたら、この国の塩の沙漠にも同じ効果がある。衛星写真で見ると、真っ白い氷河のようなものが、中央アジアに穴を開けているのがわかるでしょ。わたしたちからすれば、それは農作物も育たない塩害にすぎない。でもそれが、案外、地球温暖化の緩和に役立っている可能性がある」

瞬間、ジャミラが呆気《あっけ》に取られたように、口を半開きにした。

「できるなら、わたしはこの地に水を呼び戻して、アラルスタンを小さな島国にしたい。そして、すでに国政も手がけている。でも、わたしたちはまだ知らないことが多すぎる。まだまだ、学ばなければならないんだ」

惑星の気候さえ変えてしまえるテクノロジーを、人類はすでに手にしている。

長者番付の誰かがその気になりさえすれば、あるいはア《A》ラルスタン・イ《I》スラム《M》運動のような組織が資金を集めれば、それは実現可能となる。

その目的は、善意であるかもしれないし、テロであるかもしれない。

どちらであっても、昔のナツキが沙漠のベドウィンの存在に思い至らなかったように、こうした物事の正邪は決めがたい。共同体や国家をまたいだ意思決定のためのプロセスも、しかと固まっていないのが実情だ。

そして、地球にはテレコネクションがある。

カオス理論で喩《たと》えるなら、南半球の蝶《ちょう》の羽ばたきが、北半球で洪水を起こす。何がどのような結果を惑星にもたらすか、あらゆる点が未知数なのだ。

「わたしの沙漠緑化案は、地球工学《ジオエンジニアリング》の重要な要件を満たしてなかった。それは、原状復帰性を欠くということ。一度、緑を手にしてしまえば、人々はそれを手放さない。このアラルに流れこむはずだった水が、周辺国の灌漑で失われたようにね」

「驚いたね」

ジャミラの口調は、もう保護者のそれとは異なっていた。

「昨日まで、雛鳥《ひなどり》だと思ってたのが――」

「五年前でも、あるいは去年でもいいよ」

お株を奪うように、そう返した。

「大切なのは、いまを生きている人々。そしてもっと大切なのは、千年後を生きる人々。そうだとは思わない？」

口にしながら、ナジャフのことを思い出した。死者の都で棺《ひつぎ》を指さし、自分たちは死者を代弁するのだと言い切った彼を。ナジャフと自分では、どちらが正しいのだろうか。ことによると、その両方であるのか。

胸の奥を、鈍い痛みが襲った。

そして隣の二年上の先輩は、相変わらず、人の心を読むのが上手かった。

「ナジャフのことは、あんたのせいじゃないよ」

それから間を置いて、

「ナツキは、城《カラ》巡りをしたことはある？」

「城巡り？」

鸚鵡《おうむ》返しに応じてから、授業で習ったことを思い出した。

南のウズベキスタンを横切るアムダリヤ川は、動く川だ。古くから、人々はそれに沿って街や城を築き、川が動けば、街を放棄して新たな街を築いた。

その遺跡が、ウズベキスタンの沙漠の各地に残されているのだ。彼《か》の国にとっては一つの観光資源で、時間に余裕のある旅行者は、城巡りと称してこの遺跡を回る。

「昔から、中央アジアの民は川に翻弄《ほんろう》されてきた。川が動けば、街ごと移住する。アラル海の消滅を〝二十世紀最大の環境破壊〟と呼ぶ人は多いけれど、舐《な》めてもらっちや困るね。この大地に棲まう人々は、海一つが消えたくらいじゃ、びくともしないってこと」

　わずかに、自分の視線が泳ぐのがわかった。ジャミラの言からは、確かに中央アジアへの愛情、少なくとも帰属意識が感じられたからだ。けれどもう、二人とも後戻りできない場所へ来ている。

　あのときのナジャフが、そうであったように。

「西アラルは綺麗《きれい》だったよね」

　話を振ると、思い出すようにジャミラが目を細めた。

　彼女をこの場に誘ったのはナツキだ。おそらく、相手もこちらの用件は察している。

「静かで、深い青色をしていて……。あなたの故郷のバルト海も、あんな色だったのかな」

　これを聞いて、ジャミラがぎゅっと口を結ぶ。

　バルト海は、スカンジナヴィア半島に囲まれた北欧の〝沈黙の海〟だ。彼女が出身を自称している赤道直下のケニアとは、はるか離れた位置にある。

　けれど、すでに調べはついているのだ。

「似た色だったよ。だからそう、懐かしかった」

　もう、ジャミラも隠そうとはしなかった。

「西アラル海と同じような、深い青……。たびたび、深海域の酸素不足による青潮が問題になっていてね。だから、表面の海水を海底に送りこむ水塊交替が提案されたりもした」

　これもまた、地球工学の一つだ。

「とてもじゃないけれど、簡単にシミュレーションして実行とはいかないけどね。深海から大量の二酸化炭素が放出される可能性、海洋が酸性化する可能性――。ここは海がないのが問題だけど、海には海で問題がある」

　ジャミラが苦く笑った。

　聖《サンクト》ペテルブルク出身にして、チェルノブイリの被曝《ひばく》二世。そして、ウズベキスタンから送りこまれた手練《てだれ》の工作員《スパイ》が。

「本当なんだね」――相手は応えない。「信じたくなかった」

　ジャミラを一瞥《いちべつ》する。そこにいるのは、やはり、いつもと変わらない彼女であるように思えた。

　風がやたらと強く感じられた。

「パルヴェーズ・アリーを撃ったのもあなた？」

3

隣のジャミラが、一瞬だけ息を止めた。それから、ちらと周囲の船や廃村に視線を這《は》わす。村に人気《ひとけ》はない。

サクサウールの枯れ枝が、風に乗って舞い、足下を横切った。

「誰もいないし、呼んでもいないよ」

ナツキはぴしゃりと先回りをした。

「わたしがここにいることを、知っている人間もいない」

「前言撤回」

呆《あき》れたように、ジャミラが片方の眉を吊《つ》り上げた。

「やっぱり、あんたはちょっと危ないや」

「友達と会うのに、護衛をつける必要がどこにあるの」

ジャミラがため息を吐《つ》きそうになり、それを止めて深呼吸に変えた。

「この習慣はよかったね」

薄く、彼女が笑う。

これは、後宮の大部屋で政権を発足させたところ、皆で決めたルールの一つだ。公人であることを心がけ、無闇にウェブでつぶやいたりしないこと。感情を抑えられないときは、手元のノートにでも書きつけること。
ため息を吐きたくなったときは、思いとどまり、それを深呼吸に変えること。

「あたしの出身も所属も調べはついてるってことか。文化相の後釜《あとがま》はジーラあたり？」

ナツキは答えない。

焦《じ》れた相手がつづけた。

「それにしたって、最後の質問はないじゃない。国民広場でアリーが撃たれたあのとき、あたしはあんたたちと一緒にいたのに……」

「一緒じゃないよ」

すぐにナツキは答えた。

——自分の声が、ひどく冷たく聞こえる。

「紅茶《カラチャイ》を買いに中座した」

「それはそうだけど、手ぶらだったじゃない。あたしが狙撃《そげき》銃か何かを持ってた？」

「あの場にはイーゴリがいた。あの吟遊詩人の裏の顔は、知る通り。武器商人でしょ」

もう一度、ジャミラが深呼吸をした。

「こう言いたいの？　あたしは、紅茶を買うと言い残して、いったんあの場を離れた。そしてイーゴリから狙撃銃を受け取り、広場を囲む建物からアリーを撃ったと」

「人混みを煙幕にしながらね」

狙撃の場所は、カジノホテルの一室だ。

ここまでは、警察が特定をしている。存在しない旅行者が、偽造パスポートで広場に面した一室を取っていたこと。そしてそれが、位置的に銃撃の方向と一致していたことを。

もっとも、監視カメラの映像から、人物までは特定できなかったとのことだった。

「だとしても、狙撃犯があたしである必要はないじゃない」

「……これ、返すね」

懐から、ナツキはジャミラから借りた二つのブレスレットを取り出した。一瞬——ほんの一瞬だったが、ジャミラが得心したような、愁いのある顔つきをした。

それがすべてだった。

「警察に見てもらった。硝煙反応が出たよ」

「このあいだ、狼のハンティングをしたんだよ。文化省の職員たちと一緒にね」

相手はそう応えたが、ほとんど棒読みに近い。

隠し通そうという意思さえ感じられなかった。

「……このブレスレットは、アリーが斃《たお》れた混乱のさなか、わたしが演説に向かうときにあなたから借りたもの。ハンティングなんかする余裕はなかった」

差し出されたブレスレットを、ジャミラは受け取らなかった。

かわりに、短銃の銃口がこちらに向けられていた。けれど、トリガーが引かれることはなかった。三十秒か、あるいは一分か。ジャミラは長いこと銃を構えていたが、

「あんた、やっぱり危ないよ」

みたび口にしてから、結局、首を振って銃をしまった。

「あたしがあんたを殺せないことまで、お見通しってわけ？」

「そうじゃないよ」

咄嗟《とっさ》に、ナツキは否定してしまった。

ほとんど反射的にそう言ったのは、誤解されたのが悲しかったからか、あるいは、実際にそうであったからこそ、澆薄《ぎょうはく》な本心を読まれたと思い、動揺したのか。

わからない。

わからないが、一つだけ、間違いないと言える本心はある。

「あなたに殺されるなら本望」

今度こそ――ジャミラが天を仰ぎ、深くため息を吐いた。

「それで――」

ジャミラが口にしたのは、小さな、消え入りそうな声だった。そのことに自分で気がついたのか、彼女は軽く咳払《せきばら》いをした。

「結局、あんたは何を知りたいの」

「全部」

「危なっかしくて、放っておけなくて――」

ジャミラが笑った。

今度は険のない笑いだ。そのことが嬉《うれ》しくも、悲しくもある。

「そして、わがままなんだから」

それから、ごく短いあいだ、ジャミラはおのが出自を語った。本当の生まれはケニアではなく、バルト海に面した、はるか北の聖《サンクト》ペテルブルク。

母方がアフリカ系で、父方は白ロシア《ベラルーシ》の出身。

かつて、チェルノブイリの事故があったあと、上空に放射性の雨雲が発達した。この雨雲がモスクワまで到達し、黒い雨を降らせることをソビエト当局は懸念した。

実際はそうならなかった。

モスクワに届く前に、雨雲は北ベラルーシに豪雨を降らせ、そして高濃度の放射性降下物を堆積《たいせき》させたからだ。ベラルーシで豪雨が降ったとき、住民たちは目撃した。飛行機が色のついた煙を吐き出しながら飛んでいき、まもなく、黒い雨が降りはじめるさまを。

それはソビエト当局による、人工降雨を企図したヨウ化銀の散布だった。彼らはベラルーシで雨を降らせ、モスクワを救おうと考えたのだ。ヨウ化カリウムの配布もなされず、子供の甲状腺癌《こうじょうせんがん》の罹患《りかん》率は五十倍にまで増したという。

ヨウ化銀による人工降雨の効果については、いまは疑問視されている。ただ、ソビエトは明確に雨を降らせることを企図し、ベラルーシにヨウ化銀を散布した。そして原因はどうあれ、雨は降った。これらのことは、のちの証言から明らかにされている。

このとき、ジャミラの父は被曝した。

ペテルブルクへ移住し、ジャミラをなしたのちは白血病で他界した。病の原因が、黒い雨にあったかどうかは定かではない。ただ、ジャミラはロシアを深く憎んだ。そんな彼女に接触を試みたのが、当時、脱ロシア化を睨《にら》んで活動していたウズベキスタンの工作員だった。

目的は、将来の石油利権を見こんでの工作。

「アリー暗殺の命が下ったのは、油田開発の目処《めど》が立ってきたから。アリーの求心力さえ失われれば、アラルスタンは内部から瓦解《がかい》し、油田の奪取まで見こめると判断が下されたってこと。撃ちたくはなかった。子供みたいにアリーを慕うアイシャの顔だって浮かんだ」

――けれども、残された人々が立つ可能性に賭《か》けた。

「結果は、期待以上だったけどね」

ジャミラが作り笑いをした。

「それでもあたしは憎む。安易に雨を降らせたがる数多《あまた》の学者や詐欺師《レインメーカー》や為政者を。太陽の力を制御できると考え、ゼウスの雷《いかずち》に滅ぼされたギリシャ神話のパエトンを」

ところで——と、ジャミラが視線をよこしてきた。

「あなたの緑化案だけど、本当にもう考えてないの？」

いま聞くか。

「いやその。全然まったく」

とりあえずそう答えてから、小声で補足した。

「ごめん。少し考えてる」

「かまわないよ」

ジャミラが低く応えた。

まるで、友達については別だとでも言うように。

「……真に怖ろしいのは寒冷化だとしても、目の前の温暖化だって無視できない。気温が二・五度増すだけで、植物の炭素収集能力は落ちるっていうしね。植林にはタイムリミットがある。そして、あんたには権力がある。その気があるんだったら……」

「わからないよ」

そう答えるしかない。

「本当に、わからないんだ」

自分の行動がいかなる蝶の羽ばたきになるかなど、わからない。できることは、まず考え抜くこと。そして、やることはやったと言えるようになること。ナジャフのときのように、後悔を残さないために。

そう決めたのだ。

「ふうん」

少し感心したように、ジャミラが眉を上げた。

「あんたはそっくりで、手段も似ているけど、やっぱり違うみたいだね」

何と似ていて、そして何と違うというのか。

ジャミラはそれについて触れなかった。

「知ってる？」

急に、声のトーンが上げられる。

「このアラル海を干上がらせたスターリンの灌漑なんだけれど——。ただ、カラカルパクスタンの人々を支える綿花を生んだってだけじゃない。そして、あたしたちの国を水没から救っているってだけでもない」

あたしたちの国。

ジャミラは、確かにそう口にした。

「こんな報告がある。沙漠での灌漑は、確かに塩害や地下水汚染を生み出す。けれど同時に、灌漑水が地下帯水層へ移動し、炭素を貯留する。つまり、炭素の貯留は地上だけ見ても判断ができない。〝二十世紀最大の環境破壊〟は、二酸化炭素削減に貢献してる可能性もあるってこと」

ジャミラがスカーフを脱ぎ、髪を結いなおした。

「自然を改造しようというのは傲慢《ごうまん》だけど、人々の暮らしに目も向けず、〝二十世紀最大の環境破壊〟だなんて触れ回るのも傲慢そのもの。あたしたちは――」

それを身をもって知っている、ということだ。

でも、それでもナツキたちは雨を必要としている。オアシスの塔《アジス・バスニャ》による水の収集には限界がある。淡水化のための自然エネルギーにこそ恵まれているが、西アラルの海もいずれは枯渇する。周辺国からの淡水の輸入は欠かせないし、それは国家の最大の急所となっている。

そして淡水は今後さらに不足し、高騰する。

『礼記《らいき》』に倣って「三年の蓄えなきを国その国にあらずという」というなら、国そのものが成立していないとさえ言える状況なのだ。

「雨を降らせられるなら――」

ゆっくりと、確かめるように口を開いた。

「わたしは、やっぱり雨の巫女となってアイシャを支えたい」

ジャミラが頷いた。

「あんたは、この地に白い雨を降らせようと言うんだね。その是非は、あたしにもわからない。でも、どことなく似ているとあたしには思える」

さっきから、いったい誰と比較しているのか。

「やっぱり返してくれる？」

ジャミラがいまさら二つのブレスレットを受け取り、右手に嵌《は》めた。

堪え切れずに訊《き》いた。

「誰と似てるっていうの？」

「この地に、黒い雨を降らせようと目論《もくろ》む男と。あんたも、よく知ってる人物だよ」

4

男、とジャミラは口にした。そうすると、おのずと一人の人物の顔が思い浮かぶ。

彼が何を企図しているのかは、ナツキにも読み切れない。おそらく、その彼のことなのだろう。

こういう直感というのは、当たるようにできているのだ。

「そいつは旧ソビエトの、いまでいうカザフのセメイの出身でね——」

刹那《せつな》、その地名が心のどこかに引っかかった。

けれど、違和感の正体にたどり着くより前に、ジャミラが先をつづけた。

「専門は遺伝子工学で、噂では、祖父は植物学者で遺伝学者のニコライ・イヴァノヴィッチ・ヴァヴィロフだとか。ルイセンコ学派の陰謀によって獄死した人だね」

記憶をたどっているのか、ジャミラの瞳《ひとみ》が右上を泳いだ。

「だから、彼もまたソビエトの犠牲者だとは言える」

ま、と彼女は冗談めいた一言を挟んだ。

「中央アジアの人の九割はソビエトの犠牲者だけどね」

「笑えないよ」

少し考えてから応えると、相手も同感だったようで、「笑えないね」と生真面目に返されてしまった。それはもちろん、屈託なく笑いたいことの裏返しだ。

いったい、いつからこの友人は心から笑えずにいたのだろう？

「話を戻そうか。そいつのソビエト時代の勤務先が、ヴォズロジデニヤ島カンツベク」

——動悸《どうき》を感じた。

「これについては、説明するまでもないよね」

どの土地にも、口にすることさえ憚《はばか》られる固有名詞がある。アラルスタンにおけるヴォズロジデニヤは、その一つだ。

島とは言うものの、いまは逆に沙漠の一部となっている。

首都のマグリスラードからは、北へ数時間も車を走らせれば、ヴォズロジデニヤのカンツベク村にたどり着くことができる。それは一見しただけでは、国中にある打ち棄てられた漁村と変わりなく見える。けれど、かつてそこには千五百人を超える科学者らが住んでいた。

目的は、生物兵器の開発。

ヴォズロジデニヤ島は、生物兵器の試験場としてソビエトに選ばれた地だったのだ。

試験場の名は、アラリスク7《Аральск-7》——用いられたのは炭疽《たんそ》菌や天然痘、ペスト、マルタ熱や野兎《やと》病菌などだった。ソビエトの崩壊から、わずか数週間で村はゴーストタウンと化した。問題は、残された兵器や汚染だ。海が干上がるとともに汚染は宙を舞い、近隣国の住民までをも脅かした。

この汚染の除去は、〝最初の七人〟の最重要の仕事の一つだった。

「そっか」

口を衝《つ》いて出た。

「マグリスラードがカンツベクの近くにあるのも、最初の七人が、七人でなければならなかったのも――」

「たぶんね」

遠くを見るように、ジャミラが目をすがめた。

「一つには、負の歴史を上書きするため。そして、アラリスク7という印象的な固有名に対抗するため、〝最初の七人〟という語句が生み出された。少なくとも、あたしはそう解釈してる」

「あともう一つ。カンツベクの汚染を管理下に置くため、遠すぎず近すぎずのこの場所にマグリスラードが建設された」

各国の圧政下のマイノリティが集まったのも、この汚染の問題があったからだ。大多数が棲みたがらないからこそ、居場所ができる。いわば、国丸ごとの隙間《ニッチ》だ。

「だとして、さ」

かねてよりの疑問を、ナツキは口にした。

「集められた生物兵器はどこへ行ったの？　国軍の倉庫？」――イズマイール大将の顔が浮かんだ。「彼らに、そんな剣呑《けんのん》な代物を管理する力があるかな」

カンツベクには、炭疽菌だけで百から二百トンの備蓄があった。

手に余る、しかもジュネーヴ議定書に反する代物だ。いまとなれば、保有しているというだけで、国際社会からどんな圧力がかかるかもわからない。

〝最初の七人〟は、それをいったいどうしたというのか。

「もちろん、埋めた。なかったことにするためにね」

ジャミラが踵《かかと》で船体を蹴《け》った。

しばらくのあいだ、銅鑼《どら》のような音が響く。思わぬ音の大きさに、ばつが悪そうに彼女が首筋を掻《か》いた。

「あたしが派遣された理由の一つもそれ。本当に埋めたのかどうか、再利用される可能性はないのか――。ウズベキスタンにしてみれば、気が気じゃないだろうからね」

「埋めたといっても……」

「本当に埋めたのさ」

ジャミラが両肩をすくめた。

「それも、あたしたちの目と鼻の先に」

「え？」

「後宮は貯水池上にあるよね。この貯水池の水は、豊富な太陽エネルギーを用いて、ポンプによって西アラル海から汲《く》み上げられてる。そして、そうである以上、ダムが存在する」

「まさか」

「そのまさか。ソビエトの作った生物兵器は、ダムのコンクリートに封印されている。

逆に言えば、これを取り出すにはダムを破壊しなければならない」

するとそれは、マグリスラードの治水の崩壊をも意味する。

「だから、カザフもウズベクも黙認できるって仕組み。一応の証拠として、ダムの図面や施工時の映像が各国に渡された。〝最初の七人〟も伊達《だて》じゃなかったってこと」

「本当にそう言える？　わたしだったら――」

「トンネルでも掘ってアクセス可能にしておくとか？　とりあえず、それはなさそうだけど。何しろ……」

わずかな言い淀《よど》みがあった。

「あたしも調べたからね。そして、アクセスができないからこそ、わざわざダムを爆破しようとしている男がいる。それも、預言者生誕祭の当日にね」

「げ」

反射的に口にしてから、ナツキは眉間《みけん》を揉《も》む。

おそらく、自分はその男のことを知っている。工作が可能な立場にいて、現にやりそうなパーソナリティの持ち主を。

彼は目的を問われ、こうも言った。

――強いて申し上げるなら、そうですな……。

――かの、カラシニコフ氏を超えることでしょうかね……。

世界中に広まり、そして数多のコピー品を生み出した突撃銃AK——カラシニコフは、その設計者だ。いわば、人類史上もっとも人を殺した人間ということになる。原子爆弾の製造に関わった、ノイマンやオッペンハイマーよりもだ。

「イーゴリ・フェルツマンだね」

そういえば、彼は祭りの出し物の脚本にも手をつけていた。あれもまた、計画に関わることなのだろうか。

帰ったらもう一度、脚本を洗い直してみないと。

「だとしても、なんでそんな企てを？」

「開発者だからだよ」

澄ました顔でジャミラが答えた。

「なんでも、遺伝子工学者時代のイーゴリは、異様な情熱で炭疽菌の改良にあたっていたとか。口癖は、〝我は死なり〟——彼は、遺伝子なるものに取り憑《つ》かれていた。あるいは、ルイセンコ学派に追い落とされた祖父のことが関係していたのかもね」

——そして、一つの兵器が生み出された。

まず、抗生物質やワクチンの効果が低い。潜伏期間が長く、それゆえ静かに世界中に広まりうる。けれどもいったん発症すれば、回復がまず見こめない。芽胞形成によって、土壌汚染を半永久的に持続させる。

つまり、現世を滅ぼしうる兵器が。

「あいつはそれをニコライ株と名づけ、実利用される日を待ち望んだ。もちろん、当局はそんな兵器を採用しなかったけどね。とにかく、あんたがこの地に白い雨を降らせたいように、あいつは黒い雨を世界に降らせようとしたってこと。ところが——」

一九九一年、ソビエト崩壊が訪れる。

大事な玩具《おもちゃ》を取り上げられてしまった、ということだ。

「そして、あいつは紛れこんだ。この国の黎明期に、兵器専門のトリックスターとしてね。けれども、ニコライ株に固執しすぎたために、中枢から追放された」

なんだか聞いたことがある。

そうだ。以前、アフマドフ大佐が漏らしていた。

「〝最初の七人〟の一人、〈バックベアード〉——」

「あたしが友達として提供できる情報はここまで」

ジャミラが両目を瞑った。

「さて、この国で外患罪は死刑だけど——」

ナツキはそれには答えず、皺《しわ》の寄った書類一式を懐から取り出した。政権を発足させたあの日、アイシャが皆のために用意した難民申請書とパスポートだ。

刹那、ジャミラは子供の泣き顔のような表情を浮かべた。

それから、きっとこちらを睨みつけてくる。

「甘いね」

「うるさい」

書類を受け取ったジャミラが、ひょいと船から飛び降りた。

けれど彼女は歩き出せず、案山子《かかし》のようにその場に佇んでしまった。陽が傾きはじめ、影が伸びていた。遠く、地平のあたりには首都のビル群がある。時間にすれば、わずかだっただろう。それが、一分にも一時間にも感じられた。

短すぎるようにも思えた。

「万一にでも、次に会うことがあれば――」

背を向けたまま、ジャミラが独白するように言った。

「そのときは容赦しないでよ。約束してくれる？」

「できない」

ナツキの即答に、相手が肩を震わせた。

「本当に」――その先に、彼女が何を言うかがわかった。「危なっかしくて、放っておけない……」

「この件はそっちが悪い」

一瞬の間があった。

それもそうだね、とジャミラが笑った。

「でも、立場をわかってる？　このあいだのアイシャを憶えてるでしょう。彼女が狂える皇帝《ツァーリ》となったとき、それを殺すのはあんたの役目なんだよ。あたしが、つまらない策謀なんかで名君を殺すよりはよっぽどいい」

「殺さない」

「あんたは、本当にもう……」

そこまでだった。

季節外れの観光客が、船の墓場を見学するために階段を下りてくるのが見えた。

西欧人のカップルだ。

ジャミラがちらと振り向き、視線を送ってよこした。残念ながら、ナツキは人の心に疎い。彼女が何を考えているかはわからなかった。それから、気持ち軽い足取りで――ジャミラは階段へ向かい、カップルに会釈してから何処《いずこ》かへと上っていった。

もらったショールを、ナツキは首元で握りしめた。それがやたら軽く感じられる。顔をうずめる

暖かく、ふわふわした素材のものだ。それがやたら軽く感じられる。顔をうずめると、潮の香りが移っているのがわかった。

他人事《ひとごと》のように思った。

あの道化だったら、この場面にどんな詞をつけるだろうと。

5

いま、ウズマ・ハリーファは後宮三階の渡り廊下から、跳ね橋を見下ろしている。一台のジープが橋の対岸に停まり、あの日本人の小娘を降ろしたところだ。表情は硬い。だがきっと、内面には吹き荒れる嵐があるはずだ。

眼下で、アイシャが迎えに出た。

何も言わず、彼女がナツキの肩を叩く。このときやっと、ナツキの顔が崩れた。大粒の涙を流しながら、アイシャをぎゅっと抱き締め、いつまで経っても離れようとしない。

ウズマにとって、ずっと見てみたかった泣き顔だ。

国家の立ち上げのころから、枢密院の一員として動き、そして一人で部屋に籠もって幾度となく泣いた。ただし、そのとき抱きつく相手はいなかったが。

アリーの暗殺を機に、枢密院はジャミラの諜報《ちょうほう》活動を把握し、以降泳がせていた。それをナツキらに伝えたのは、国際状勢が変わってきたのと、それから最高のタイミングであの泣き顔を見るためだ。

しかし、なぜだろう。

目の上の瘤《こぶ》があぁしてくずおれているというのに、気持ちが晴れぬままであるのは。憎い。とりわけ、天真爛漫《らんまん》に振る舞うあの日本人が。だが本当のところ、誰が、あるいは何が憎いのかが皆目わからない。

　このとき廊下の右奥から、螺旋《らせん》階段を上ってくる足音が聞こえた。

　螺旋階段は正門の左右にしつらえられ、元は時計回りであったのを、前大統領のアリーがわざわざ反時計回りに造り直させた。

　城塞《じょうさい》の階段が時計回りなのは、戦争において守備側が剣を振るいやすいよう。それを逆にすることで、後宮や枢密院を、平和を護《まも》る施設として位置づけたということだ。

「何？」

　若干の敵意の籠もった声とともに、足音の主が訊《たず》ねた。

「わたしに用って……」

　やや居心地悪そうに、〝眼鏡《シルヴィ》〟が周囲を見回した。後宮の生徒らは、枢密院のある三階まではめったに上がって来ない。

「これなんだがね」

　応えて、ウズマは手にしていた〝三人のミーカーイール〟の脚本を叩いた。

　表紙には赤字で「新版」と但し書きがされている。イーゴリの提案を取り入れながら、さらに後宮内で討議にかけ、アイシャらが更新したものだ。

「まず、〝新版〟というのがまずかろう。そのうち、〝最新版〟〝最終バージョン〟〝最終版、本当〟などと混乱が深まっていくのが目に見える」

「皮肉を言うために呼んだの？」

ウズマは間を取って、眼下のナツキたちに目をやった。「え？」とナツキが大きく叫ぶのが窓越しに聞こえてきた。

ちらと〝眼鏡〟に目をやると、そわそわしているのがわかる。爪先《つまさき》も、こちらを向いてはいない。彼女も、ナツキを出迎えてやりたいのだろう。

その心をなぶるように、ウズマはゆっくりと深呼吸をした。

「〝馬は乗り手次第で土を掘る〟ものよ」

「どういうこと」

「おまえさんらが一所懸命に育てた脚本は、この通り、ずたずたさ。さて、アイシャはおまえさんにとって、よき乗り手と言えるかな――」

「仕方ないじゃない」

自分に言い聞かせるように、〝眼鏡〟がかぶせた。

「それで、劇がよくなってなら……」

「確か、おまえさんは裏方の照明係だったな」

もう一度、ウズマは本の表紙を叩く。

乾いた音が廊下に反響した。

「この内容だが、アイシャの独唱を提案したのはイーゴリのやつだね。そこから、また少し修正が加えられているようだが……」

咄嗟に〝眼鏡〟が身体を引いた。驚いたのだろう。ウズマが脚本に目を通しただけでなく、更新の履歴まで把握していることに。

無意識に、鼻から笑いが漏れた。

「いいアイデアでしょ？」

〝眼鏡〟は言い放ったが、わずかに語尾が震えている。

可哀想だが、この娘にアイシャやナツキのような胆力はない。このことを、ウズマは〝眼鏡〟が後宮入りしてまもないころから見抜いていた。

「どうだい」

ほんのわずかに、ウズマは口調を優しくさせた。

「ちょっと、悪戯《いたずら》をしてみないかね」

「わたし、急いでるんだけど……」

「〝薔薇《ばら》を愛する者は棘《とげ》に耐える〟ものよ――いいかい、これでお終《しま》いとは期待しないでおくことだ」

「何を？」

「わしは多くの人間をこの目で見てきた。間違いなく、アイシャには独裁者の資質がある。だから覚悟しておくんだね。今後も、その先も、おまえさんらの心は踏みにじられていく」

相手に考える間を持たせず、ウズマはたたみかけた。

「アイシャのよき馬よ――。おまえさん、見てみたくはないかい？　憎い乗り手が動揺する、その一瞬の表情を。なんてことはない、ちょっとばかりの恥をかかせるだけさ。なに、ときに乗り手を諫《いさ》めるのも、よき馬の役目よ……」

*

「え？」

ナツキは叫び声を上げてから、まずアイシャの顔を見た。真剣そのものだった。次に、跳ね橋の向こうの通用口で申し訳なさそうに佇む〝大柄《サミア》〟に目を向ける。

こちらも、やっぱり真剣そのものだ。

「悪い！」

〝大柄〟が右手を空手チョップのように掲げた。これは、ナツキを介して後宮に広まった仕草だ。前に、枢密院の一人がこれをやって、ウズマにどやされているのを見たことがある。

「冗談だよね？」

「それが、この通りでさ」

〝大柄〟が指さす下は、ギプスで固められた右足。ついでに、左脇には松葉《まつば》杖《づえ》が挟まれている。

「全治三ヶ月」

苦々しく、アイシャが二人のあいだに入った。

「車がぬかるみに嵌まって、それと格闘してたら来ちゃったみたい。こう、ぽきりと」

「ぽきりと」

「すると当然、劇には間に合わないんだけども……。ほら、あなたこのあいだ後宮で歌ってたじゃない」

「そんなことは」――あったような、なかったような。

「で、満場一致。代役はあなたしかいないって」

真剣な顔つきで、アイシャに告げられてしまった。念のため、もう一度〝大柄〟にも目を向ける。やっぱり真剣そのものだ。

考えるよりも先に、声が出た。

「嫌だあ!!」

「カザフスタンとの国境が開いてるみたい」

ラクダの世話の最中、まるで天気か何かの話でもするみたいに、ダーナがそっぽを向きながらつぶやいたんだ。

「まだ、輸出入のトラックしか通れないみたいだけど」


そして、ダーナは俺に秘策を授けた。トラックに積まれた冷蔵庫に隠してもらい、北のカザフへ密入国しろと言うのだ。

俺のハニーは、アグレッシブだった。

そして入国後は、ビザのいらないキルギスへ直行しろと。カザフを出る際に揉めるだろうが、基本的に、国境は去る者は追わずだ。

そういえば、聞いたことがある。

インドからブータンに入るバックパッカーは、ビザが下りないから冷蔵庫に隠れて密入国するのだと。トラックが停まった衝撃で、国境で冷蔵庫の扉が開いたという笑い話も。

貧乏旅行者だから、空路という道はない。ああ、あのときのナイン・セブン……。


ダーナはずっと目を背けたままだった。　（つづく）

ママチャリで世界一周～アラルスタン編6

みんなが戻ってきたときには、本当に声が上がったよ。

やったあ！　ってね。ダーナと二人で、手を取り合ってさ。

放牧地の皆は、一人も欠けずに戦地から戻ってきたんだ。しかも、かすり傷一つなしに！


その晩は、当然のように祝宴さ。

かくいう俺も、次から次へとウォッカを飲まされた。途中、さすがにもうダメだと音を上げると、

「知ってるか？　アラルスタンには駆けつけ三杯という……」

それ知ってる！

でも、駆けつけてきたのは俺じゃなくてそっちだよ！


皆、笑っていた。

だけどただ一人、ダーナの顔色がすぐれない。俺とのあいだの、口数も少ない。二人とも、わかっているんだ。

俺は旅人で、ダーナはそうじゃない。

別れのときが、近づいてきているんだってね。


それから数日は、何事もないかのように振る舞ったよ。

放牧を手伝ったり、放牧地に迷いこんだゲリラにチーズを売りつけたりね。ま、勇気が出なかったのさ。

自分で自分を罵ったりもした。


白状するしかないな。

事態を動かしてくれたのは、ダーナのほうだった。

7．あまねく生者のために

1

冬場の後宮《ハレム》は寒い。水上に建てられているから、それはなおさらだ。皆はといえば、手を擦《こす》り合わせたり、その場で足踏みをしたりして身体を温めている。

頭上を見上げた。

呼気が、煙となって真上に立ち上っていく。

広間は三階までが吹き抜けだ。二階や三階の渡り廊下に小窓が並び、さらに上には、漆喰《しっくい》のアーチ《ラワク》が複雑にからみ、装飾を施され、一つの大きなドームをなしている。吹き抜け構造だから、ストーブの熱気も上へ逃げてしまう。その矩形《くけい》の谷の底に、人と人いきれ、そしてざわめきが澱《おり》となっていた。

寒いが、それは結束や緊張感を高めてもくれる。

暗記しているはずの脚本を、それでも不安で読み返している後輩もいれば、胡桃《くるみ》材の柱に額を押しあて、呪文《じゅもん》のように台詞《せりふ》を暗唱している先輩もいる。

軽く、ナツキは身震いをした。

衣裳《いしょう》は各自がバッグに詰め、準備している。皆のバッグからは、ほのかに汗の香りがする。この場所で、ぎりぎりまで練習していたことが思い起こされた。

出発の前、アイシャは祈りを捧《ささ》げてくると言い残して、一人でモスクに籠《こ》もった。おそらく、集中したいのだろう。そのアイシャが、鋭い目つきとともに広間に出てきた。もとより、若い衆のリーダーとして勇ましさ《ジャスリク》のある彼女だ。それがいまは、怖いくらいだった。

ぴたりと、ざわめきが収まった。

「行くよ」

その一言だけだった。皆が姿勢を正し、移動の準備をはじめた。移動用のバスは、すでに正門前に待機してもらっている。行き先は国民広場だ。そこで、これから〝三人のミーカーイール〟を演じることになる。

通用口ではなく、正門が開けられた。

それに伴って、背後の貯水池から潮風が抜けていく。皆が歩き出した。

けれど、ナツキは最初の一歩を踏み出せなかった。胸騒ぎが収まらないのだ。まるで盛り場で軍人とすれ違ったときのような、わずかな寒気、所在のなさがある。

いま、劇の本番を前にしているからだろうか。

あれから、イーゴリは全土で手配中の身となり、今日に至るまで所在不明だ。試みに電話もかけてみたが、繋《つな》がらなかった。あの男のことだから、こともなげに通話に応じそうな気もしたが、さすがにそんなことはなかったようだ。

彼が爆破を目論《もくろ》んでいるという貯水池のダムは封鎖され、いかめしい顔つきの兵士たちが二十四時間態勢で警備をしている。いくらイーゴリが神出鬼没とはいえ、工作はできないはずだ。

加えて先日、アラルスタン・イスラム運動《AIM》の最高指導者が、平和維持軍《PKF》のピンポイント爆撃によって死亡したことが確認された。これがもう少し早ければ、ナジャフのこともなかったかもしれない。そう思うと、また胸の奥が疼《うず》く。

大丈夫。そう、自分に言い聞かせる。それから気がついた。何かを自分に言い聞かせるときは、必ず、不慮の事態や危機が差し迫っているときだと。

自分は、やることはやったと言えるだろうか？

「待って」

口が先に動いた。

皆が歩みを止め、振り向いた。なぜか罪悪感がよぎり、ナツキはそっと後頭部のあたりを掻《か》いた。

「先に行っててくれるかな。ダムを見ておきたい」

一瞬、皆が言うことを聞かない犬《イト》を見るような目つきをした。

アイシャが歩みを止め、口元を覆った。

「本番に間に合う？」

「行って戻ってくるだけ。バッドボーイズが前座をやってくれるし、充分に間に合うと思う」

「わかった」

間を置かず、相手が頷《うなず》いた。

この決断の早さは、彼女のリーダーたる所以《ゆえん》だ。

「行っておいで。後顧の憂いはないほうがいい」

軽く頷き、ナツキは皆を追い越して正門から駆け出した。そのまま後宮の裏手に回り、貯水池の前に出る。

陽は傾き、暮れかかっていた。

そよ風を受け、水面《みなも》がさざめいている。鉄材に白くペンキを塗った無人のベンチが寒々しい。「遊泳禁止」と書かれた立て札がある。夏場によく見る恋人たちの姿も、いまはない。

ショールをなびかせながら、ナツキは誰もいない池の端を駆けた。貯水池といっても、直径にして二キロ余りのものだ。

その向こう側にあるダムは、走ってたどり着ける位置にある。優秀な他の生徒らと比べて、自分は何か抜けていると思う。でも、体力だけは自信がある。

まもなく、「立入禁止」と張り出されたコンクリートブロックに道を塞《ふさ》がれた。傍らで、見張りの兵士が欠伸《あくび》をしている。ひょいとテープを越えたところで兵士がナツキを見咎《みとが》め、それからこちらの正体に気づいて敬礼をよこした。格式ばった仕草が苦手で、つい、変てこな敬礼を返してしまった。こんなだから、イズマイール大将や制服組にはいつも舐《な》められる。

道が荒れはじめた。

封鎖されているため、草が野放図に伸びているのだ。ときおり、足を取られそうになる。ラクダ草の棘《とげ》で脛《すね》を擦った。関係ない。どうせ、傷は衣裳で隠れる。かまわずに走りつづけた。次第に、緑が深くなってきた。まもなく、ダムが視界に入った。

コンクリートの塀が、空と貯水池を一直線に分断している。陽は、さらに傾いてきていた。いったん立ち止まり、呼吸を整えようとしたときだった。
「ナツキ」

突然に名を呼ばれて、別に悪いこともしていないのに、心臓が止まりそうになる。

「おまえさんたち、今日は劇じゃないのか？」

「大佐――」

見慣れた顔が、木陰に佇《たたず》んでいた。さぼりと水煙草を好み、胆石持ちで、そしてナツキと同じく格式ばったことの苦手な男が。

アフマドフ大佐だ。

少しだけ、張りつめた気が弛《ゆる》むのを感じた。

「大佐こそ」――息が上がった。「なぜここに？」

「別に。ナツキと同じさ」

答える相手の口調は、相変わらず長閑《のどか》なものだ。

「あんたのお仲間から情報をもらってな。いや、元お仲間か？」ジャミラだ。「あの道化がこの貯水池を狙ってるってな。で、言っちゃなんだが、この国のセキュリティはざるだからなあ……。一応来てみたが、いまのところ怪しいやつは見ないぜ」

「ダムに工作がなされた形跡は？」

「それもなしだ。気になるなら見て来ればいい」

「わかった」

その場をアフマドフに任せ、ダムを見てみることにした。コンクリートの区切り線は、もう目の前だ。その左右にも、帽子を目深にかぶり、重そうな外套《がいとう》を羽織った兵士が一人ずつ見張りに立っている。

水を汲《く》み上げるポンプや、水流の音が近づいてきた。

「危険《ハウフリ》」の立て札を無視して進む。

ダムの端まで来た。急に風が強く感じられ、胸元でショールを握った。

「御苦労様」

兵士に声をかけると、どぎまぎしたような顔を返された。先ほどと同じく、一瞬遅れで敬礼をよこされる。

「念のためです」

もごもごと、つぶやくような声とともに、兵士はナツキのあとからついてきた。ダムの天辺《てっぺん》は意外に細く、幅は一メートルもない。柵《さく》もなしだ。無駄がないのは好感が持てるが、さすがに心許《こころもと》ない。だがどのみち、前大統領が斃《たお》れてこのかた、細い尾根を歩きつづけてきたではないか。

ダムの真ん中まで、こわごわと歩みを進めた。

兵士は影のようにぴたりと背後についている。

見下ろすと、西アラルから水を汲み上げる用水路が、幾重もの小さなダムを挟み、段々畑のように地平までつづいていた。その先に、沈みゆくユーラシアの太陽がある。

雲が虹《にじ》色に輝き、頭上には星が見えはじめていた。

恐るおそる、その場に膝《ひざ》をつく。

兵士の制止を無視して頭を突き出し、崖《がけ》側を覗《のぞ》きこんだ。

一口にダムを爆破するといっても、容易なことではない。分厚い強靭《きょうじん》なコンクリートを破壊するには、相当量の爆薬が必要になるからだ。けれど、一見したところ、そのような工作がなされた形跡はない。

さすがに杞憂《きゆう》であったか。

いまから戻って、さらに国民広場まで走るのか。面倒だ。そもそも〝大柄《サミア》〟が怪我なんかするから――。

そう思った刹那《せつな》、違和感がよぎった。

もう一度頭を突き出し、崖を見下ろしてみる。最初、それは通信速度が遅い動画のブロックノイズのように見えた。じっと目を凝らす。わかった。平坦《へいたん》なはずのコンクリートの壁面に、密集した藤壺《ふじつぼ》を思わせる小さな凹凸がある。

「あれは？」

ナツキが指さす先へ、兵士も目を凝らした。

「貝のような生物では？」

「わたしにもそう見える」

「妙なことでも？」

緊張からか、つい苛立《いらだ》ったような、乱暴な口調になってしまった。

「あのね」

深呼吸を一つしてから、ナツキは貯水池を向いた。

「ここの塩分濃度は海水の五倍で、魚一匹獲《と》れない。淡水化したところで、昔の汚染があるから飲用に適さない。それなのにどうして、貝のような生物がいるっていうの」

しばしの間ののちに、先ほどまでと違う声で兵士が応《こた》えた。

「御明察」

嫌な予感とともに、顔を上げる。

案の定だった。目の前で、兵士だった男が外套を脱ぎ捨てた。その下に隠れていた道化の衣裳が、あらわになる。帽子は崖下に捨てられ、その下の、斜に構えたにやにや笑いが姿を見せた。

やれやれだ。

ゆっくりと立ち上がり、ナツキは正体を現したイーゴリ・フェルツマンと対峙《たいじ》した。前よりも痩《や》せただろうか。気持ち、相手のほうが背が高い。

ダムの反対側の警備が事態に気づき、こちらへ駆け寄ろうとした。ナツキは手のひらを向け、それを押しとどめる。

「大佐の言う通りだ。やっぱり、この国のセキュリティは考え直したほうがいい」

＊

舞台の袖《そで》で、〝大柄〟はやきもきしながら眼前の客席に目を這《は》わせた。

思うように、客が入っていないのだ。

宣伝が間に合わなかったせいか、あるいはやはりテロを怖れてのことか。前座にバッドボーイズまで呼び、そのパフォーマンスもはじまったところだというのに。

舞台正面のＶＩＰ席で、ウズベキスタンやカザフスタンの高官たちが欠伸をするのが見えた。せっかくの預言者生誕祭を、なぜこんな文化祭のために費やさねばならないのかという顔だ。ずいぶんと、舐めてくれたものだと思う。

ナツキから連絡がないのも気になる。

そろそろ戻ってきて、着替えてもらったほうが安心なのだけれど。ギプスで固められた右足が憎らしく、反対の足で蹴《け》るように叩《たた》いてしまった。——まったく、自分のせいでもどかしい。

「まいったね」

背後から、アイシャの抑えた声がした。

「この客の入りでは……」

「ナツキの役はどうする？」

〝大柄〟は振り向いて訊《たず》ねた。

自分の怪我があって以来、いざというときのためのバックアップとして、他の生徒らにもそれぞれの代役を練習させているのだ。とはいえ、練習の様子を見ても、自分が出る必要はないという緊張感のなさが垣間《かいま》見える。このままでは、物足りないというのが本音だ。

「いざとなったら、わたしが二役で出る」

「へ？」

アイシャの意図が呑《の》みこめず、素《す》っ頓狂《とんきょう》な声を上げてしまった。

「なんだって？」

「脚本を洗い直したんだけどね」

こともなげに、アイシャが応えた。

「ナツキの役とわたしの役が重複する箇所はほとんどないの。わたしが両方やれると結論した」

つい、まじまじとアイシャの顔を見てしまった。まるで、怪物か何かを前にしたように。このわずかな時間に、こんな代替案まで考えていたなんて。

やがて我に返って、相手の肩を摑《つか》んで前後に揺すった。

「落ち着いて、アイシャ！　それは、いくらなんでも無理があるから！」

「本当だ！」

アイシャも我に返った。だんだんと、不安そうな顔になってくる。

「どうしよう?!」

「そうだねえ……」

〝大柄〟は天を指さした。

「代替案もいいけど、まずは神の御心《みこころ》さ。ナツキが戻るのを祈ろうじゃない」

「アラー」アイシャが頷いて唱えた。

「アラー」〝大柄〟も深く頷き、同じように唱えた。

＊

相変わらず、右の脇腹のあたりが痛む。

草むらのなか、アフマドフは腹這いになり、身体と狙撃《そげき》銃を固定させた。ラクダ草の棘が、ちくちくと全身を刺してくる。胆石の痛みも、このごろはだんだんと無視できなくなってきた。

だが、これでも一応はプロだ。

照準器を覗きこむ彼の眼に、迷いはない。痛みも、意識からは除外されている。あの道化が少しでも怪しい挙動を見せたなら、躊躇《ちゅうちょ》なく撃つつもりだ。

距離は二百メートルほど。

アフマドフの腕があれば、ヘッドショットが狙える距離だ。迷う必要はない。

相手はテロリストだ。

それも、アラルスタン《A》・イスラム《I》運動《M》のような大義さえ持たない。ある意味では純粋でさえある、混じり気のない、悪霊にでも取り憑《つ》かれたかのような現世《うつしよ》の破壊者。

周囲がしんと静まり、色彩のトーンが落ちたように感じられる。照準越しの二人の姿が、スローモーションのように見える。集中が高まっている証拠だ。

ナツキは、もう自分の娘のようなものだ。

万一にも可愛い娘に危害を及ぼすようならば、この場で、いま、独断ででも葬り去ってやる。

*

水音《みなおと》のなか、横からの風がイーゴリの衣裳をはためかせた。

　ナツキはショールを握り、その道化姿に視線を這わす。これまでよりも、顔色が悪く見える。疲れも感じられた。立ち姿は、まるでお伽噺《とぎばなし》の吸血鬼《コンホル》だ。指名手配されていたせいもあるだろう。ひたすら慇懃《いんぎん》で鬱陶《うっとう》しかったこれまでとは異なる、不穏な空気を身にまとわせていた。

「……あの藤壺も、あんたの作った玩具《おもちゃ》？」

「もちろんでございますとも！」――やや、嗄《しわが》れた声が返ってきた。「このイーゴリ、お客様に最高のソリューションを提供することこそ、身上としてございます！　もっともこの場合、クライアントはわたし自身ではありますがね！　いやはや、皮肉なことではありませんか……」

「えっと――」

　鬱陶しいことには違いなかった。

「あれは、一種の生物風の機械かな？　ということは……あらかじめ、爆薬を忍ばせた機械を、貯水池に放流しておく。それから……」

「これはしたり！」

　ゆっくりと、イーゴリが額を叩いた。

「ええ、ええ！　この一瞬で、そこまでお見通しとは。さすがは我が友人の才女殿、このイーゴリ、心底より感服致しました！　こほん……と、失礼、やや身体を悪くしておりましてね」

懐から、イーゴリは一枚のチーフを取り出した。

痰《たん》が吐かれる。そこに、血が混じっているのが垣間見えた。

「このダムは主に水を汲み上げていますが、水位によっては放流されることもございます。その放流のタイミングを狙って、わたくしめの可愛い機械たちは、ダムの反対側へ押し出され、しかるのち、壁を這い登っていく仕組みでしてね」

「そして、セメントか何かで自分自身を固定する？」

「誰かさんが、警備を強化してくれたものですからね……。まあ、こんなこともあろうかと、あらかじめ開発しておいた次第でございますが……」

また、イーゴリが咳《せ》きこんだ。

相変わらず、声は嗄れている。

「カラオケでもやりすぎた？」——これは、遠い東の島国から中央アジアへ入ってきた文化の一つだ。「吟遊詩人なんだから、喉《のど》は大切にしなきゃ」

「御配慮、痛み入ります！　とはいえ、これはわたし自身の不摂生が招いただけでしてね。こう見えて、いささか無理もしてきたものですから……。どうあれ、心配は無用にございます！」

別に心配はしていない。

「なんで今日なの？」

やや強い口調で、ナツキは詰問した。

「わたしたちは、今日、この日の劇のために練習してきた。せめて、明日にしてくれたっていいじゃない」

わずかだが、相手が饒舌《じょうぜつ》を止めて考えこんだ。

視線が、右上のほうへと泳ぐ。

「うむ……。劇のことを持ち出されますと、わたしとしても心苦しいところではございます。とはいえ、わたくしめにも事情がありましてな……。まず、外交劇のある今日が一番効果的であること。それに、これ自体もまた、劇なのですよ！」

「どういうこと？」

「ええ、ええ！　四人目のミカエル――ミハイル・カラシニコフ氏を超えるための、小生の一世一代の劇にございます！　こればかりは、最高の御友人、国防相殿の頼みとあっても曲げるわけにはまいりません！」

軽く、天を仰いで首を回した。あまり頼みを聞いてもらった記憶もないが。

「ニコライ株だっけ。なんで、そんなものに固執するの？」

「おや、御存知でしたか！」

御存知というか、どちらかと言えば知りたくなかったことではあるが。

「わたし、あんたの歌声が嫌いじゃないよ。いまなら、まだ戻れる。あんたの過去に何があったにせよ、たとえば、ただの吟遊詩人として生きてはいけないの？」

「おや、おや！」

徐々に、イーゴリの満面に笑みが広がった。

なんとなく苛立たしい。

「実を申しますと——いえ、本当に真正なるわたしの心情と致しましてね、国防相殿は、わたくしめと似たところがあるように感じていたのですが……。否——立場は違えど、盟友であると申しても過言ではないでしょう！」

「過言だよ！」

「その国防相殿の言とは信じがたいですな！　吟遊詩人ですって？　本当に、そんなことを信じておいでなのですか？　ここまで来れば、あとは、スイッチを一つ押すだけ。我が頭脳明晰《めいせき》なる国防相殿も、今回ばかりは、わたしの計画は阻止できなかった次第でしてね——」

腹は立つが、相手の言う通りかもしれない。

実際、どうしたものだろう。ちらと、ナツキは手首に巻いてある時計を見た。相手の腹立たしい饒舌のせいで、すでに時間もぎりぎりだ。いまから走り出しても、劇に間に合うかどうか。

2

ウズベキスタンの外務官僚、ムスティスラフ・アダモフは凝った肩を回し、本日何度目かの欠伸をした。目の前では、中年を迎えつつあるグループが、先ほどから人を小馬鹿にしたような歌やダンスを披露している。

踊りそのものは悪くない。

だが、すでに腹の出たメンバーもいる。これが〝自由主義の島〟でもっとも人気のあるグループとは、まったく笑わせてくれる。

背後に視線を這わせた。

空きが多い。この事実は、アイシャらの政権が民主的な支持を得たものでない証左として、のちのち利用できるだろう。たとえ、自分たちのウズベキスタンがなんら民主的でなくとも――。

そこまで考えたところで、自分の表情が歪《ゆが》んでくるのがわかった。

できれば早々に引きあげて、飛行機で帰国して預言者生誕祭を家族と過ごしたいのだが。ため息を一つ吐《つ》き、隣に席を取るカザフスタン官僚に声をかけてみた。

「こいつは、まいりましたね……」

「さてね」

相手もすっかり退屈した顔をしていたが、一応は慎重に応えた。

「念のため、劇まで見てみないことにはな……」

そうなのだ。

劇には必ず、アラルスタン側の外交メッセージが含まれている。それを見届けないことには、ムスティスラフらとしても引きあげられない。

この際、ウェブで中継でもしてくれれば都合がいいのだが、そうしないのは、集客のためだろうか。

隣のカザフスタン人が冷笑を浮かべた。

「どうするね？　劇のメッセージが、愚にもつかないものであったら」

「なに」

こともなげに、ムスティスラフは答えた。

「もともと、このあたりは土地も油田もうちの領内だったんだ。それが、ソビエト崩壊のどさくさで独立されてしまった。だから――」

相手と同じ冷笑が、口元に浮かぶのがわかる。

右の手のひらを宙に向け、目の前の虚空を握り潰《つぶ》した。

「これだけのことさ」

このとき、背後から炊き込みご飯《プロフ》売りの声が聞こえてきた。かすかに、羊の脂の香りが漂ってくる。目の前にはアラルスタン側が用意したロシア風の弁当があるが、どうも口に合わない。

ムスティスラフは右手を上げ、ぱちんと指を鳴らしてプロフ売りを呼びつけた。

舞台上では、夕暮れの祈りを一度挟んだのち、マグリスラード・バッドボーイズを名乗るグループが四曲目に入っていた。

＊

もう一度、舞台袖から窺《うかが》ってみる。当初よりも客は増えたが、まだまだだ。時計を見る。たぶん、すでに四、五十回は時間を確認している。ナツキからの連絡も来ていないままだ。

首を振って、〝大柄〟は松葉杖《まつばづえ》をついて舞台裏へ戻った。

途中、照明係の〝眼鏡《シルヴィ》〟の肩をぽんと叩く。

舞台裏では、慌ただしく行き交う設営や警備に紛れて、アイシャが中年の男性と二人で佇んでいた。どちらも硬い表情だ。男の顔は見たことがある。国民広場の管理人、ムスタファだ。

「なるべく引き延ばすようには頼んだ」

アイシャがこちらに気づき、耳打ちをしてきた。

バッドボーイズの演目を引き延ばして時間を稼ぐ、ということだ。

「楽屋に行って、皆にこのことを伝えてもらえないかな」

頷いて、舞台裏の階段を下りて楽屋へ向かった。

楽屋といっても、即席で舞台裏に建てただけのプレハブ小屋だ。ドアノブに手をかけたところで、奥から短い悲鳴が聞こえてきた。

劇の主役、ジーラの声だった。

「どうした？」

小屋に入ると、開いたバッグを前にしたジーラと、押し黙って彼女を取り囲む生徒らがいた。狭いプレハブに、汗や化粧品の匂いが満ちている。噎《む》せそうになるのを〝大柄〟は堪《こら》えた。

「衣裳……。皺《しわ》だらけになっちゃった……」

沈黙するわけだ。

とにかく準備期間が短かったのが痛い。衣裳は安い生地を使い、中国の企業に無理を言って特急コースで仕立てさせたものだ。必ずしも、出来はよくない。それを、慌ててバッグに詰めこんだせいだろう。

〝大柄〟はスカーフ越しに頭を掻いてから、ジーラに歩み寄った。

まったく、なぜこう次から次へと。

「問題ないさ。あんたは主役の旅人だし」

なるべく、低い穏やかな口調で話しかける。

「この際、いま着てる、民族衣裳でいいんじゃないの？」

「駄目なの」

消え入りそうな声が返った。

「わたし、この服がないと……」

思うように演技ができない、というわけだ。

コスプレなしにジーラが演技をできないことは〝大柄〟とて承知している。忘れたふりをしてみたが、やっぱり駄目か。民族衣裳もコスプレと言えばそうだが、普段使いを命じられているため、衣裳の代わりにはならないということなのだろう。

「アイロンの代わりになるものは？」

誰からも答えはない。

「市場《バザール》までひとっ走り、誰か買ってきて！」

「店が閉まってるよ」ジーラが震える声で応えた。

「開けさせるのさ。なんてこたあない」

「コンセント、あったっけ……」また誰かが言う。

「なければ管理小屋で借りる！　それから、時間のことだけど――」

やっと、バッドボーイズの演目が延びることを皆に伝えられた。ほんの少し、安堵《あんど》感が広がっていくのがわかる。

この場はこれでいい。

戻ってアイシャに報告するために、いったんプレハブを出る。それから、歩きながら、ジーラのことを思った。彼女が衣裳を必要とする理由を、〝大柄〟は聞き知っていた。

後宮の生徒らは、皆、それぞれに事情がある。

〝大柄〟や〝眼鏡〟は、長期化したタジキスタン内戦から逃れてきた難民だ。アフガニスタンから逃れてきたハザラ人もいる。ジーラはというと、まだカザフスタンの貨幣価値が高かったころ、親族によってウズベキスタンからカザフスタンへ売られた身だった。

彼女は工場へ出稼ぎに行くのだと伝えられた。

待っていたのは、娼館《しょうかん》だった。別に珍しいことではない。同じ体験を持つ生徒はほかにもいる。ジーラが幸いであったのは、こうした人権侵害への対応を専門とする非政府組織《NGO》が近くにあったことだ。彼女はそこへ逃げこみ――自分を売った親族のもとへは帰れなかった――やがて、NGO間の連携によって、アラルスタンの市民権を得ることができた。

ジーラは、他者から見られることを怖れる。

ひどい目に遭ったせいか、自己評価も低い。

だから、衣裳をまとい、そして別人に変わるのだろう。できれば、今回の主役を通じて、生まれ変わってもらいたい。それは、後宮の皆の願いでもあるのだった。

「やれやれだね……」

つぶやきとともに、舞台裏への階段に足をかけた、そのときだった。

「わたしも出たい！」

こちらの言葉を憶《おぼ》えはじめた六歳のカリルが、いつの間に楽屋から出てきたのか、〝大柄〟を追い越してあわや舞台まで飛び出そうになった。慌ててその手を掴み、引き戻す。

まさかこの上、子供のお守りとは。

つい、ため息が出そうになる。すんでのところで〝大柄〟はそれを深呼吸に変えた。

＊

まるでこちらを弄《もてあそ》ぶように、ゆっくりと、イーゴリが懐に手を入れた。そこから取り出されたのは、手のひらほどの、基板が剝《む》き出しとなった装置だった。

確か、商品名はラズベリーパイ。

教育用を主とした、安価なシングルボードのコンピュータだ。技術者志望であったナツキも、趣味で二台ほど取り寄せている。

「なにぶん急拵《きゅうごしら》えなものですから、この通り、見映えはぱっと致しませんがね——」

道化は薄く笑うと、基板上に取りつけられたタクト・スイッチを指した。

「御想像の通り、起爆装置でございます。別にスマートフォンのアプリでもよかったのですが、前に基地局を止められたことが頭をよぎりましてね。あとは、説明するまでもありませんな。このスイッチを押下《おうか》致しましたら、こう、どかんと」

「どかんと」

「さて、我が最高の友人に進言致します。すぐに、このダムを離れることです。さもなくば、そうですな……。ここには、国防相殿という最高の人質がいる。仮に狙撃されても、わたしは最後の力でスイッチを押すだけ。さすがの才女殿も、お手上げという次第かと存じますが……」

アフマドフ大佐がこちらに照準を合わせていることは、ナツキも気がついていた。大佐がいるあたりに向けて、頭の上で両腕を交差させ、大きくX《ハー》の字を作った。

こちらに去る意思がないとわかった道化が、軽く肩をすくめる。

「とはいえ、わたしとしましても、ダムとの心中は御免ですな。どうでしょう。この際、湖畔の散歩と洒落《しゃれ》こむことと致しませんか。なんと申しましても、逢引《あいび》きのお相手が国防相殿というのが、光栄の至りです！」

イーゴリがこちらに背を向けた。その足取りが、刹那、ふらつくのがわかった。

——仕方がない、賭《か》けだ。

相手の背に向けて、何気ない調子で声をかけてみた。

「声の嗄れや眩暈《めまい》」

ぴたりと、相手が足を止める。

「そろそろ疲労感やむくみもひどいんじゃない？」

「まさか——」

イーゴリがこちらを振り向く。

はじめて、その顔に表情が生まれたようにも見える。

「まあ、こんなこともあろうかと、あらかじめね」

相手の口調を真似て、ナツキは皮肉に応えた。

「取引と行かない？」

「いやはや！　国防相殿もお人が悪い！」

今度こそ、本当に嬉《うれ》しそうにイーゴリが笑った。

「ああ、いまのこの気持ちをどう表現したものでしょう！　このイーゴリ、歓喜のきわみでございます！　やはり、わたしたちは似たもの同士でございました——否、否です！　そんな言葉ではもう言い表せません。ここまで来れば、もはやソウルメイトと申しましても差し支えないでしょう！」

ソウルメイトと来たか。

相手のペースに乗らないよう、ナッキは咳払《せきばら》いをした。

「やっと調べがついたよ。〝最初の七人〟の一人にして、正体不明の兵器マニア、〈バックベアード〉——そして、その本名は、イワーノヴィチ・ベレゾフスキー」

相手は、道化のにやにや笑いを崩さない。

負けじと先をつづけた。

「そして、出身はカザフスタンのセメイ——最初、そう聞いたときはぴんと来なかったよ。ソビエト時代のセミパラチンスク核実験場だね。そして、あなたの両親は被曝《ひばく》によって亡くなった。ソビエトの核実験によってね」

「ええ、ええ！」

いつものように、道化が応え——。

そしてその顔から、すっと、完全に表情が消えた。

「たいしたもんだね」

低い声で、それだけを言う。

強いて言えば、特徴のない声。どこにでもいそうな、顔のない声だ。まるで、ウェブの匿名の発信者のような。あるいは、風がない日の貯水池の水面《みなも》のような。

これが、イーゴリの地声なのか。

「うん、たいしたもんだ。でも、いささか文句もないではないな。まるで、ぼくがソビエトの犠牲者であるように言われるのは気に食わない」

「別に、そんなつもりはないよ」

首を振ってから、ジャミラが冗談めかして口にしたことを思い出した。

「どのみち、わたしたちの大半がソビエトの犠牲者なのだし」

「そうだね」

相手が、気持ち斜めに頷く。

しばらく、不可解な間があった。

「セミパラチンスクを知っているなら、当然、チャガン核実験のことは知ってるね。ソビエト当局は、核実験でできたクレーターが川を堰《せ》き止めて、湖ができることを期待した。あとあと、貯水池を造ったのだと言い張るためにね」

イーゴリが翻った。

こちらへ向けて、身体が開かれる。

「実際、湖はできた。チャガン湖――西アラルと同じように死んだ海、いまも重度に汚染されたままの〝原子の湖〟がね。むろん、貯水池の用はなさなかった。もともと原爆開発の責任者は、セメイが無人の地だと偽っていた。住民を使った人体実験だったという説もある」

「その核実験が、あなたの両親を殺した」

「無学な親でね」

わずかに、イーゴリが目をすがめた。

「母は情緒不安定で、なんにでも文句をつけ、それを父親が暴力で抑えこむ。正直、心穏やかに過ごせたことは一度もなかったな。だから、正直死んでせいせいしてるよ。ソビエト政府には感謝状を贈りたいくらいだね」

「そんなこと、思っても言うもんじゃないよ」

自然に出たナツキの一言を受け、また道化が満面の笑みを作った。

「いやはや、清々《すがすが》しいまでだね！　だから、ぼくはきみを必要としているのさ！」

無意識に一歩引いてしまった。深呼吸をして、ナツキは話を戻す。

「……そして、あなたも甲状腺《こうじょうせん》癌を発症し、甲状腺の全摘出手術を受けた。やっと、先方の外務機関を経由して資料を取り寄せられた。カザフスタンの病院に、記録が残っていたよ」

「少し違うな」

「違う？」

　また間があった。

　道化が貯水池に目を向け、頭を掻いた。

「核実験の日、ぼくは親戚《しんせき》を訪ねてセメイを離れていたのさ。被曝はせずに済んだ」

「じゃあ、どうして――」

「子供のぼくは、幸い教育は受けられて、核について多少の知識もあった。だから核実験がなされたことや、それによって父母を喪《うしな》ったことはわかった。それで、ぼくがどうしたかというと……これがまったく、人の心というのは理解の及ばないものでね」

　思わせぶりな微笑を向けられる。

「ぼくは、チャガン湖を泳いだのさ」

「え？」

「別に死にたかったわけじゃない。なんて言うのか……。ぼくは、試したかったのさ。あらゆる世界の悪を一身に受け、身一つでそれに抗《あらが》いたいと思ったんだ。甲状腺癌を発症したのは、このときの被曝が原因だろうね。泳ぎ切って、まだ生きているとわかったとき、ぼくは決めた。自分の使命は、まさしく世界の敵になってやることだとね」

「なぜ」

「人類なんか最初からいないほうがいい。きみだって、一度ならずそう思ったことはあるだろう？」

道化は薄く笑って、またチーフに痰を吐いた。

――甲状腺から分泌されるホルモンは、新陳代謝を司《つかさど》る。

生命を維持するためには、なくてはならない物質だ。ゆえに、甲状腺を摘出した場合は、定期的にホルモンを補充する必要がある。それを怠ると、全身の代謝が低下していく。症状としては、記憶障害や抑鬱、乾燥、脱毛。それから声の嗄れや眩暈、疲労感やむくみなどだ。

アラルスタンでは、薬局に行きさえすれば薬は買える。

だが、突然に指名手配をされたイーゴリは、薬を手にすることができなくなってしまった。そして、症状が現れはじめたということだ。

やり口がひどいことは承知している。でも、こちらもあとには引けない。

「薬は用意してある。あなたがダムの爆破を諦《あきら》めるようなら提供してあげてもいい」

3

ウズマの眼下に、原色の電飾を施された国民広場が光の矩形を作り出している。

ホテルの五階、開け放たれた窓越しに彼女は舞台の様子を窺っていた。最初に危惧《きぐ》されていたよりは、客も集まってきただろうか。だが、まだ席の七割ほどが埋まった程度だ。

窓から、容赦なく冬の大気が入りこんでくる。

寒さがこたえるが、窓を開けていなければならないのには理由がある。彼女の同行者――この日のために雇った狙撃手が、広場の舞台に照準を合わせているからだ。

「本当に狙えるんだろうね」

「お任せください」

距離にすれば、八百メートルほど。狙撃の距離としては、長距離にあたる。だが今回は、技術省が開発したばかりだという追尾機能つきの銃弾がある。信頼性は、決して低くない。

けれども、具体的に「できる」と言わない人間を、ウズマは信用しない。

別のホテルにはもう一人の狙撃手を配置し、設営スタッフにも、手の者を紛れこませている。

いざ事を起こすときは、二重にも三重にも備えを設けなければならない。これが、国家の黎明《れいめい》期から政《まつりごと》に関わってきたウズマのやりかただ。

「演目が押していませんか？　予定では、そろそろ……」

「おまえさんが気にすることじゃない」

どうせ、劇の準備に手間取りでもしているのだろう。

広場では、バッドボーイズの五曲目が終わったところだ。遠く、彼らのMCが風に乗って聞こえてきた。

――それでは皆さん、ご好評につきまして、もう一回！

――マグリスラード・バッドボーイズ〝沙漠《さばく》を征《ゆ》く〟！

間近で見られないのは残念だが、それは致しかたない。

イーゴリに脚本を修正させたのも、〝眼鏡〟の照明に注文をつけたのも、すべてはこの日、この瞬間のためだ。

前の大統領、パルヴェーズ・アリーは名君だった。否、名君になるはずだった。そのアリーの治世のためにこそ、多くを耐え忍び、国の立ち上げのころから政治に関わってきたのだ。それが、たった一発の銃弾によって雲散霧消してしまった。

そして、そのどさくさに政権を奪取した、あの小娘、アイシャ・ファイシャル――。

彼女は危険だ。

ソビエト時代から、ウズマは多くの人間を見てきた。それだけは自負している。アイシャは紛れもなく、独裁者の資質を持っている。視点を変えれば、それは英雄の資質でもある。だが、アラルスタンは〝自由主義の島〟でなければならない。芽は、早いうちに摘むのが鉄則だ。

「少し、可哀想なような気も……」

この日雇ったヒットマンは、口数の多い男だった。

「聞いたところ、まだ若いんでしょう？」

ウズマは鼻で笑った。

「〝英雄を必要とする国は不幸〟――この国は、まだまだ変わらねばならないのさ」

＊

ムスティスラフ・アダモフは老眼鏡をかけ、今日のプログラムを読み返してみた。

予定では、そろそろバッドボーイズとやらの前座が終わり、劇がはじまるはずだ。

ところが目の前では、家の近所の鍼灸《しんきゅう》院のように同じ曲が繰り返されている。

アイシャたちの側に、何か不手際でもあったのだろう。

「惨めなもんだな」

ぽんと、プログラムを叩いてつぶやいた。

これについては、隣のカザフスタン官僚も同感であったらしい。

「まあ、劇次第ではあるが……」

頬杖をついたまま軽く頷き、また無難な台詞を返してくる。それから不意に真顔になって、

「そういえば、さっき、この国を潰すかのようなことを言っていたが」

探りを入れるように、先ほどのこちらの言を聞き咎めてきた。

「いや、ほんの軽口ですよ……」

ムスティスラフは相手の肩に腕を回し、作り笑いをした。

「もっとも、やるとなれば、いくらでも方策はありますがね……」

ひらひらと、彼は目の前に一枚のコピーをそよがせた。

アイシャ・ファイシャルが政権を発足させる際に使った、前大統領の委任状とやらのコピーだ。もちろん、偽造したものに違いない。鑑定すれば、すぐにでもわかるはずだ。この程度のものは、当然、カザフスタン側も入手している。それをあえて持ち出さずにいるのは、アイシャが使えるかどうかを推し量っているからだろう。

〝ロケット亭〟と書かれた紙箱に入った炊き込みご飯《プロフ》を、ムスティスラフは手掴みで口に放りこみ、汚れた人差し指を舐めた。

この国には、まだまだ、いくらでもつけ入る隙がある。

南部の油田だけではない。ほかに美味《うま》い汁があるなら、骨までしゃぶるまでだ。

＊

アフマドフは身じろぎもせず、照準越しにダム上の二人を見つめていた。

最初は何事か言葉を交わしているのみだったのが、だんだんと雲行きが怪しくなってきた。ゆったりとした雰囲気を漂わせていたイーゴリが、何をきっかけにしたのか、余裕を失いつつある。

やるなら、いまか。

ナツキからのX《ハー》のサインは受け取っている。それはおそらく、すでにイーゴリの工作が完成していて、いつでも起爆できる状態にあるということだ。

迂《う》闊《かつ》には撃てない。

急所を外したりなどすれば、あの男はダムとの心中をも選びかねない。そうなれば、ダム上にいるナツキも巻き添えだ。いわば、人質を取られているのと変わらない。

だが、もし隙を見せるようなら。

あるいは、一発で頭を撃ち抜けそうな瞬間が来れば。ところが、イーゴリはいちいち動作が大仰で、そしてふらふらと左右に揺れ、いっこうに機会が訪れない。

焦れる。

「せめて――」

独言が漏れそうになるのを、抑えた。

もうじき、陽も沈んでしまう。ナツキ、どうにかしてあいつの動きを止めてくれ。

*

宵闇が迫ってきていた。

伴い、ダム橋の両脇に、順に電灯が灯《とも》りはじめる。青みがかった夕暮れの底に、やがて光の橋ができあがった。イーゴリは、いや、イワーノヴィチは――どちらでもいい――こうしているあいだにも、みるみる老けこんでいっているように見える。

道化が両腕を広げ、片目を瞑《つむ》ってみせた。

「ぼくたちは精神の双子さ」

やおら、承服しがたいことを言う。

「きみの沙漠緑化案を聞いたことがある。なかなかどうして、過激な発想じゃないか。結局、ぼくたちは似ているのさ。つまり、技術で世界を塗り替えようとする、仄暗《ほのぐら》い欲望においてね」

誰から聞いたのだろうとは思うが、この男のことだ。別に不思議ではない。

「……わたしは、雨を降らせたいだけなんだけどな」

「同じことさ。自分の心に問いかけてみるといい。ぼくたちは二人ともが仄暗い欲を底に秘めている。それがどうだい？　ぼくはまったく自由にテロを目論み、きみときたらいまや政治でがんじがらめさ。なんとも承服しがたい事態だとは思わないかい？」

そうかもしれない。

でも、そんなことより、さっさと降伏してもらって国民広場に駆けつけたいのだけれど。いや、もう時間的に間に合わないか。

また皆に迷惑をかけてしまった。

「ただ、一つだけ違いがあるとするなら――」

こちらの都合などお構いなしに、相手がつづけた。

口調は変わっても、この点はこれまで通りだ。

「きみは、人間を信じすぎるきらいがある。たとえば、あのときのマグリスラードの攻防戦さ。きみは言葉を尽くして合理的に説明しさえすれば、皆が家の電灯を消してくれると信じた。でも、実際はそうならなかったわけでね」

胸のあたりを、疼きのようなものが走った。そうだ。ジャミラに助けられたのだ。

「要するに、きみは人間が技術を使いこなせると信じている」

「千年前からの議論を、いま蒸し返すつもりはないんだけど」

「テクノロジーに罪はなく、使いこなす人間次第――。そんなのは嘘っぱちさ。人間もまた、プログラム通りに動く機械でしかない。言うなればこの現世は、人の作ったテクノロジーと、神の作ったテクノロジーがあるのみだ。ならば、そう。人に原罪があるというなら、おのずとテクノロジーにも原罪はあるわけでね」

　また、何やらソビエト的なことを言う。

「イスラム国家の公人として一応言わせてもらうなら、わたしたちは原罪の存在を認める立場にない」

「そんなことはどうでもいい」

　身も蓋《ふた》もなく遮られてしまった。

　それからしばし、道化は黙想するように地平に顔を向けた。

「……チャガン湖での一泳ぎを終えたとき、ぼくは人類の敵に回ってやろうと決めた。他方、紛争で家や家族を喪ったきみは、この地に雨を降らせようとした。どうだい、不思議だと思わないかい？　人間精神のいったい何が、こうした分岐をもたらすのだろうかね？　知力か？　あるいは何か遺伝的要因によるものか？……そのことを、ぼくはずうっと考えてきたのさ」

　割りこもうと口を開きかけた。道化が指を立て、こちらを制する。

「答えは単純。それはもう、呪わしいくらいにね。要は、愛されて育ったかどうかさ。

愛されて育った人間が技術に志したとき、人間を信じすぎ、そして破滅をもたらす。テロルが悪霊であるように、愛もまた悪霊なのさ。結局は、きみもまた危険なんだよ。このぼくと同じようにね」

はて。自分は、愛されて育ったろうか。

そう思った刹那、家族と最後の時間を過ごしたダイニングが蘇《よみがえ》り、胸がつぶれそうになった。いけない。また、相手のペースに巻きこまれている。

「ところが、さ」かまわずにイーゴリがつづけた。「いざ計画を立案し、さらに実行する人間になるかどうか。ここにもまた、もう一つの分岐がある次第でね」

「あんたは、やる側なんだよね？」

「これがまた皮肉なのさ！　やる人間は、とどのつまりは孤独のなかにある。愛されている人間は、やらない。どうだい、馬鹿みたいだろう？　愛という悪霊は、世界の破滅の種を蒔《ま》いておきながら、それと同時に阻止するという始末でね。なんだろうな。ま、要は〝リア充《ナルマルファーグ》たれ〟さ」

「ええっと」

謎の用語を無視して、顎《あご》に手を添える。

「それじゃ、わたしとしては、あんたに薬を提供してから、しかるのち、あんたを心から愛せば、事態がすべて解決する？」

二度、三度と相手が瞬《まばた》きをした。

「きみも相当なもんだな」

そう言って、心底意外そうに両の眉《まゆ》を持ち上げる。

「でも、こちらの心もあるから無理かな。何しろ、こういうことは両想いでないとね」

ふられた。

なんだか、腹が立ってきたぞ。

「あのさ」

なかばやけっぱちに、ナツキは両手を腰に当て、肘《ひじ》を左右に突き出した。

「こちらにも余裕がない。いい加減、決めてくれないかな？　自分の命が惜しいのか、それともやっぱり、あんたの心に深く根を下ろした執着を優先したいのか」

＊

「やあ、オーケー、みんなありがとう！」

「やっぱり、ぼくらを代表するのはこの曲だよね」

「そうそう！」

「では、好評につき、四回目、行こうか！」—

「マグリスラード・バッドボーイズ〝沙漠を征く〟！」

もう見るまでもないが、舞台袖から〝大柄〟は客席を眺めてみた。客が増えはじめているのはいい。でも、人気のナンバーといえど、四度目とあってブーイングが起きはじめている。

メンバーの一人が、慌てて路線変更をした。

「いやいや！　さすがに、それはちょっと無理があるよ！」

然《しか》り。

振り向くと、すでに舞台衣裳に着替え、準備を終えた生徒らが待機していた。いないのはナツキと、衣裳待ちのジーラのみ。中央に立つのは、アイシャだ。その傍らには、いざというときにナツキの代わりを演じる予定の後輩が、震えながら虚《うつ》ろな目をして立ち竦んでいる。

「ごめんね、みんな！」

舞台袖から、バッドボーイズのメンバーに視線を送った。即座に頷きが返ってくる。

「いや、まあ、みんな薄々わかってたとは思うんだけど」

「だよねえ」

「ぶっちゃけ、次の準備が間に合ってなくてさ！」

「でも、これから本番！　さあ、お待ちかねの――」

このときだ。

「ごめん！」

舞台の裏から、後輩のささやき声がした。

青い顔とともに、手にジーラの衣裳を身体の正面に掲げている。

アイシャの睡蓮《ニルフィヤ》の笑みの端が、ぴくりと波打った。衣裳の中央に、アイロンの焦げ跡がロケットみたいにプリントされていた。

ハプニングはそれで終わらなかった。

傍らで様子を見ていた管理事務所のムスタファが、ええいとばかりに舞台に上がり、バッドボーイズの一人からマイクを奪った。ざわつく観衆の前で、よれよれの服のまま、何事もなかったかのように挨拶《あいさつ》をする。

「やあ、みんな！」

ぴたりとブーイングが止《や》んだ。

咄嗟《とっさ》に、〝大柄〟はアイシャを窺う。めったに見られない、味のある表情だった。

結局、やらせてみようという空気になってきた。

「御存知、管理小屋のムスタファさ！　劇はこのあとすぐ！　でも、バッドボーイズを見てたら、俺様も居ても立ってもいられなくてね」

なんの反応もない客たちを相手に、ムスタファは滔々《とうとう》とまくし立てる。

なかなかに神経が太い。

「ありがとう、ありがとう！　それではここで一つ、俺様得意のロシアの小噺《アネクドート》を一席——時はソビエト崩壊のころさ！　そうだな、カザフスタン現大統領のナザルバエフが……うおっほん！　いや、東ドイツのホーネッカー議長にしよう。彼は、隣で眠っていた妻に問いかけたのさ——」

VIP席で、一人離れた位置に席を取っていたロシア官僚が、くすりと笑った。それから周囲を見回し、神妙な顔つきに戻る。

がくりと、アイシャたち一同が首《こうべ》を垂れた。

4

ナツキたちのシルエットが、闇に溶けつつある。

アフマドフの集中力も、限界に近づきつつあった。やるならもう、いましかない。本当なら、もう少し慎重になるべき場面だ。何しろ、一発の銃弾が国の未来を左右するかもしれないのだ。だが、大局的な視点は、いまや焦燥感に塗り替えられつつあった。照準のなか、ナツキが開き直ったように何事かをイーゴリに語りかけ、相手がぴたりと動きを止めた。

いまだ。

もう、何も考えられなかった。

トリガーを引く。そのまま動かずにいてくれれば、ヘッドショットになる。起爆させるかさせないかの判断よりも先に、相手は斃れる。――そのはずだった。

気まぐれな強風が吹き、ナツキがバランスを崩した。

ナツキは風によろめきながら、イーゴリの手前側に倒れこんでくる。

「避《よ》けろ！」

貯水池のほとりに、アフマドフの叫びが虚《むな》しく響き渡った。

*

わけがわからなかった。

突然、殴られでもするように風に吹かれて――せめて崖に落ちないようにと、貯水池側を選んで倒れこもうとした。ほぼ同時に、何か叫び声が聞こえた。腕に抱き止められた。貯水池に落ちそうになるナツキを、イーゴリが受け止めたのだ。

一瞬、その顔に迷いがよぎるのが見えた。

それからだ。

強風のなか、イーゴリはナツキが落ちないよう光の橋の中央へ突き飛ばした。その頭を銃弾がかすめ、過ぎ去っていく。あとは、授業で習った作用反作用の法則だ。起爆装置を手にしたまま、イーゴリはバランスを崩して貯水池側によろけ――そして、踏ん張ったのがいけなかった。イーゴリの上半身は、すでに崖側へ大きく傾いでいた。

咄嗟に、こちらも手を伸ばす。

「なに」

イーゴリはこちらの手を取らなかった。それをやったら、負けだとでも言わんばかりに。顔には、元通り道化の表情が貼りついている。

「ほんの少し、眩暈がしただけでございますよ……。まあ、その眩暈も、誰かさんのせいではありますがね。ですが、これしきのことで、国防相殿との友情に一筋のひびも入らぬことは、あらかじめ申し上げておきましょう！　ええ、ええ！　なんと申しましても、このイーゴリ、お客様に常にベストな御提案をしながら、人と社会に――」

そこまでだった。

イーゴリの声は、谷底へ消えていった。

＊

さて、どうしたものか。

頭から崖下へ落下しながら——これはこれで気持ちのよいものだな——まったく冷静に、イーゴリは手元の起爆装置に目をやった。押すべきか、押さざるべきか。

決断は早かった。

これまで、イーゴリが自らに課し、貫いてきた原則がある。すなわち、こう。迷ったら、必ず皮肉なほうを選べだ。

手ずから開発したニコライ株で世界を脅かすつもりだった。それが、小娘一人を助けて、このざまだ。皮肉な結末と言うなら、これ以上のものなどない。待てよ、ことによると、自分は最初からこういう結末を……。いや、いい。

ダムから身を乗り出し、こちらを見下ろすナツキに目配せを送った。

スイッチを宙へ放り投げる。

装置はそのまま水面に落ち、ショートして用をなさなくなるはずだった。それを餌か何かと思ったのか、一羽の鳥がくわえて上空へ持ち去ってしまった。

「あ」

口から、間の抜けた声が漏れた。

視界の隅のナツキも、まったく同じ口の動きをさせた。

＊

鳥はそのまま上昇気流に乗り、ナツキのいるあたりまで舞い上がってきた。餌だと思ったら何か違うぞとばかりに、基板をくわえたままダム橋の周囲を旋回している。そう。残念ながら、そのラズベリーパイは食べられないんだ。

放せ、と念を送ってみたが、通じなかった。

かわりに、ナツキがいるすぐそばにまで寄ってくる。やっと鳥が装置を放した。崖側だ。届くか、届かないか。駄目でもともとで身を乗り出し、手を伸ばす。このときまた、強い風が吹き、バランスが崩れた。気がつけば、ナツキは爪先のみを残して崖側に倒れこんでいた。

やばい。

他人事《ひとごと》のように思った、そのときだった。

エンジン音とともに、一台のバイクが光の橋を渡ってきた。運転手は素早くこちらを脇に抱え、たちまち橋を反対側まで渡り切ってしまった。見張りの兵士が咄嗟に敬礼をして、それから、あれっという顔をした。

装置は音もなく崖下の水面へ落ちていった。

「この馬鹿――」

運転手がつぶやくのが聞こえる。

相変わらず、何がどうなったのかわからない。しかも、その運転手の顔ときたら。

「何これ……夢か何か？」

「話はあとだ」

バイクの運転手――ナジャフ・ビン・ラシードは簡潔に応えると、こちらを後ろに乗せるべく、いったん車体を岸辺に停めた。

「場所は国民広場だったな。飛ばすぞ」

*

苛立たしさに、ムスティスラフ・アダモフはつい頭をがりがりと掻いてしまった。手のなかのプログラムは、握り締められたまま、もう皺だらけになっている。

「なんだね、これは……」

「さすがに我々を馬鹿にしているようにしか……」

隣のカザフスタン官僚も、一緒に腹を立てはじめている。

先ほどから、舞台上ではムスタファとかいう男のよくわからぬ小噺《アネクドート》がつづいている。

ときおり、客席から笑いが漏れるのがまた癪《しゃく》に障る。

「そのとき、ゴルバチョフ氏がなんとおっしゃったとお思いですか？　これがまた傑作でね——」

「まあ、いいではありませんか」

あいだに入ってきたのは、キルギスの外務官僚だ。

「この余興、わたしはけっこう楽しんでおりますよ」

これを受け、カザフスタン側がしかめ面をする。——微妙な緊張感が走った。

キルギスはカザフスタンの南、天山《てんざん》山脈を擁する山岳国だ。国土は小さく、一部のカザフスタン人は、夏の避暑地くらいにしか思っていなかった。それが、このごろのカザフスタンの貨幣価値の下落で、立場が逆転しつつあるのだ。

我関せずを決めこみ、ムスティスラフは舞台に目を向ける。

民族衣裳を着た女性が一人、何か紙切れをムスタファに渡したところだった。

「それでは、おあとがよろしいようで……」

ムスタファが一歩引き、うやうやしく一礼をする。

同時に、爆音のギターソロが鳴りはじめた。三人同時に、両の耳に人差し指を突っこんだ。

「今日、この日のために駆けつけてくれました！」

爆音のなか、ムスタファが右手を突き上げた。

「アラルスタンの若き俊英、審判の日《ヨメウディーン》!!」

客席の一部から、大きな歓声が上がる。

振り向くと、満員御礼とは言えないまでも、すでに九割ほどの席が埋まっていた。髪をピンクやオレンジに染めた若い女性の姿もある。これは、ウズベキスタンでは目にしがたい光景だ。白のカラーコンタクトを嵌《は》めたボーカルが、ムスタファからマイクを受け取り、正面を指さした。

「よう、俺たちの仔羊《こひつじ》ども」

官僚同士、三人で顔を見合わせる。

「そろそろ決着をつけようじゃないか。もう、バッドボーイズの時代じゃないってね。じゃ、おなじみの一曲目と行こうか。審判の日《ヨメウディーン》、〝犠牲祭〟！」

*

やりやがった。

松葉杖に体重を預け、〝大柄〟は目を覆った。よりによって、仔羊どもと来たか。

でも、なぜだろう。ちょっぴり胸がすっとするのは。

審判の日《ヨメウディーン》の四人にアイシャが駄目でもともとの打診をしたのは、ほんの一時間前のこと。彼ら四人は、口は悪いが社会人であった。突然の要請に気分を害することもなく、二つ返事で了承するとともに、すぐさまウェブに告知が打たれ、こうして新たに客も増えた。

爆音の演奏には参るが、客席も温まってきている。

「いい曲じゃない」

「あたし、ファンになっちゃったかも」

生徒たちの、そんな声も聞こえてくる。

そこに、ほうほうの体《てい》でムスタファが戻ってきた。

「お嬢がた、ごめんな。その――」

アイシャはそれを最後まで言わせず、ムスタファの頰に、軽く口づけをした。

一方、バッドボーイズの面々はというと、疲れ切って、しょんぼりした表情でパイプ椅子につき、無言でコーヒーをすすっている。

「ええと……」

必死に場を繋いでくれた立役者なのに、かける言葉がない。

審判《ヨメウディーン》の日が二曲目に入った。スローバラードだ。しばらくやることのないドラマーが、スティックを回しながら舞台裏に来て、何事かアイシャに耳打ちをした。

アイシャは頷くと、伝言とともにバッドボーイズのリーダーのところへ駆け寄っていく。リーダーが苦笑とともに立ち上がり、それからマイクを手に、ドラマーとともに舞台へ戻った。

歓声がひときわ高まった。

ちらとボーカルが振り向き、事態を察した。歌の一節を終えたところで、一歩引いて口を閉ざす。阿吽《あうん》の呼吸で、バッドボーイズのリーダーがつづくメロディに入った。デュエットだ。

アラルスタンっ子にとっては、夢の共演でもある。

「なんだい、俺たちの曲、知ってたの？」

「よく歌うけど」

「本気かよ！　じゃ、俺たちも礼をしないとな」

審判《ヨメウディーン》の日の四人が頷き合う。

「ま、デスメタル版なんだけどね。やってみようか。審判《ヨメウディーン》の日、〝沙漠を征く〟！」

また観客たちが沸きはじめる。

各国の官僚たちは目を回しているが――この際だし、もういいか。

バッドボーイズのリーダーがゆったりと余裕のある足取りで舞台裏に戻ってきて、そして、力尽きてばたりと仰向けに倒れた。メンバーの一人が駆け寄り、心臓マッサージをやるふりをする。いつの間に仕込んでいたのか、ぴゅっ、とリーダーが口に含ませていた水を噴き上げた。

　それを横目に、〝大柄〟は端末を確認する。

　ナツキからの一斉連絡が入っていた。遅れたことへの詫《わ》びとともに、テロが防がれた旨が書かれている。後宮の面々と頷き合った。いや、まだ何かあった気がする。そうだ、ジーラの衣裳。あれは、いったいどうしたものか……。

　気を揉《も》む〝大柄〟をよそに、バッドボーイズ派のアイシャはまったく別のことを考えていた。

「いま審判《ヨメウディーン》の日の歌がいいと発言した人たち、怒らないから素直に手を挙げなさい」

*

　空いたバイクの後部を前に、ナツキはしばし迷った。

　迷ったというより、目の前の現実に追いつけない。さっきまで話をしていた相手は谷底へ落ち、そして死んだと思った相手が生きていて、ナツキがバイクの後ろに乗るのを待っている。

「なぜここに？」

「あんたの友達に頼まれてね」

ナジャフが簡潔に答え、早く乗れとばかりにバイクの脇を叩いた。

「ジャミラと言ったかな。可愛い後輩が、今日、ここに来るだろうから助けてやってくれってね。本当はもっと早く来るつもりだったんだが、こちらもこちらでいろいろあってね……」

ジャミラ。また、自分は助けられたのか。

そう考えたところで、はたと、これは絵面《えづら》的にやばいと気がついた。

周囲から見れば、自分がアラルスタン・イスラム運動《AIM》のゲリラに拉致《らち》されかかっているようにしか見えない。さっと、アフマドフのいた場所へ目を向ける。

案の定だ。

腹這いの姿勢のまま、ぴたりとこちらへ照準を合わせている。ナツキはアフマドフに向けて、両腕を大きく上げ、O《オー》の字を作ってやった。

やれやれとばかりに、アフマドフは右脇を押さえながら立ち上がり銃を背に回した。

ナジャフはアフマドフを一瞥《いちべつ》したのみで、

「どうした」

軽く、顎を自分の背に向ける。

「急いでるんだろ」

「でも……」

青い帳《とばり》が迫っていた。

遠く、貯水池の向こう側には、シルエットと化した後宮が建っているのが見える。

いっときの強風は過ぎ、水面は元通りに凪《な》いでいた。

「いえ、なんでもない」

ままよ。決意してバイクに乗ると、

「しっかり摑まれよ」

ちらと振り向き、ナジャフが釘《くぎ》を刺した。

バイクが出る。下を白くペイントされた木々が、視界の片側を流れはじめる。

「未婚の異性に触れちゃいけないんじゃないの？」

軽い冗談のつもりだった。

速度が急に下がった。どぎまぎしたように、相手がターバンの位置を直す。それから、片手運転のままジャケットの下の織物《スザニ》が持ち上げられた。

「あんたが気にしてた、このスザニなんだけどな……」

ばつが悪そうに、ナジャフが切り出した。

「俺が学生だったころ、住んでいたアパートが紛争で倒壊してね。共に住んでいた両親は生き埋めになってしまった。ショベルカーもなしに、手で、必死に掘り出そうとしたもんさ」

両親を救い出すことはできなかった。

かわりに、かろうじて一人の女の子を救い出すことはできたそうだ。

女の子はいったんその場を離れたが、やがて戻って来ると、お礼と称して、大事に握り締めていた織物をナジャフに贈った。大事なものだと察せられたので、返そうと思った。ところが、まもなく爆撃の第二波が来た。ナジャフは重傷を負い、女の子の行方もわからなくなってしまった。

「それで、俺は決めたのさ。この国をもっとよくする。そして、やがてその娘《こ》を探し出して、妻とするんだとね」

「なるほど」

抑揚なく、ナツキは相槌《あいづち》を返した。

スザニは女性にとって大切な嫁入り道具。それも、一族の女性たちが総出で、祈りとともに針を入れていくのが本式だ。そして、ナジャフは伝統を重んじる。

相手が幼女であれ、彼が娶《めと》ると決めたことは理解できた。

「……見つかるといいね、その娘」

しばし、奇妙な間があった。

ナジャフは何か言いかけて振り向き、それから顔を隠すように、また前を向いてしまった。

「む」

喉の奥のほうで、変な声が出る。

事態が目まぐるしすぎて理解が追いつかなかったが、そういえば、いまの話って。

なんだか、どこかで聞いたような、そうでないような。

「ええ?!」

間を置いて、叫んでしまった。

「ごめん、いまちょっと、わたし、その――」

目の前で、プロポーズを不発させたナジャフが小さくため息を吐いた。

「まあいい」

取り繕うように、大きな声が上げられる。

「急ぐぞ」

「あの……」

「いや、何も言わなくていいから！　むしろ言うな！」

コンクリートブロックの封鎖を越えた。

街が近づくにつれて、どこに隠れていたものか、二台、三台とバイクが合流しはじめた。皆、迷彩のジャケットを羽織り、白のターバンで髪を隠している。いつものゲリラの服装だ。やがて、バイクは一個小隊ほどの数になった。

「このあいだ、とある知人から〝二人のドミートリィ〟とかいう妙な劇の話を聞かされてね」

風を切る音のなか、ナジャフが声を張り上げた。

「別に内容は知らなくていい。ただ、俺はそれを一つのメッセージだと受け取ったんだ。〝ドミートリィになれ〟というね。それが、ブカラ汗国を破ったドミートリィか、皇帝暗殺を企てたドミートリィかはわからないが……」

不穏なフレーズを聞き、にわかにアイシャが心配になってきた。反射的にナジャフのハンドルのブレーキに手を伸ばし、撥《は》ねのけられた。

「早とちりしないでくれ。結局、俺はどちらにもなれなかったのさ」

「何があったの」

「あの日、俺は負傷をして、気がつけば遊牧民の一家に匿《かくま》われていた。自分が戦死したことになっていると知ったときは、複雑だったけどな――」

〝名誉の戦死〟をしたナジャフは、たちまち英雄として祭り上げられた。ＡＩＭはあちこちにナジャフの肖像を貼り出し、彼を讃《たた》えるとともに、アラルスタンの保守回帰を訴えた。

その後、彼らＡＩＭの最高指導者が、平和維持軍《PKF》のピンポイント爆撃によって死亡し、後継を決めるための話し合いが持たれた。

そこにナジャフは姿を現したそうだ。殺された皇帝の、その代わりとして。ほかに有力な候補もなく、やがて満場一致で決が下された。

「いまは、俺がＡＩＭの指導者さ」

振り向きざまに、ナジャフが複雑な笑みを見せた。

急に道がよくなった。街へ入ったのだ。おのずと、スピードが上がる。すでに陽は沈み、街中心のビル群が明るく灯火《ともしび》を点《つ》けていた。広場は、もう目前だ。

ナジャフが周囲のバイクを見渡した。

「行くぞ、野郎ども！」

彼らしからぬ、粗野な掛け声が上げられる。

「あとは、お楽しみの観劇だ!!」

5

バイクが貯水池を抜け、ビルの狭間《はざま》へ分け入った。まもなく明るい夜に包まれた。

ナジャフの背に手を添えたまま、ナツキは宙を仰ぐ。省庁やホテルが織りなす光の海を、二つに裂いていくかのようだ。

風を切る音が心地いい。

広場が近づいてきた。祭りに合わせた露店や屋台が外の大通りにまで染み広がり、一夜のナイトマーケットを作り出していた。

「人里だ……」

ナツキが素朴な感慨を漏らすと、ナジャフがふっと笑った。

皆が速度を落とす。

煙草のバラ売りをする小母《おば》さんが、あらやだと言わんばかりにこちらを向いた。その隣にいるのは、赤や緑に光る中国産の子供向けのもぐら叩き機を並べた男だ。煮物や菓子の香りがする。焼き菓子を買うための行列、どこかの店が流しているポップスの四分打ち、ソフトクリームを手にした子供——突然のゲリラたちのバイクの進入に、人々はぎょっとしてこちらに視線を這わせたり、あえて目を背けたり、親子で手を取り合ったりする。

通行人の男が携帯端末を手に取った。

やばい。通報される。

ナツキがそう思ったとき、あとにつづくゲリラの一人が旗を掲げた。いつの間に用意していたのか、「アイシャ＆ハレム・シスターズ」のポスターを加工したものだ。テロではなく祭りの見物だという意思表示なのだろうが、なかなか理解に苦しむシュールな光景でもある。でも、効果はあった。端末を手にした男は一度瞬きをすると、理解に苦しみ、そのまま操作の手を止めた。

広場はすぐ正面だ。

向こうの舞台から、審判の日《ヨメウディーン》の爆音の演奏が聞こえてくる。なるほど、彼らを新たにブッキングしたのか。そのためだろうか、想定していたより客も入っている。それはいい。けれど、楽屋へつづく道が、人混みで塞がってしまっている。

「さて、どうしたもんかな」

速度を落とし、ナジャフがつぶやいた。

「まあいい。しっかり摑まれよ」

ナジャフが目をつけたのは、舞台から少し離れた位置にある、子供向けの遊具を並べた子供公園だった。公園は即席の喫煙所となり、煙草を吸う男たちの溜《た》まり場となっている。

やさぐれた様子の男たちが、いっせいに胡乱《うろん》なものを見る目つきをした。

「おまえら、いったん解散だ！　劇を楽しめよ！」

ナジャフは部下たちに指示を出し、それからアクセルをフルスロットルにする。止める暇《いとま》もなく、前輪が持ち上がり、バイクが滑り台に飛び乗った。慌てて、ナツキも今度こそ本当にナジャフをしっかりと掴んだ。走馬灯が回った。

バイクは滑り台を一気に駆け上がり、月を背景に観客たちの上空をスローモーションで舞った。

下のギャラリーたちの視線が、放物線を描く。

次の瞬間には着地していた。各国の高官たちが集まるVIP席を覆う、即席の天幕に。遅れて、真下から悲鳴が聞こえた。天幕を支える鉄のパイプが大きく傾ぎ、新たな登り坂ができる。ナジャフはドリフトで九十度向きを変え、ふたたび、舞台に向けて舞った。

うん。

もうだめだ、いろいろと。

ナツキが諦めの境地に達しているうちに、バイクはボーカリストとギタリストのあいだに着地し、なかば横倒しになった。いっせいに、観客が息を呑むのがわかった。ナツキが床に挟まれそうになったからだ。が、その直前、ナジャフはハンドルを手にしたまま、こちらを後ろへ撥ね上げた。気がつけば宙を舞い、奇跡的にくるりと両足で着地していた。

観客が沸いた。

審判の日《ヨメウディーン》の四人はプロだった。何事もなかったかのように、ギタリストが倒れたバイクに駆け寄り、バイクに向けて演奏をし――ピックアップにエンジン音を拾わせ、綺麗《きれい》なディストーションを奏でてみせた。それに応え、ナジャフもエンジンをふかす。

なぜだか手拍子が鳴りはじめた。

それに合わせて、しばし、ギターとバイクの掛け合いがつづく。

ナツキはとりあえず観客に向けて英国執事のようなお辞儀をして、澄まし顔で舞台裏へ向かった。さて、なんと言って皆に謝ろう。だとしても、いったい何をどこから。杞憂だった。仲間たちが、歓声とともにナツキを迎え入れた。

＊

絶対、喧嘩《けんか》を売られている。

ウズベキスタンの外務官僚、ムスティスラフ・アダモフの表情は戸惑いや怒りを通り越し、悟ったようなアルカイック・スマイルに取って代わられていた。

隣のカザフスタンの官僚に目配せをよこす。

バイクの着地で傾いだ鉄棒に肩を圧迫され、傾いた姿勢のまま、同じようなアルカイック・スマイルを浮かべている。

背後からがやがやと粗野な声が聞こえてきた。

「なんだい、ほとんど席がないじゃねえか」

「お。あそこが空いてるぜ」

振り向いたときには、もう遅い。カミースの上に迷彩のジャケットを着こんだ男たちが、背後のVIP席の空席に雪崩《なだ》れこんできた。男たちの汗が香った。

「いいね、特等席じゃねえか!」

「ああ、やっと一息つけるぜ」

男たちはやかましく声を上げながら、カラカルパクスタン産のウォッカの瓶やプラスチックのカップやらを取り出し、たちどころに酒盛りの態勢に入っている。

カザフスタン官僚が眉をひそめた。

「なんだね、きみたちは……」

「御覧の通り、ア《A》ラルスタン・イ《I》スラム運《M》動さ!」

「さあさあ、あんたがたも一杯!」

威勢よく、なみなみと酒を注《つ》がれたカップが回ってくる。

「いやいや!」

ここまで我慢強く耐えていたムスティスラフが、ここでついに声を上げた。

「なんで反政府組織が我々の後ろにいるんだね!」

「おや、知らないのかい」

「俺たちは、もうそんな組織じゃないのさ！」

「あんたがた、お偉いさんっぽいけど情報が遅いな！」

母国の首都、タシケントで待つ妻と娘の顔がよぎった。帰りたい。

「ゲリラと酒を酌み交わすわけには……」

そう断りかけたときだ。

視界の端で、ロシア官僚が一杯目のウォッカを一気飲みし、たちまち二杯目を注がれた。その二杯目も、たちどころに胃に流しこまれる。

「これは美味いな！」

赤みの差した顔で、熊のようなロシア人が叫ぶ。

「そうだろう、そうだろう！」

「カラカルパクのウォッカは中央アジアの誇りさ！」

その点に異存はない。

カラカルパクスタンはウズベキスタン領内の自治共和国だが、交通は自由だ。ムスティスラフも、よく同じ銘柄のウォッカを取り寄せる。目を瞑り、注がれた酒を一気に呷《あお》った。胃が灼《や》ける。畜生、いったいこの国は何がどうなってやがるんだ！

気がつけば、場内は満員の観衆で埋め尽くされていた。

＊

皆に輪を作ってもらい、ナツキはその場で衣裳の軍服に着替えた。

両手で頬を打ち、気持ちを切り替える。自分はチャルニャエフ将軍だ。皇帝《ツァーリ》の命のもと、この中央アジアの征伐に来た侵略者。

そして、ブカラ汗《カン》国の勇敢な戦士、ミーカーイールと一戦を交えるのだ。

慈悲はない。

版図を広げろ。異教徒と革命分子を殺せ。すべては、皇帝への忠誠のもとに。来《きた》るべき新たな世紀を、帝政ロシアの世紀とするのだ。

「出られそう？」

訊《き》くまでもないという調子で、アイシャに訊ねられた。

答えるまでもないが、答えた。

「やることはやった。あとは野となれよ」

「その意気」

アイシャが頷き、こちらの肩をぽんと叩いた。

ついで、震える二人の顔が目に入る。

ジーラと、いざというときにジーラの代役を務める後輩だ。理由はすぐにわかった。アイロンの焦げ跡がついた衣裳が、足下に折りたたまれているのだ。

ジーラは汗国に匿われた軍人の役。いざとなれば、いま着ている民族衣裳でも問題はない。でも、彼女は変身を必要としている。別人に生まれ変わらない限り、豊かな演技ができないのだ。

かたや、代役はというと、まさか自分が出ることになるかもしれないとは夢にも思わなかったため、ジーラと肩を並べて震えている。いったい、この二人ではどちらがましなのだろう。

　しばし、皆が黙した。アイシャが指示を出すべく、口を開きかける。それを遮って、ジーラが手を挙げた。

「わたし、出たい……」

　消え入るような、掠《かす》れた声。けれど、意志を感じさせる声だった。

　アイシャがジーラの前に出る。

「大丈夫なんだね？」

　答えはない。

　が、アイシャはそれを了承と受け取ったようだ。

「オーケー。普段着で出なさい。いまが、過去を払拭《ふっしょく》するとき」

ジーラはびくりと震え、無言になってしまった。わずかに芽生えつつあった自信が、萎《しぼ》んでいくのがナツキにもわかった。アイシャの言は、もちろんジーラへの好意から来たものだろう。そして、正しい。けれどその正しさは、強者の論理なのだ。

アイシャが片目を瞑った。

「わたしたちは知っている。あなたは、あなたのままで大丈夫だって——」

考えるより先に、身体が動いた。

ナツキはつかつかとアイシャの前に進み、その頬をはたいてしまった。

場が凍りついた。

アイシャは立ち尽くしたまま、何が起きたのかわからないように目を見開いている。こちらもこちらで、呆然《ぼうぜん》と痺《しび》れの残る自分の手を見下ろしてしまう。いったい、いま自分は何をしたのか。

このとき不意に、ジーラの目が舞台袖に向けられた。

「ナジャフ様！」

審判の日《ヨメウディーン》との共演を終えたナジャフが、バイクを引いて舞台裏にやって来たのだ。

「やあ、まいったよ」

緊張する一同を前に、のんびりとした口調でぼやく。

優男風だが、さすがに現役の聖戦遂行者《ムジャヒディン》だ。

「と、話が聞こえてきたんだが……。お嬢さん、この際だから俺の着てるカミースやジャケットじゃだめかな？　これなら、一応は衣裳と言えるだろう。やや、男臭くはあるけどな……」

　また、一同で顔を見合わせる。

　そのあいだにもナジャフはさっさと服を脱ぎ、バイクのシート下に収納されていたＡＩＭの旗で身体を覆った。ぎこちない仕草で、ジーラがナジャフの衣服を受け取る。

「……ちょっとだけ、考えさせてくれる？」

　それだけ言い残して、ジーラは足早に楽屋のプレハブへ消えていった。審判の日《ヨメウディーン》は最後の一曲に入っている。彼らのライブの締めの定番、死後の楽園を歌うバラードだ。

　問題が残された。

　目の前の、青ざめた顔つきのアイシャだ。釈明しようとしたが、ぴしゃりと遮られてしまった。

「いまは劇に集中しよう」

　その通りだ。

　その通りでは、あるのだけど——。戸惑うナツキをよそに、アイシャは皆から離れ、精神統一をはじめた。その唇から、聖典《クルオン》の一節が漏れ聞こえてきた。

＊

無人となった楽屋で、ジーラは鏡の前に立った。問いかけるように、こちらを窺う二つの目がある。その双眸《そうぼう》が、こちらに向かって訊ねてくる。

汝《なんじ》は何者か？

何者で、何をなさんとしているのか？

——忘れもしない、二〇〇五年のこと。デモ行進に対するウズベキスタンの軍の発砲によって、目の前で父を喪った。のちに、アンディジャン事件と呼ばれるようになった惨禍だ。それからは親戚をたらい回しになり、やがてはカザフスタンに売られまでした。

自分に、アイシャのような理念はない。

ただ、脅かされることなく、その日その日を過ごしたいだけだ。けれど同時に、そんな自分を恥じてもいる。後宮《ハレム》に残ったほかの皆のように積極的になりきれない自分が、嫌いだ。

劇を通じて自分が生まれ変わることを皆が望んでいるのは、痛いほどに伝わってくる。そう、痛いほどに。痛いのは、期待に応えられる自信がないからだ。

鏡から一歩引いた。伴い、映し身が小さくなる。皆の化粧品の香りが、ふわりとジーラを包みこんだ。着古されたナジャフの衣服を抱き締める。

汝は何者か？

何者で、何をなさんとしているのか？

いつからか、喜怒哀楽が磨耗していた。感情を殺して生きてきた。強いて言えば、喜怒哀楽を演じることがあるだけだ。そんな自分にとって、いま、確かだと言える感情はあるだろうか？

ある。舞台に立ちたい。自分も皆の役に立ちたい。そのことはもう、表明した。表明できた。次は何か？

負けたくない。

それだけは確かだ。アイシャの前に立つと、たちまち芯《しん》が萎《しお》れていってしまう。自分がないからこそ、強靭な意志を持つ彼女の前に立てないのだ。だけれども——。

「ナツキ、ありがとうね」

おそらくあの場にいた大半が、ナツキの取った行動の意味さえわからなかっただろう。後宮の皆は、強い。むしろ、アイシャの言に共感した者のほうが多かったはずだ。

そのなかで、ナツキは動いた。なんら打算なく、わたしのために。しかも、ナジャフにまで会わせてくれたのだ！

そして、呪いが解けた。

アイシャが皆のために心を砕いていることは、ずっと見てきている。それも、間近でだ。そんな彼女を意識して、どんな意味があるだろう。本当は、最初からわかっていたのだ。最初から。

だんだんと、内奥の水位が迫《せ》り上がってくるのがわかる。海の涸《か》れゆく、この国にあって。

負けたくない。

いまこの広場には、明確に一人、心底から負けたくない相手がいるではないか。

＊

二人目の暗殺者、モージス・アイトマートフは黒子の衣裳に身を包み、舞台下の陰に隠れていた。表向きは設営のスタッフだが、正体はゲリラ崩れの宿なし。ウズマのもう一人の刺客だった。

懐には、一本の注射針を忍ばせてある。

仕こまれているのは、猛毒のリシンだ。与えられた命令は、アイシャの狙撃が外れた際、駆け寄るＳＰに紛れて、暗殺を遂行すること。要は、バックアップ要員の一人ということだ。

成功の暁には、大金が待っている。

そうなれば、いまの惨めな生活ともおさらばだ。大通りにカジノの一軒でも経営して、愛人の数人でも囲ってやろうじゃないか……。

＊

審判の日《ヨメウディーン》の四人が引きあげていった。拍手が鳴りやまないなか、ゆっくり照明が落ちていく。

その操作をする〝眼鏡《シルヴィ》〟に、〝大柄《サミア》〟は何気なく声をかけた。

「ジーラ、どうすると思う？」

「さあ……」

心ここにあらずというように、〝眼鏡〟がぼんやりと応えた。

「どのみち、本人が決めることじゃない？」

「それはそうだけどねえ。とにかく、あとちょっとさ。長丁場だけど頑張ってくれよ」

〝大柄〟は〝眼鏡〟の肩を叩こうとした。

このとき、思わぬことが起きた。相手が手を振り払ってきたのだ。それは、〝眼鏡〟にとっても思わぬことのようだった。自分でも信じられないといったように、瞳《どう》孔《こう》を縮めた怯《おび》えた目で、こちらを凝視してくる。

「ごめん」

硬い顔つきのまま、相手が短く謝った。

「いま、ちょっと集中してて……」

「おっと、そりゃ悪かったね」

真意を確かめる暇はない。

裏手のプレハブから、ジーラが姿を現したのだ。誰からともなく皆が道を開け、主役のための道を作った。おずおずと、その道をジーラが歩んでいった。

その正面に、アイシャが立ちはだかる。

「いいんだね？」

答えるまでもなかった。

ジーラの口元は、わずかな、けれども百合《リリヤ》の蕾《つぼみ》のような微笑みをたたえていた。

6

「時は遡《さかのぼ》ること、一八六〇年代」

舞台は暗闇だ。

そのせいで、やや足下がおぼつかないように感じる。確かめるように、ジーラはその場でゆっくり足踏みをした。

「わたしはロシアの下士官、ミハイル・ヴォルコゴーノフ。かつては皇帝の命のもと、ポーランドで数多《あまた》のゲリラを冷酷に殺してきた。そしていま、中央アジアのブカラ汗国討伐のため、この辺境の地を訪れた。が――」

大丈夫だ。声は震えてない。

ちらと、客席に目を向ける。うっすらと、羊の脂の匂いが漂う。先ほどまで酒宴の歌が流れていたVIP席も、しんと静まっていた。

無数の目がこちらを向いている。

そう考えると、怖い。でも、とにかくいまは前へ進むしかない。

「勇猛なるブカラの民を前に、わたしは不覚を取った」

ミハイルことジーラはつづける。

汗国の捕虜となったこと。汗国の勇猛な戦士、ミーカーイール・ビン・ムザファルに匿われ、知己を得たこと。そして捕虜交換を経て、〝彼〟は三人目のミカエル、チャルニャエフ将軍のもとへ帰ってくる。

ぱっと照明が点いた。

眩《まぶ》しい。正面にあるのは、将軍のデスクだ。チャルニャエフ将軍を演じるナツキは、こちらのことなどまるで意に介さぬように、目を背けてパイプをふかしている。

そのナツキに向けて、ジーラは銃を構える。

手が震えた。けれど、それでいい。ミハイル・ヴォルコゴーノフの本性は、小心者だ。いまの自分と同じように。それがいま、上官に向けて銃を構えているのだから。

「ようこそおかえり《パジャーラバッツ》、ミハイル・ヴォルコゴーノフ君……と、言いたいところだが」

気怠《けだる》そうに、将軍が口を開く。さすがだ。つい先ほどまで大立ち回りを演じていたというのに、もう将軍になりきっている。

台本によると、つづく将軍の台詞はこう。

――どういうことか、説明を願えるかな。

ところが、ナツキはいきなりアドリブに入った。

「いったいなんだね、その恰好《かっこう》は」

くすりと、客席から笑いが漏れた。

顔が紅潮するのがわかる。満ちつつあった自信が、漏れ出そうになるのを必死で押しとどめた。自分にとっては、ここが分水嶺《ぶんすいれい》だ。明日、笑っていられるかどうかの。

「いえ、汗国の戦士にいただいたんですがね――」

絞り出すように、そう応じた。

「案外、便利なものですよ。やはり現地の気候には現地の服が合っているようですな」

ジーラの衣裳は、普段の民族衣裳に迷彩のジャケットを羽織ったもの。好きなものを、両方とも盛りこんだ結果だ。民族衣裳には皆との思い出が、そしてジャケットにはナジャフの香りが染みこんでいる。

一瞬、ナツキが笑いを堪えるのがわかった。

「だったら、そのジャケットは何かね」

「その、若干寒いものですから。なんといっても、この通り、すっかり陽も暮れてしまいましたからね……」

これは遅れてきたナツキへの皮肉だ。

ふたたび、客席から笑いが漏れる。いいぞ、悪くない。審判の日《ヨメウディーン》やナジャフが、観衆を温めておいてくれたおかげだ。

でも、いったいどうしよう。

出だしから、台本とはまるで異なる進行なんだけれども。

「……まあ、それはいいとしよう」

ナツキの苦笑いは、たぶん演技ではない。

「どういうことか、説明を願えるかな」

よかった、戻ってきた。

「チャルニャエフ将軍。わたしも、できればこんな真似などしたくありませんでした」

銃の撃鉄に、ジーラは指をかける。体温が伝わり、鉄はすでに温かい。

「お気持ちに変わりはありませんか。わたしが申しますのは、つまり――ここからさらに西、サマルカンド、さらにはブカラまで攻めこんでいくという……」

パイプの煙越しに、ナツキが眉をひそめた。

「捕虜になっているあいだ、未開な先住民どもに感化でもされたか？」

「わたしは《ヤ・ビル》――」

唾《つば》を飲み下し、先をつづける。

「わたしは皇帝の命を受け、ポーランドで無辜《むこ》の民を殺してきました。ゲリラだけではありません。聖職者や貧民、女子供をも……」

語尾が淀《よど》んだ。

アイシャたちの輪に入ってしまったジーラも、もはや、こうした死と無縁ではいられないからだ。軽く首を振って、先の台詞をつづけた。

「あの一月蜂起《ほうき》と、終わりの見えないゲリラ戦……。そのわたしに、今度はサマルカンドやブカラの民を殺せと言うのですか！」

「ああそうだとも、ミハイル・ヴォルコゴーノフ君。だから、このタシケントまでおまえを連れてきたのではないか。まさに、女子供を殺すプロフェッショナルとしてな」

　やや大仰に、ナツキが身を翻した。

「皇帝の命に変わりはない。その物騒なものをしまうんだな、士官風情が」

「わたしは〝おまえ〟でも〝士官風情〟でもない！　アレクセイ・ヴォルコゴーノフの子、ミハイル・ヴォルコゴーノフ――一つの名を持つ男だ！　ポーランドの無辜の民、そしてブカラ汗国の戦士たちの無念、いまこそ、その血で贖《あがな》ってもらう！」

　震える手のまま、撃鉄を引き絞った。

　あれ。

　小道具の銃じゃない。ナジャフのジャケットに入っていた小銃だ。そう気がついたときには、もう遅かった。銃声が轟《とどろ》き、ナツキの背後の書き割りに穴が開いた。

　しばし、二人とも無言になる。

「いやいや！」

　ナツキがつかつかとこちらへ歩み寄ってきた。

「なんで実弾なんだよ！　いろいろあったけど、なんだかんだで今日一番の驚きだったよ！」

　場内はまた笑いに包まれた。

＊

何が起きたのか、モージス・アイトマートフはまるでわからなかった。黒子の衣裳を着て、書き割りの裏に立ったまではいい。あとは、展開に応じて、懐の注射針をアイシャに突き刺すだけ。その後は、うまくすれば酒と薔薇《ばら》の日々だ。そのはずだった。

銃声が響いた。

直後、左足の付け根に、焼けつくような痛みが襲ってきた。無言のまま、モージスは舞台下へ転げ落ちた。小石が衣裳を裂き、腕を切った。

「誰か！」

モージスの叫び声は、音響によって虚しく掻き消された。

＊

いったん、舞台が暗転する。

ゆったりとした足取りで、ジーラは定められた舞台の中央へ移った。スポットライトがあてられる。それに伴い、黒子たちが大道具や背景の書き割りを片づけはじめた。

曲のイントロが鳴りはじめる。

歌劇の最初のソロだ。大きく、ジーラは息を吸いこんだ。

我は撃った、白鷲《しろわし》と騎手、そしてミカエルの旗を
貴族《シュラフタ》を、司祭を、未亡人を撃った
あの一月、自らのために立ち上がった民を――

よかった、声は出ている。

ジーラが歌うにつれ、客たちは静まりはじめた。彼女が、何について歌っているかがわかったからだ。

それは、一八六三年のこと。

事実上のロシア領であったポーランドで、武装蜂起が起きたのだ。聖職者や貴族までもを含む、何万という民が、独立を求めて立ち上がった。白鷲と騎手、そして大天使ミカエルをあしらった旗のもとに。

だが、この蜂起を支援する国はなく、やがて万単位の人間がシベリア送りとなった。


我は撃った、誇り高い音楽家の黒いピアノを

農夫を、家なし子を、あらゆる無辜の民を
あの一月、隷従に甘んじなかった民のいっさいを

いつしか、見られることへの恐怖は失《う》せていた。足下もしっかりしている。何が怖かったのか——それは、自尊心を失うことだ。けれど、ポーランドの民も、二〇〇五年に喪った父も、自尊心どころではなかった。ただ、誇りを守るためにがむしゃらに立ち上がったのではないか。

しかも、父は蜂起したわけですらなかった。

非武装のデモに参加しただけで、その場で、鉛のシャワーを浴びせかけられたのだ。あのとき父を撃った軍人は、どのような心持ちだったのだろう。ただ、機械のように命令に従っただけなのか。あるいは、ヴォルコゴーノフと同じように、やはり葛藤《かっとう》したのか。

声がさらに伸びてきた。

ああ、皇帝《ツァーリ》よ！　我が敬愛する皇帝よ！
殺戮《さつりく》の神たる貴殿と、そして農奴解放を唱える貴殿と
全体、どちらが本当の貴方《あなた》なのか！

我の目に、もはや御身は烟《けぶ》って見通せない――

ＶＩＰ席に坐《すわ》るウズベキスタンの官僚、ムスティスラフ・アダモフを睨《にら》みつける。ただし、口元には微笑を浮かべながら。歌詞とは、若干そぐわないけれども。

目が合った。

ムスティスラフは口元に冷笑を浮かべたまま、足を組んでいる。

調べはついていることだろう。ジーラが、元はウズベキスタンの出身であることや、まさにそのウズベキスタンによって父を殺され、他国へ売られ、やがてアラルスタンへ流れてきたことも。

あなたはわたしを憐《あわ》れむだろうか？

でも、お生憎《あいにく》さま。いまこの場に、わたしは二本の足で立っている。それも、劇の主役として！

我は撃った、公職を擲《なげう》って人々と手を取った司祭を
銀行家を、教師を、ほかならぬ己《おの》が心を
あの一月、ポーランドに立ったすべての顔のない民を

上手《うま》く歌えただろうか。わからない。

答えは観客が教えてくれた。最初、それは細波《さざなみ》のようだった。まばらな拍手にＡＩＭの歓声が加わり、それを中心に口笛や拍手が広がっていく。やがて細波はうねり、大波となり、いつまでもやむ気配を見せなかった。

視界の隅で、ムスティスラフが冷笑を浮かべたまま、しかし組んでいた足を解いた。

波に揺られたまま、照明が落とされる。

暗闇のなかで思った。結局、自分は変われたろうか？ たぶん違うだろう。確固たる理念もなく、臆病《おくびょう》で、人前に出るのが苦手な自分のままだ。でも、それで構わない。

そうだ。これが終わったら、フランスのコスプレイベントにでも行ってみよう……。

*

ウズマ・ハリーファはホテルに備えつけのポットで湯を沸かし、ティーバッグを放りこんで緑茶《コクチャイ》を淹《い》れた。外からは、相変わらず冷たい風が吹きこんでくる。劇までの時間が押したものだから、寒さはなおさら身にこたえる。

じっと銃を構えるスナイパーの傍らに、湯呑みを置いてやった。

「身体を温めておきな」

照準器から目を離さないまま、相手が礼を述べる。

「〝急拵えの仕事には悪魔が入りこむ〟ものよ。本番はもっと先。それまで、こっちで茶でもどうかね」

「大丈夫です」

抑揚なく相手が応えた。

「これでも、プロですので。覚醒剤《かくせいざい》も服《の》んでいますし」

いまひとつ可愛げがない。

だが、ウズマもそれ以上は追求せず、椅子に深々と腰を下ろして湯呑みを手に取った。どうせ、暗殺者はほかにも配置している。狙撃手が器用に片手で湯呑みを探り当て、緑茶を啜《すす》った。

香りはなく、渋味ばかりの茶だが、それでも何もないよりはいい。

「感触はどうだい」

「なに、問題ありません。しょせん、側室相手ですよ……」

ウズマも後宮の一員であることを、完全に忘れている。今晩の相手は、何かと気が利かないようだ。だがそれも、暗殺者の適性と言って言えなくはないだろう。

まあ、お手並み拝見と行こうじゃないか。

ウズマは茶を飲み干し、二杯目をポットから注いだ。外からは、ジーラの歌声が聴こえてくる。

――我は撃った、公職を擲って人々と手を取った司祭を。

――銀行家を、教師を、ほかならぬ己が心を。

気弱で、使えない子供だとばかり思っていたが。どうやら彼女もまた、一皮剝けてきたようだ。

ふたたび苛立ちを感じ、ウズマは鼻を鳴らす。

乾き、縦横にひびの入ったこの国の粘土沙漠《タクイル》が頭に浮かんだ。潤うことのない、地平までつづく粘土層の沙漠が。似ている――。いや、それはまさに自分自身の心だ。この絶え間ない苛立ちは、全体、何に由来するものなのだろう？

＊

もう一人の狙撃手は、風の吹きすさぶビルの屋上で、身じろぎ一つせず銃を構えていた。潮風が頬を打ち、べたつかせるのにもかまわずに。

片方の手には、双眼鏡がある。

いざというときに手がかじかまないよう、両手は革手袋に覆われている。認知能力を歪める覚醒剤の類《たぐ》いは服んでいない。可哀想だが、そのときが来れば撃つつもりだ。

おそらく、近くで榴弾《りゅうだん》が爆発しても動じないことだろう。

ホテルの窓際担当とは異なり、もう一人の狙撃手は自身の使命に忠実だった。

7

暗転した舞台のみが、ぽっかりと穴のように暗く見える。〝眼鏡〟にアイコンタクトを送ると、頷きが返ってきた。ナツキも頷き、目の前の暗がりに一歩踏み出した。

新たな曲のイントロが鳴りはじめた。

襟元のマイクの位置を、触って確かめる。

これから歌うのは、侵略者チャルニャエフの心中だ。チャルニャエフは貴族の出で、クリミア戦争やコーカサスで武勲を上げたのち、ポーランドで師団長となった男だ。その後、中央アジア征伐のため、ロシアにとっては南の辺境であるこの地へ送られてきた。実在のチャルニャエフが、それをどう受け取ったかはわからない。けれど、そんな我が身の運命を彼は呪い、嘆いている。――そういう設定だ。

ああ、我が聖なるペテルブルクよ
暁光を受けて輝くバルトの海よ

幾度、汝に焦がれただろう？　この辺境の沙漠の真ん中で、遥《はる》かな草原の地で

胸がざわついた。

バルト海と、聖《サンクト》ペテルブルク――。そうだ、ジャミラの故郷ではないか。彼女もまた、バルト海を懐かしんだことがあるのだろうか？

許されるなら、あの暖かいダイニングに戻りたい。けれどもう、この手は血にまみれている。そのことから、目を背けることはできない。

そして我らが敵には、さらなる災厄が

災厄《ボウワン》が降りかかった

だが、あなたは慈悲深い上にも、慈悲深いかたであらせられる――

＊

ムスティスラフは足を組み直し、膝の上に肘をついた。ほどよくカラカルパク産のウォッカが回り、身体も温まってきている。

「おう、ムスティスラフよ」

すっかり酔っ払ったカザフスタンの官僚が、馴《な》れ馴《な》れしくこちらをファーストネームで呼んできた。

「なんだこりゃ。ブルーズが聴こえてくるぜ？」

それだけ言って、カザフスタン人はこくりこくりと船を漕《こ》ぎはじめる。

舞台で歌っているのは、アラルスタンの新たな国防相だ。部下のまとめた報告によると、彼女個人に脅威はない。要は、運が強いだけの小娘にすぎないと。だが、何事も偶然で片づけてはならない。何事も、陰謀論で片づけてはならないように。

〝災厄《ボウワン》が降りかかった〟

〝そして我らが敵には、さらなる災厄が〟

いま、アラルスタンは苦しい立場にいる。その原因を作ったのは、ほかならぬ自分たちだ。けれど本当のところ、ウズベキスタンもまた、苦しい。

災厄に見舞われている。そう言っていいだろう。

9・11と、その後にアメ公どもが叫びはじめた対テロ戦争。以来、ウズベキスタンの立場はずっと複雑だ。中央アジアの集団安全保障を抜けて米軍を受け入れ、そしてアンディジャン事件で国際的な批難が高まってからは、またロシアに擦り寄った。そのあげくが、集団安全保障に出たり入ったりだ。

周辺諸国からは、蝙蝠《こうもり》だと見なされている。

少なくとも、ムスティスラフ自身はそう捉《とら》えている。

経済はいまだ、社会主義体制から抜け切れない。豊富な人口を抱えながら、それを活《い》かす術《すべ》を見《み》出《いだ》せずにもいる。そして気がつけば、バザールは中国製品だらけだ。

薄くなりつつある頭を、そっと撫《な》でた。両手で肘掛けを握る。

自分たちとて、一歩退けば奈落《ならく》なのだ。だからこそ、アラルの油田は欲しい。それこそ、喉から手が出るほどに。

〝だが、あなたは慈悲深い上にも、慈悲深いかたであらせられる――〟

我知らず、ムスティスラフはナツキの歌に自分の鼻歌を重ね合わせていた。

水に浮かんだ空き瓶のように身体が揺れる。

いましがた、カザフスタンの官僚はこれをブルーズだと言った。それは、どのような音楽なのだろう？　あとで、帰ったら検索してみようか……。

このとき、背後で酒盛りをしていたＡＩＭの面々がわっと歓声を上げた。

「きみたち」

おもむろに、ムスティスラフは振り向いて注意した。

「少し、静かにしてくれたまえよ……」

＊

ナツキは自分のマイクが切れているのを確認し、深呼吸をして息を整えた。

曲の終わりとともに、新たなジーラのモノローグが入る。

「時は遡ること、三ヶ月。わたしは将軍に連れられるがまま、ブカラの民と闘うこととなった――」

照明が落ちるのを待ち、ナツキはそっと舞台袖へと戻る。

出会い頭、一個小隊に迎えられた。次の合戦のシーンに備える、ブカラ汗国側のアイシャらと、ロシア軍側の生徒らだ。ジーラの覚醒による後押しもあるのだろうか、熱気がすごい。

アイシャと視線が交わった。

刹那、相手は気まずいような表情を覗かせて、それからわずかに首を垂れた。ふたたび顔を上げたとき、その目には炎が宿されていた。

*

横でカザフスタンの官僚が大きくいびきをかき、その音で自分で目を覚ました。酒臭い。ムスティスラフは五センチほど身体を離した。

もう少し、歌を聴いていたかった。

だが、どうせまた彼女のソロは聴けるだろう。

ナレーションを一つ挟み、舞台上で殺陣《たて》がはじまった。対峙するのは、アイシャをはじめとするブカラ汗国の戦士と、ロシア軍の兵士たちだ。リアルな塹壕《ざんごう》戦ではなく、模造刀を使った白兵戦であるのは、観衆へのサービスか、あるいは血腥《ちなまぐさ》さを避けるためだろうか。

威勢のいい掛け声とともに、刀同士がぶつかり合う乾いた音が響く。

アイシャはその中心に立ち、舞いを踊るように一連の殺陣を演じていた。動きは淀みなく、本当に十九世紀に戻ったかのように錯覚させられる。

ところがアイシャが後ずさりをしているとき、終わったと勘違いでもしたのか、死体役の一人が彼女の背後でむくりと起き上がった。ぶつかる。そう思ったときだ。

後ろに目でもあるように、アイシャがひらりと飛翔《ひしょう》した。

それから起き上がった死体役の肩を足場に、前方に宙返りを決め、迫りよる敵の喉元にぴたりと剣を突き立てた。遅れて、わっと歓声が上がった。

殺陣が再開する。

まもなく交戦していた二人の模造刀が折れ、刀の先が勢いよくこちらへ飛んできた。模造刀とはいえ、先は鋭い。避けようとして、隣のカザフスタン官僚とぶつかった。やばい、避けられない——。このとき、白い手が横から伸びてきて、二本の指で刀の切っ先を掴んだ。

酔っ払っているだけだと思った、ロシアの外務官僚だった。

「気をつけな、ウズベクの」

それだけ言って、ロシア官僚はアイシャのほうを向いた。

「それにしても、あの顔——」手のなかで、刀の先が二つに折られる。「ＫＧＢ時代の、うちの親分を思い出すぜ」

どう応じていいかわからず、ムスティスラフは曖昧《あいまい》に頷いた。

＊

戦場と言えば、舞台裏のほうがよほど戦場だった。

汗や化粧品の匂いが混ざるなか、なぜかバッドボーイズの面々が舞台下と行き来しながら、へとへとになった戦士役や兵士役に懸命に水を配っている。ナツキも、書き割りの裏に坐って水を受け取った。冷えていて、気持ちがいい。

劇は七割ほどまで進行した。

ジーラ扮《ふん》するミハイル・ヴォルコゴーノフは、捕虜としてブカラ汗国で暮らすうちに、高潔や庇護《ひご》といったイスラム流の武士道を学んでいく。そして上官の命に叛《そむ》き、アイシャ扮するミーカーイール・ビン・ムザファルにつくことを決める。

自殺的な選択だ。

だがそれが、個人としてのヴォルコゴーノフが選んだ道だった。書き割りの隙間から、そのヴォルコゴーノフことジーラが歌う姿が見えた。

我は彼等と往《ゆ》こうと決めた
父母《ラヂーチリ》をあとに、懐かしいバルトの暁をあとに
我は決めた、彼等と共に歩む道こそを

見よ、七代先の新たなる考古学者よ
為政者よ

我が肩甲骨《ロパトカ》に刻まれた小さな誇りを――

それは歌のようにも、祈りのようにも聞こえた。

無駄の削《そ》ぎ落とされた旋律に乗せて、ときに静かに、ときに荒々しくジーラは歌う。酔っ払っていた各国の高官たちも、ここは集中して耳を傾けている。歌詞の裏に籠められた政治的なメッセージは、いつも通りのものだ。すなわち、アラルスタンは個人の自由や人権を重んじる〝自由主義の島〟であること。そして、有事の際には、ともにユーラシア地域を守る覚悟でいるということだ。

カップを手に、アイシャが隣に坐った。

「ふう」

彼女は一息つくと、ナツキと一緒に書き割りを支えた。こうしないと、すぐに風を受けて、舞台側に倒れていきそうになるのだ。ベニヤ板のささくれがちくちくと痛い。

しばらく、無言のまま時が過ぎた。

見よ、未来のこの地のあらゆる民よ
我が肩甲骨に刻まれた物言わぬ小さな誇りを――

ジーラの歌声は前にも増して伸びてきている。明日からの、彼女の顔を見るのが楽しみになってきた。

それにしても——。

ちらとアイシャを窺う。意を決し、ナツキは両腕で頭上にハートマークを作った。

「大丈夫《ロジマン》？」

カップを右手に吊《つ》り下げながら、アイシャがふっと笑った。

「自由がありますように」

「へ？」

危うく、書き割りを倒しそうになった。

「これはね、チェチェンの挨拶のようなもの。わたしたちは自由《マルショ》を重んじる。ただそれは、何をやってもいいってことじゃない。他者を傷つけず、定めのなかに生き、そして善をなす自由があるってこと」

床の木材を撫でてから、彼女がカップを置いた。

「いつも、ガス管から炎が上がっていてね——」

その映像は、国営放送で観たことがあった。廃墟《はいきょ》と化した家々と、ガス管から上がる炎は、ナツキの目にも焼きついている。

アイシャの祖国の話なのだ。

「……今回の劇の〝イスラム流の武士道〟は、わたしが生まれたチェチェンの民の考えを援用している」

応えられなかった。アイシャは、後宮で教育を受けているあいだに父母を喪っている。文字通り、彼女の両親は命懸けで娘を逃がしたのだ。

「だからね」

徐々に、アイシャの口元に睡蓮《ニルフィヤ》の笑みが戻ってきた。

「それに従うなら、わたしにとってロシアは敵になる。困ったことにね」

先ほどまでゲリラと戯れながら、ウォッカの一気飲みをしていた親父の顔が浮かぶ。

とりあえず、害はなさそうだけれども。

「……チェチェン人は、肉親が殺された際には七代先にわたって報復の義務が課せられる。そうすると、チェチェン人としてのわたしは、ロシアに報復しなければならないってこと」

瞬きをしてから、ナツキは顎に手を添えた。

「それはまずいね」

言ってから、小さい子供のようなコメントだと思う。

アイシャがまた笑った。

「おのずと、ロシアもわたしを警戒するってわけ。だからこそ、この劇の人物たちは国家と個人のあいだに挟まれて、葛藤し、悩む。まあ、元は〝眼鏡〟たちが好きなアメリカ映画から入ってきた個人主義だけどね――」

「うん」

応答が一言だけなのは、自分も疲れているからだ。

アイシャが衣裳の帽子を直した。

「つまり、ここはあくまで〝自由主義の島〟である。ゆえに、わたしは殺害犯を憎んでもロシアは憎まないということ」

アイシャはふたたび水を口にしかけ、そのままカップを床に戻した。

「あともう一つ。七世代先まで祟《たた》るということは、裏を返せば、七世代先のことを考えた政《まつりごと》をしなければならないってこと」

「アメリカのイロコイ族みたいに?」

「そう。イロコイみたいにね。だから、わたしはチェチェンの誇りと〝自由主義の島〟を止揚《しよう》する。そして、この地を第二のチェチェンにするつもりはない。そう、皆と一緒に……」

アイシャが先をつづけるより前に、ジーラの歌が終わった。

わっと突風のような歓声が轟く。そのなかで、聞こえるか聞こえないかの声がした。

「さっきはありがとうね」

「え？」

「おかげで、ジーラも変わってくれた。そして、あの観客の声。来賓の変化。それどころか、AIMの歓声まで混じって聞こえるじゃない。そのどれもが、あなたのなしとげたこと」

ここで軽く、アイシャは目をそらした。

「ナツキがいてくれてよかった」

「あの」

応えるよりも前に、相手が立ち上がった。

そうだ。ここからが、劇のクライマックス。侵略者のチャルニャエフ将軍を迎え撃つにあたって、アイシャがソロで歌う箇所なのだ。

立ち去ろうとするアイシャに向け、声を絞り上げた。

「神の御心《インシャラー》のままに！」

「インシャラー」

アイシャが応え、暗転した舞台へ向かった。

困る。

ここからは、チャルニャエフを演じるナツキにとっても本番。

「困るよ……」

これから、思わぬ防戦態勢を前に敗走する将軍を演じなければならないのに。それなのに、なぜだろう。涙がとめどなく溢《あふ》れ、いつまでも止まらなかった。

8

〝眼鏡〟の手が震えた。

ウズマから指示を受けているのは、このタイミングだ。次のソロを、アイシャは逆光のなかで歌うことになっている。目的は、この国の新たな為政者たるアイシャを神々しく見せること。それを、ジーラたちと同じスポットライトに変えろというのだ。

他愛ない悪戯《いたずら》だ。

観衆も、演出だとしか思わないだろう。あとで問われても、間違えたと言えば事は済む。でも、本当にそれでいいのか。ここまで皆が作り上げてきた劇の血流を、自分一人が……。

「ごめんください」

最初、〝眼鏡〟はその声に気がつかなかった。

「あの、すみません……」

何かと振り向くと、舞台下で妙な自転車を引く東洋人観光客が、まっすぐにこちらを見上げていた。

「ちょっと、いま忙しいんだけど」

「劇をやると聞いて観にきたのですが、間違えて裏から入ってしまって――」

いったいどこで憶えたのか、流暢《りゅうちょう》にここの言葉、ウズベク語を中心とする混交語《クレオール》を口にする。

「それなら表から回って」

「自転車、置かせてもらってもいいですか？」

「ああもう、自転車でもロバ《エシヤク》でもなんでも置いてっていいから！」

「どうも」

東洋人観光客は丁寧に礼を言ってから、自転車を舞台下の鉄パイプにくくりつけた。

それから、何を思ってか一瞬動きを止め、真顔でこちらの顔を窺った。

「あなたほどの美人を見たこともありません」

「あら、言うじゃない」

おだてられた勢いで、つい、進行表通りに機械的にスイッチを押してしまった。

舞台上で、アイシャに後光が射した。

*

前奏が終わりにさしかかった。

大きく、アイシャは息を吸う。潮の混じった、夜の大気が肺に満ちていく。

ここから先は、外国への目配せではない。国内に向けた、アラルスタンの民のための歌、民のための理念だ。

逆光のおかげで、観客たちの姿がよく見える。

各国の来賓やＡＩＭがいる。ロシア系の市民もいれば、韓国系の市民もいる。アルメニア人がいる。チェチェン人がいる。ハザラ人がいる。クルド人がいる。その全員に向け、これから自分は歌い上げるのだ。

あのとき、凶弾に斃れたアリーが言えずじまいだったメッセージを。

我らは知る、沙漠を潤すアム川の一本の細い恵みを
我らは知る、束の間アラルで羽を休める一羽の鳥《プチーツァ》を
そして我らは知る
はるか北より訪れた強大な民を

数多の遊牧の民が、彼らの軍門に降《くだ》ったことを
だが、おお！　いまさら、何がなせようか？
城門を開きさえすれば――そう、心を明け渡しさえすれば
明日の朝も、その次も、民は棗椰子《フィニキ》を食べられるのに

そこまで歌ったときだ。

アイシャにとっても、皆にとっても思わぬことが起きた。皆が疲れ切った隙を突いてか、六歳のカリルが舞台上に飛び出てきたのだった。

「わたしも歌う！」

＊

つい先ほどまでアイシャに悪戯を仕かけようとしていたことも忘れ、〝眼鏡〟は息を呑んだ。

なんで、誰もあの子を見ていなかったのか。

けれども、舞台のアイシャはいっさい動揺する素振りを見せなかった。穏やかな笑

みをたたえたままカリルを手招くと、間奏のあいだに彼女を抱え上げ、片方の肩に乗せてみせた。

たった一瞬で、アクシデントは演出に変わった。

それでも我らは知る、澄み渡った朝の草露の一滴を
忠実に我らを信じる黒い馬の逞《たくま》しい嘶《いなな》きを
だが、おお！　いまさら、何がなせようか？
賢人らのささやきは悪魔《ビエース》の声となるだろう
我らが生き存《なが》える術は、刃《やいば》を交えることではないと

子供の、少し調子外れの歌がアイシャの声と重なる。アイシャは襟元のマイクを外し、カリルの口元に寄せてやっていた。その様子に、和んで微笑む客もいる。

「馬鹿みたい」

気がつけば、独言が漏れていた。

「わたし、何にこだわっていたんだろ……」

たかが照明くらいで、アイシャが動じるはずなんかないのに。

それから、〝眼鏡〟は目の前の装置に手を伸ばした。この光景を、この国の皆にもっと見せてやりたい。まったくの善意から——彼女は、照明をスポットに変えた。

＊

前にも増してウズマは苛立っていた。

先ほどのジーラの歌が、耳にまとわりつく。七代先を考えるということ。それは取りも直さず、独裁はしないということだ。アイシャがチェチェンの出であることは弱味であるはずだった。それを、逆手に取られたようなものだ。

憎い。

思えば、ずっと憎しみを募らせていた。だが、何に対してか。政権を簒奪《さんだつ》したアイシャにか。ソビエトの負の遺産を抱えたまま、ことあるごと介入してくる他国にか。あるいは、自分が決して表舞台に立つことがないだろう事実にか。わからない。いや、わからないと自分に言い聞かせていた。

——それでも我らは知る、澄み渡った朝の草露の一滴を。

——忠実に我らを信じる黒い馬の逞しい嘶きを。

そうだ。知っているのだ。

本当は、憎いのはほかならぬこの自分自身なのだ。後宮に籠もって自縄自縛し、心の声に従えない己《おの》が身だ。まったく、習慣は狂気より悪いとはよく言ったものだ。碗《わん》を傾けて緑茶を飲み干し、それをとんと机に置いた。

「やめだ」

「へ？」

窓辺から狙撃手の間抜けな声がするのを無視して、携帯端末から残り二人の暗殺者——そのうちの一人は救急車で搬送中だったが——に中止の指令を出す。

双眼鏡を手に、窓の外に目をやった。

広場は満員御礼だ。そして、これだけの人間が携帯端末を持っている。遅れずに伝令が伝わるといいのだが。

「でも、チャンスですよ。照明だって変わったし」

「聞こえなかったか。中止だ」

「なんてことありません。別に側室一人、たいしたことないですよ。ま、子供のほうに当たるかもしれませんがね……」

可愛げがない上に、言うことを聞かない。

狙撃手が嫌な微笑とともに照準を合わせ、トリガーを引き絞った。だが、銃声は鳴らず、反動もなかった。しばしの間を置いて、狙撃手が瞬きをした。

「あれ？」

「ふん」

ウズマは鼻を鳴らして立ち上がった。

握っていた左の拳《こぶし》を開く。その手から、ぱらぱらと銃弾がこぼれ落ちていった。

「〝望遠鏡を逆から覗くなかれ〟——あまり、側室を舐めるんじゃないよ」

＊

じっと、ムスティスラフ・アダモフはアイシャが歌うさまを見上げていた。見定めるつもりが、いつの間にか見惚《みと》れている。この小国の、吹けば飛ぶような臨時大統領は、それでも皆の前で背筋を伸ばし、理念を歌い上げた。肩の子供の存在が、やや意味不明ではあるものの。

このときだ。

わずかな風を切る音とともに、アイシャの足下で舞台の木材が小さく弾《はじ》けた。

「おっと」

隣のカザフスタン官僚が鋭く立ち上がり、さっと椅子の陰に隠れた。

狙撃だ。

だが、どの勢力が、なんのために？　考える間はない。ムスティスラフも椅子の陰に隠れ、二発目の銃弾に備えた。が、二発目は放たれなかった。

椅子の陰から、ムスティスラフは舞台を窺う。そして見た。

アイシャがそっと肩の上の子供を下ろし、背後に隠して歌いつづけるさまを。舞台上の彼女は当然、狙撃に気がついたはずだ。それなのに、まったく動じることもなく。

それでも我らは知る、人と花々と動物を
我らが守るべき景色のいっさいを
我らの心は知る、いま、己がなすべきことを

我らは知る、沙漠を潤すアム川の一本の細い恵みを
我らは知る、束の間アラルで羽を休める一羽の鳥を

正面から見ていたムスティスラフたちのほかには誰にも——周囲の要人警護にすら銃撃を気づかせないまま、アイシャは自らのソロを終えたのだった。

寒い夜の広場の底を、熱気と歓声が満たした。

*

もう一人の狙撃手――ジャミラ・クンディ・サドザイはようやく照準から目を離し、暗闇のなかで立ち上がって大きく伸びをした。

三人目の暗殺者は、向かいのホテルの一室にいた。アイシャに発砲したことで、やっと位置が特定できたのだ。その彼は頭を撃ち抜かれ、いま、牛の舌のように窓から上体を垂れ下げている。

暗殺者たちの銃弾は、技術省の開発による追尾機能つきのもの。それでも、最低限の腕があってこそだ。二発目があると思えば、なおさら集中力も鈍る。

自分の腕に頼らないから、こんな結末を迎える。

「まったく、世話が焼けるんだから――」

借りを返したとは思わない。だが、やるべきことはやった。

もう一人の狙撃手は、自分自身の使命に忠実だった。

*

ナツキは舞台に目を向けた。

ちょうど、敵軍を撃退したミーカーイールことアイシャと、ミハイルことジーラが二人で歌っているところだ。決意を固め、皆と聖戦へ赴く歌を。

観客の昂揚《こうよう》は、熱狂に変わりつつある。

史実によると、チャルニャエフは歩兵十四大隊、コサック騎兵四大隊、大砲十六門をもって、サマルカンドへ進軍した。ところが、思いのほか住民の抵抗が強く、補給困難に陥り、撤退の憂き目に遭う。ロシアの進軍を止めたのは、ほかならぬ人々の力であった。

だから、中央アジアの民が勝利したこの戦闘を劇に選んだのだ。

歌が終わり、暗転した。ナツキはそっと舞台に上がり、やっと皆が静まりはじめた頃合いを見てモノローグに入った。

「……かくして、わたしは勇猛なる中央アジアの民によって、進軍を断念し、この沙漠の地を追われることとなった。わたしは敗軍の将として、けれども念願であった聖ペテルブルクへ帰ることができた——」

スポットライトが点いた。そのなかで、ゆっくりとナツキは皆を見回す。

「思わぬことに、わたしは罵声《ばせい》ではなく熱狂によって迎えられた。皇帝から名誉の宝剣を授けられ、わたしは軍職を退いた。このことは皮肉であったが、わたしの心を慰めるには充分だった」

ナツキはつづける。

広場を埋め尽くす群衆を前に、歴史に見下ろされながら。

「わたしの後釜《あとがま》にはロマノフスキー司令官がついた。司令官はアミールの連合軍を破り、サマルカンドもロシアに併合され、やがてブカラ汗国も降伏した。残された二人のミーカーイールの、その後の行方は知れない——」

一瞬の間ののちに、地鳴りが響いた。観客たちの拍手や歓声だった。ナツキは一礼をして舞台裏に戻った。アイシャたちの笑顔に迎えられた。

皆、無言だった。無言なのは、やりきったがゆえだ。

観衆の熱狂はいつまでたっても冷めず、街の中心の広場に地鳴りを轟かせつづけた。

全員で顔を見合わせる。誰からともなく、アイシャから死体役の端役までが舞台へ戻った。地鳴りがさらに高まる。まもなく、イントロが鳴りはじめた。

このときのために、用意しておいた曲。

アンサンブル・カーテンコールだ。

ナツキはアイシャと視線を交わし、頷き合った。やがて合唱がはじまった。

我らは憶えている
天地の狭間の塩の沙漠で、朝、我らを言祝《ことほ》ぐ白い花を
幻の海を懐かしむその小さな霞《デイムカ》を
サクサウール、我らが地を永遠《とわ》に覆わんことを

我らは憶えている
ヨルダンの死海のほとりで、シナイ半島の高層ビルの傍らで
夕べ、駱駝に食《は》まれるその白い花を
サクサウール、彼らが地を永遠に覆わんことを

あるいは、仄暗いイラクの油田の周囲に　ウイグルに　ペルシアに　アフガンに
アラビア半島の南端の遠いアラブの祖国に
沙漠に独り根づき、うねるその幹の太く逞しい実存よ
サクサウール、彼らが地を永遠に覆わんことを

我らは憶えている
天地の狭間の塩の沙漠で、朝、我らを言祝ぐ白い花を
幻の海を懐かしむその小さな霞を
サクサウール、我らが地を永遠に覆わんことを

歌いながら、ナツキはアイシャの言葉を思い返していた。

ナツキがいてくれてよかったという、あの一言を。

そして気がついた。

それは遅すぎるくらいの気づきだった。自分もまた、傷ついていたのだ。皆と同じように。馬鹿みたいに、ずっとそのことがわからずにいたのだ。でも、もういい。歌おう。皆のために。この広場を埋め尽くす、すべての市民に。あるいはウイグルに。ペルシアに。アフガンに。次なる自分を生まないために。あまねく生者のために。

この者の出国を認める。カザフスタン側におかれても、何卒便宜のほどを

アイシャ・ファイシャル

どこかで聞いた名前だけど、思い出せない。でも、たぶんきっと偉い人だ！
そんなこんなで、装備を整え直して北へ。何に驚いたって、まず、鳥や動物が増えてきた！　そう。北アラル海は、南と違って水位が戻ってきているのだ！
ラクダも痩せてなくて、コブがぴんとはって、ふさふさの毛にくるまれている。
こんなことを思ったよ。この国は、絶望と希望を南北に抱えているんだとね。

帰国後のことも決めた。

休学している学校に戻って、真面目に応用化学をやる！　何しろ、あの水を集める塔も、浄水技術も、いくらでも改良の余地があるんだ。

そして、いつの日か戻ってくるぜ、ダーナ!!　（つづく）

ママチャリで世界一周〜アラルスタン編７

いま、俺は北アラル海の南岸を巡っている。もちろん、相棒は愛用のママチャリだ。いいチャイハナ（喫茶店）の小屋があったので、いましがた、その小上がりでダーナへの手紙を書いた。Wi-Fiフリーであるのが、なんとも不思議だ。


結局、カザフへの密入国案は採らないことにした！

しかし、どこから説明すればいいものか……。


遊牧地からカザフスタンへ向かうにあたって、首都のマグリスラードで歌劇を観られると知ったんだ。

それで、チャリで国民広場に向かったのだけど、まず入口を間違えて舞台裏へ行ってしまった。

劇は大盛況！

なんでも、後宮の女性たちが年に一度催すのだとか。後宮というと、なんだか後進的な感じがするけど、噂に聞くところでは、ある種の養成機関か何かなのだとか。

このあたりは不明。すまん、検索してくれ！


で、帰りに自転車を取りに舞台裏へ回ると、ちょうど出演者たちも楽屋へ向かうところで、そのうちの一人が、俺が貧乏旅行者であると気がついて話しかけてきたんだ。

「もしかして出国できなくて困ってる？」ってね。

そうだと答えると、楽屋から便箋を持ってきて、そこに一筆書いてくれた。

8. レインメーカー

1

官邸での仕事を終え、いま、アイシャは跳ね橋を越えて後宮《ハレム》へ戻ってきたところだ。時刻は二十一時。広間に入ったところで、わっと新入生たちに取り囲まれた。存続の危ぶまれた国で臨時大統領となり、国を支えてきたアイシャは後宮の皆の憧《あこが》れだ。

今年も、生徒らの顔ぶれはさまざまだ。はるばる東トルキスタンから陸路でやってきた者もいれば、アフガニスタンのハザラ人もいる。中東のキリスト教徒や、ヤズィーディー教徒が多いだろうか。その一人ひとりの頭に、アイシャは触れて回った。

最後に〝大柄《サミア》〟がいた。

この国の男たちがよくやるような、左胸同士を預けあうハグをする。それから〝大柄”は手慣れた保母さんのように、集まった下級生たちを二階の大部屋に誘導した。聞けば、もっと勉学を重ね、ゆくゆくはここの教師になりたいのだという。確かに、彼女ならば適任だろう。

短い春が過ぎ、過酷な夏も終わりにさしかかった。

暫定政権を発足したときに離脱した生徒も、多くが戻ってきている。

新たな生徒が選ばれる基準はまちまちだが、移民や難民としてやってきた子供のうち、なんらかの突出した能力を見せた子供に声がかかることが多い。政情不安定な土地から、ぜひとも入れてやってくれと子供を送りこんでくる親もいる。

生徒だけではない。アイシャの求めに応じ、各地に離散していた教師もまた戻った。最年少だったカリルは、新入生の案内係となり、まだ七歳だというのに、いつの間にか先輩風を吹かせている。新たな生徒の多くは、まだ不安を隠せない様子だ。夜中、ホームシックで泣き出す子供もいる。そんな彼女らが落ち着いて学べる空間を作るのは、上の学年の役目でもある。

あの預言者生誕祭を経て、隣国からの圧力は減じていった。

油田の件で揉《も》めていたウズベキスタンとは、合同軍を設立することで話がついた。アラルスタン・イスラム運動《AIM》の荒くれ者も、ナジャフがうまく抑えてくれている。おのずとアイシャも書類仕事の比率が上がり、目の奥の凝りと格闘する日々が来た。

生徒が増えるにつれ、二階の大部屋に発足した暫定政府は、やっと官邸に移された。もっとも、行政に関わる生徒も、寝泊まりの際には皆と同じ後宮に戻ってくる。すぐ二階へは上がらず、ラウンジを抜けてバルコニーに出た。

夜風にあたりたかった。

かつて、アリー前大統領銃撃の続報を皆とやきもきしながら待ったバルコニーには、誰もいない。貯水池の暗い水面《みなも》を前に、冷たい鉄製の椅子についた。テーブルに両肘《りょうひじ》をつく。やがて風が吹いた。潮の香りの混じった、この国特有の沙漠《さばく》の風が。

そう、多くが戻ってきた。けれど、一番戻ってきてほしい二人はいない。

バルコニーに照明はない。そのかわり、二階の大部屋から漏れ出る光が、椅子やテーブルをぼんやりと照らし出していた。その薄明かりの下で、アイシャは懐の手紙を取り出した。あの預言者生誕祭の夜を過ぎてから、不定期に送られてくる、差出人不明の手紙があるのだ。

送られてくるのは、ウズベキスタンからであったり、ロシアからであったりする。たいていは他愛のない世間話や、旅の報告のようなものだが、さりげなく、アイシャたちにとって重要な情報となる各国の動静が書かれていたりもする。

送り主の顔を想像すると、胸の奥に火が点《とも》る。

少なくとも、この手紙が届くあいだは、ジャミラはまだ生きているということだ。

もう一人の日本人は……。どこで、何をしているやら。

手紙をしまい、水面へ目をやった。後宮の灯りを反射し、ちらちらと明滅している。

しばし、瞑想《めいそう》するように眼前の貯水池を眺めた。

ここまではいい。でも、明日からは苦しい立場へ追いやられることになる。

このとき背後から、かちりと食器の音がした。振り向くと、青い文様の入ったポットと、ガラスのマグカップ二つを手に、〝眼鏡《シルヴィ》〟がウインクをよこしてきた。

「お疲れ」

カップに緑茶《コクチャイ》が注《つ》がれた。

湯呑《ゆの》みがわりのガラスのマグカップは、ソビエト時代からの量産品だ。無骨だが、アイシャは割合に気に入っている。ポットは郊外のセラミック工場が開発した新製品。〝技術官僚《テクノクラート》立国〟に相応《ふさわ》しいということで、ホテルなどで導入され、静かにヒットしているそうだ。

〝眼鏡〟が隣の椅子についた。

目の下には隈《くま》があるが、やや険の抜けた顔をしている。ちょうど、予算案が通ったところなのだ。それまでのあいだ、彼女にはだいぶ頑張ってもらった。

「ありがとうね」

労《ねぎら》うと、〝眼鏡〟は軽く頷《うなず》いて、視線を貯水池の水面に向けた。

アイシャも頷き、茶で口を湿らせた。疲れているときは、緑茶のほうがいいとわかってきたのは最近のこと。少しだけ、ウズマに近づいてきた気がする。

「あれだよ」

〝眼鏡〟がうっすらと笑った。

「やることはやった、ってやつ」

苦い思いとともに、アイシャは口角を持ち上げた。

皆、使命感だけでここまでやってくれた。できるなら、これから先、報われてほしい。でも、戻ってきたのは、生徒や教師ばかりではない。

男たちもだ。

かつて逃げていった議員たちが、アラルスタンが平定されたと見るや、揃って国内へ帰ってきたのだ。議会《マジュリス》が機能すること自体は、悪いことではない。おかげで、正当な手つづきを踏んで予算を通すこともできた。けれど、彼らの協力もここまでだろう。

明日、アイシャは参考人として議会に召致されている。審判は、これからなのだ。

午前の青い気圏の底を、貯水池の細波《さざなみ》がちらちらと瞬いていた。微風だ。夏は終わりにさしかかったが、それでも気温は四十度を超えている。これから短い秋を経て、アラルスタンは極寒の季節に入る。

場所は〝ロケット亭〟の二号店、その名もレイクサイド店のテラス席だ。

向かいでフォークを置いた〝大柄〟が、小さな声で漏らした。

「少し、味が落ちてきた？」

預言者生誕祭で荒稼ぎをした〝ロケット亭〟は、まもなくして二号店と三号店を市内に展開した。いまや、できたての炊き込みご飯《プロフ》を電話一本でデリバリーしてくれる。官邸に籠《こ》もらなければならない際などに、このサービスはありがたい。

けれど、いかんせん急展開なので、味がついてきていない。

この二号店も、どちらかと言えば一見《いちげん》の観光客向けといった風情だ。

「それは言いっこなし」

アイシャは口元をナプキンで覆い、苦笑を隠した。

「店が発展しただけでも、よしとしようじゃない」

テーブルの上には、温かく湯気を立てるプロフのほかに、熱湯をかけてから焼き上げた、西欧で言うところのベーグルに近いパンがある。炭水化物に炭水化物だが、そういうものなのだから仕方がない。ほかには紅茶《カラチャイ》と、美味《うま》くも不味《まず》くもないチーズの切れ端が少し。

レイクサイド店が誇るブレックファスト・セットだ。

セットにはもう一つ目玉がある。大きなデキャンタいっぱいに注がれた、苺《いちご》のジュースだ。苺は郊外の植物工場からの直送で、容器に生の果実が浮かんでいる。

暑く乾燥しているため、汗も出ない。正確には、出るそばから塩に変わっていく。だから、このジュースを二杯、三杯とお代わりしていく客もいる。

見回すと、店は観光客のほか、現地のビジネスマンや親子づれでごった返している。

また、〝大柄〟が声のトーンを落とした。

「それで、どうなの。何か策はあるの？」

「ううん……」

アイシャは貯水池に面した鉄柵《てっさく》に寄りかかり、ジュースをグラスに注いだ。柵は陽光を浴び、熱いくらいだった。

「特には、何も」

向かいの席で、〝大柄〟がフォークの先から羊の脂身を落とした。

「何も、ってあんたさ。何かあるでしょ。政権の正当性をアピールするとかさ」

「だってさ」

アイシャはちらと周囲を窺《うかが》ってから、

「実際、正当じゃないんだからしょうがないじゃない」

近くのウエイターが一瞬身体を強張《こわば》らせてから、プロの顔に戻ってパンの追加をサーヴした。

確かに、という顔で〝大柄〟が顎《あご》を撫《な》でる。

「でも、それじゃあ――」

なすがままに、追い落とされるだけだ。アイシャも頷いた。

「〝眼鏡《シルヴィ》〟も報われない」

ぽつりと、貯水池のほうを見ながら〝大柄〟がつぶやいた。

パンを飲み下してから、アイシャは空いた手で脇の鉄柵を握った。

「まだわからないよ」

「というと？」

「次に立つのは誰か、という問題。副大統領はお飾りで、アリーほどの力はない。対して、民はわたしのことをどう見るか。わたしには一年かけて培った内外のパイプがある。ここでやっと、これまでの成果が問われてくるってわけ」

次の選挙が勝負、というわけだ。得心したように、〝大柄〟が軽く頷いた。

アイシャとて、やり残したことはある。例の新たな三権分立にしてもそうだ。

ナプキンを手に取り、口元を拭《ぬぐ》った。

議会の開催まで、もう一時間もない。手を上げて、アイシャはウエイターに会計を頼んだ。

視界の隅を、小さな影がよぎった。

貯水池の水面近くを飛ぶ、一羽の渡り鳥だった。塩の濃いこの貯水池に、餌になるような生物は少ないが、北アラル海には魚や鳥が戻ってきている。この貯水池にも、ときおり鳥が訪れるようになってきた。

また、二人のことを思い出してしまった。

ジュースの残りをあおり、すぐに気持ちを切り替えた。

2

「……以上から、参考人として、アイシャ・ファイシャル臨時大統領——否、自称大統領を召致するものである。いまここに、不義を糺《ただ》すとともに、正常な行政と議会を運営すべく……」

アイシャへの弾劾声明を読み上げているのは、ネディフバイ・ブサコフ議員だ。都心部のカジノ王で、彼の派閥は議会で最大勢力の一つとなっている。

通称、カジノ党。

移民国家であるアラルスタンの議席は、遊牧集団や民族、企業体などが、人口比に応じた議席数を割り当てられる。都市部は人口が多いため、おのずとネディフバイの権力基盤は強くなる。

アイシャはゆっくりと襟元をはたいて、外気を取り入れた。

議会が開会されたのは、ほんの少し前のこと。

いつかナツキやジャミラと来たとき、この場所は荒れ果てていた。確か、そうだ。あちこちで書類が散乱し、議長席を扇状に取り囲んでいた赤い羅紗《ラシャ》張りの椅子は乱れ、いくつかは横倒しになっていた。

議会堂を訪れるたび、そのときのことを、わずかな甘苦しさとともに思い出す。

観音開きの扉を開けて入場したときは、いっせいに男たちの視線がこちらに向けられた。政権を簒奪《さんだつ》した小娘への敵意がありありと感じられた。にやにやと笑いながら、向日葵《ひまわり》の種を齧《かじ》っている議員もいた。自分たちは真っ先にパニックに陥り、国を棄《す》てて逃げたというのに。

いま、アイシャがついているのは、扇形の席の中央にある参考人席だ。

大統領である彼女は、議会に席を持っていない。

アラルスタンは独立にあたって、ラテンアメリカ諸国と同様に、アメリカ式の大統領制を採用した。大統領は議会から不信任を受けることはないし、逆に議会を解散する権限もない。

議員たちからすれば、この不信任制度がない点が問題となる。

だから、弾劾を成立させることでアイシャを辞任に追いこもうという目論見《もくろみ》がある。

答弁台の傍らに一台、そして議会を遠巻きに映すようにもう一台、国営放送のカメラが回っている。ネディフバイの声明の合間を衝《つ》いて、マイクに入るか入らないかの、ささやき声が聞こえてきた。「――売女《ばいた》」

また別の声がした。「そして、売国奴だ」

低い笑い声がそれにつづく。誰が言ったのかはわからない。誰であってもおかしくはない。が、怖くはない。むしろ、滑稽《こっけい》に感じられた。この一年で、どれだけ多くのことがあったかを考えると。声の聞こえた方向に向けて、そっと睡蓮《ニルフィヤ》の笑みを作ってやった。

攻撃をいなされた相手は、一様に憤然とした顔つきをした。

ぐるりと議会を一望する。

小さな議会だ。まるで、この国の規模をそのまま示すように。かわりに、傍聴席は人でいっぱいだった。このために、市民は朝から議会堂の前に列を作っていたと聞く。

「アイシャ！」

昨晩から並んでいたという後宮の後輩が、その傍聴席から声を上げた。グループで集まり、こちらを応援する態勢を固めている。いまこの場で自分が失脚したら、その後の進路に響くかもしれないというのにだ。

彼女たちにも笑みを返した。ただしこちらは、本当の微笑みを。

いや、一抹の寂寥《せきりょう》が滲《にじ》み出てしまったかもしれない。一番いてほしかった二人が、そこにいないからだ。

「静かに」

議長のヘイダル・オグル・アブドゥルが注意を促した。

「神聖なる議会の場であることを、お忘れなきよう――」

開会の前には、この議長が神への祈りを唱えた。

世俗に堕《だ》したとはいえ、このあたりはまだイスラム国家だ。その神聖なる議会から逃げ

目を向けると、厳《おごそ》かな、いかめしい表情が返ってきた。

たのは誰だと思うが、面の皮の厚さでは、こちらも大差ない。

気になるのは、向かいとなる証人席に、ウズマ・ハリーファがいることだ。今日、彼女がどんな材料を持ってきたかはわからない。おそらく、偽の委任状の件だろうと察しはつくものの。

答弁台のネディフバイはここが見せ場とばかりに、一通りの訴え――アイシャが国難に乗じて政権を奪取したことや、それが正当な手続きを踏んでいないことなどを、持って回った言いかたで延々と並べ立てている。いちいち苛立《いらだ》たしいが、困ったことに、事実そのものでもある。

最後に、彼はこうつけ加えた。

「もともと、アイシャ・ファイシャルはアリー前大統領の寵愛《ちょうあい》を受けた娘だった。ところが我々にとって、その娘はとんだ食わせ者《レインメーカー》だった」

身振り手振りを交えたスピーチは、さすがに、ビジネスの場で鍛えただけはある。

国民は、この中継を見てどう思ったろうか。

少し考えてから、アイシャは軽く手を挙げて発言を求めた。

「アイシャ・ファイシャル参考人――」

議長から許しが出たところで、答弁台に立ち、改めて一同を見渡した。

「ずいぶんと、異なことをおっしゃる」

最初の一声で、たちまち議員たちから野次が飛んできた。

これではできる話もできない。澄まし顔を崩さないようにしながら、小父《おじ》様連中が疲れるのを待つことにした。幸い、二、三分したところで静かになった。

まずは正攻法だ。

「なぜわたしがこの場に呼ばれたのか、その意味を理解しかねる。仮に、わたしを罷免したいのだとすれば、司法《アドリア》を通してもらわなければならない。司法がわたしを有罪としたなら、こんな茶番を催すことなく、わたしを自動的に失職させることができる」

これは、相手にとってウィークポイントであるはずだ。

「恐れながら、ネディフバイ殿は三権分立を理解されていないのでは？」

「それじゃ遅いんだよ！」

ネディフバイが本音とともに椅子の肘掛けを叩《たた》き、「失礼」と咳払《せきばら》いをした。

「アイシャ殿の言は、確かにその通りでありましょう。現職の大統領を罷免するには、本人が司法によって罪に問われなければならない。その点は、わたしどもの認識と相違ない」

ところが、現職の大統領の裁判ともなれば、まずもって長引く。

下手をすれば、そのまま任期をまっとうしてしまうことまでありうる。それが、議員たちからすれば困る。だから、この弾劾なのだ。彼らとしては、国民の支持を取りつけ、こちらを辞任まで追いやりたい魂胆がある。

もう一度、ネディフバイが咳払いをして、大袈裟《おおげさ》に両手を広げてみせた。

「ですが皆さん。考えてもみてください！　いま俎上《そじょう》にあるのは、アイシャ殿が大統領であるかという、まさにその点であるわけです！　つまりですな、憲法規定上の大統領と同様に扱うべきか否か、それをはっきりさせるためにこそ、参考人としておいでいただいた次第でして――」

「そうだ！」

「よく言った！」と、これは誰かの追従の声。

「わたしどもは国民の皆のためにこそ、早急に結論を出す必要があります。なんといっても、司法判断を待つのでは遅すぎる。ことによると、その資格を持たない大統領が、任期をまっとうしてしまう可能性すら考えられるのですから！」

「ふむ……」

一応の筋は通っている。

さすがに、一筋縄ではいかないか。というより、現に正しいのは向こうで、間違っているのはこちらなのだから、それはそうなる。それに、こちらもこちらで司法に持ちこみたくはない。訴追されて有罪判決を受ければ、立候補どころではない。だから、アイシャとしては穏当に自身の辞任に持ちこみたい。それが、今回の勝利条件だ。ただ、それが許される展開になるかどうか。

何より、向かいのウズマの存在が不気味だ。

そこまで考えたときだ。議会の奥、ネディフバイの背後から、思わぬ声が上がった。

「失礼……少し、発言させてもらってもいいかな」

「ナジャフ様！」

傍聴席のあちこちから、いっせいに声が上がった。

場を取りしきるべく手を持ち上げたヘイダル議長が、その姿勢のまま目を瞬《しばたた》かせた。口を開こうとしたところで、また傍聴席から新たな声が飛ぶ。ナジャフの親衛隊はいつの間にか規模を広げ、都市部にネットワークを築いている。

「ちょっと！」

しばしの間ののちにヘイダル議長が叫んで、やっと静かになった。

「いや、その……。ナジャフ・ビン・ラシード君、どうぞ」

「うむ」

応《こた》えて、ナジャフがその場に立ち上がる。

彼らＡＩＭに割り当てられた議席は三つ。ナジャフはその代表にあたる。

ウズベキスタンやカザフスタン、ひいてはロシアといった周辺国との関係が安定したのは、ひとえに、彼らＡＩＭが制度内での政治参加を選択したことによる。これにより、アラルスタンは宗教右派によるテロ組織の封じこめに成功したと見なされ、ウズベキスタンが油田を占拠しつづける大義名分もなくなった。

カミースに迷彩のジャケットというsいつものファッションで、ナジャフはアイシャと入れ替わりに答弁台に立った。――あの服装さえ変えてくれれば、申しぶんないのだけれど。

「ナジャフ様！」

また、声援が飛んでくる。

やや居心地悪そうに、ナジャフが頭を掻《か》いた。

「俺は議会戦術なんか知らないし、ことによると妙な発言をするかもしれないが……」

いつも通りの、少し掠《かす》れた、甘やかさのある声だった。

「なんだか、本質的な話がなされていないように感じられてね。と、これ――」そっと、カメラが指さされた。「国民の皆も、見てるんだよな。本当に、これで納得できてるのかい？」

顔に余裕の笑みを貼りつかせたネディフバイが、上目遣いにナジャフを一瞥《いちべつ》した。

「では、拝聴することと致しましょうか。過激派の本質論とやらを」

「そもそもは、あんたがたが逃げなければ、こんな事態にならなかった」

――言いやがった。

若干の間を置いて、議場全体がざわめきはじめる。まさか、いきなり核心を衝いてくるとは。いきなり、アイシャが想定していた話の流れから外れてしまった。

でも、少しだけ胸がすっとしたのは確かだ。

「もっとも、あんたがたが留《とど》まっていてさえくれれば、俺たちの革命は成功したかもしれないんだがな……。まあ、皮肉なもんさ。と、余談はこれくらいでいいか。はっきり言おう。義務を放棄し、国を放棄したあんたがたは、いま現在、どうこう言える立場にないのでは？」

このとき、小さな事故が起きた。

一瞬、皆が静まったタイミングに、ネディフバイの不規則発言が議場に響いたのだ。

「テロリスト風情が」

しまったという顔をしてから、ネディフバイは神経質そうに懐の二色ボールペンをかちかちと操作しはじめた。なんとなく、神経に障る音だ。カジノ王なんだから、せめて万年筆くらい持ってくれていてもいいのに。

ネディフバイは改めて挙手をすると、入れ替わりで答弁台に立った。

「AIM諸君には、もう少し議会政治というものを御理解いただきたい。いま問題とされているのは、アイシャ・ファイシャル自称大統領が、不正に政権を簒奪した疑惑なのだ」

「そうだ！」

「ルールのわからぬ輩《やから》はいらぬ！」

また荒れはじめたところで、ナジャフがふたたび挙手をした。議長が発言を許可すると、それに呼応するように、傍聴席から「ナジャフ様！」と声が飛ぶ。すると今度は、むきになった議員が「うるさい！」と叫ぶ。次第に、どちらの声が大きいかの勝負めいてきた。

いいぞ、もっとやれ。

三分ほど応酬がつづいたところで、やっとナジャフが答弁台についた。

「念のための確認だ。あんたがたがそう言うなら、席を立ってもいいんだが……。ここで俺が離席をしたとしよう。そうすると、ウズベキスタンはまた南部の油田について文句を言ってくるよな。あんたがたには、それに適切に対処できる実務能力があるのかい？」

「甘く見るな！」

「そもそも、おまえらが存在するのが問題なんだよ！」――確かに。

「その批判はあたらない。というのも、ネディフバイ・ブサコフ殿はカジノで財をなしたとのことだが……。ときに、イスラムで賭博《とばく》が禁じられていることはご存知かな」

「こと、アラルスタンにおいて違法性は――」

「我が国の法は承知している。だが、ＡＩＭを代表する以上は申し上げねばならない」

荒ぶる動物をなだめるように、ナジャフが両手を掲げ、ゆっくりと下ろした。

「それは、貴殿のような俗物がいる限り、必ず、我々のような精神はありつづけるということだ。仮にＡＩＭが解散したとしても、たちまちに、第二、第三の我々が立ち現れる――」

ここで、ナジャフは若干の間を取った。

カメラの一つが、その横顔にズームインするのがわかる。

「話を戻そうか。どうあれ我々がここに坐《すわ》ったことで、南部の問題は解決した。そしてそれは、ほかならぬ後宮のお嬢さんがたの功績だ。その点は、認めないわけにはいかないよな」

　思わぬ援護を受けながら、けれども、アイシャは悟られぬように下唇を噛《か》んだ。

　正確には、ナッキの功績なのだ。

　ＡＩＭは訓練されたゲリラだが、必ずしも人数は多くない。個籍さえ持たない者もいる。得られた議席は、わずか三つだ。それでも南部の問題とからめれば、キャスティング・ボートを握りうる。このシナリオに向け、ナッキがナジャフを粘り強く説得し、この場に坐らせたのだ。

「論点が違う」

　両手を広げ、ネディフバイが食い下がった。

「問題は、その小娘が完全に民主的に選ばれた為政者ではないという――」

「あの小父様は？」と、これは傍聴席のナジャフ親衛隊だ。

「知らないけど、とにかくナジャフ様の敵でしょ。せえの、禿《は》げろ！」

「もげろ！」

「うるさいよ！」と、これにはネディフバイも堪忍袋の緒が切れる。

「そもそも、完全ってのはなんだい」

　相変わらず落ち着いた口調で、ナジャフが肩をすくめた。

「どことは言わないが、北や南の大統領は、九割以上という得票率で選ばれている。

完全と言うなら、この上ないよな。でも、その奇妙さは無学な俺にもすぐわかる」

　それからナジャフはジャケットを広げると、羽織っている織布《スザニ》を皆に見せた。

　なぜだろうか、心なしか顔が赤らんで見える。

「このスザニという布は、本来、ウズベキスタンの婚礼に使うんだが……。花嫁をはじめとした、親戚《しんせき》の女性たち全員が針を入れていくという代物でね。ただ、決まりがある。完成はさせず、不完全なほつれをどこかに残すのさ。どうかな、示唆的だと思わないかい。なんといっても、完全さは、不安定さだ。そして俺は、お嬢さんが完全である必要を特に感じない」

　思うように議事を進められないネディフバイの顔が、だんだんと赤くなってきた。

「この……」

　ナジャフはそれを無視し、カメラに向けて最後のアピールをした。

「この国に棲《す》まう、敬虔《けいけん》なる我らが同胞よ。この地は、残念だが、まだ世俗的に過ぎるところがある。ネディフバイのような拝金主義者《レインメーカー》はこの先いくらでも現れるだろう。それでも、俺たちは内部から変えていくことを選んだ。困ったことがあれば、俺たちに相談してくれ。ＡＩＭは同志を拒まず、同志を見捨てない。以上、発言を終えさせていただく」

　ナジャフはさっと身を翻し、相手に反論の隙を与えないまま自席に戻った。

ちらと、議長に目を向けてみた。無表情だが、おそらくは御冠《おかんむり》だと察せられる。何しろナジャフの発言を止められず、ＡＩＭのアピールの機会まで設けてしまったのだ。ネディフバイは、あとで吊《つる》し上げを食うことになりそうだ。

可哀想だが、いい気味ではある。何しろ、相手も海千山千。さすがに、こちらの辞任は避けられない流れにはなるだろう。だから、そう——。

ありがとう、ナジャフ。

「もういい」

しばらく自席で憤然としていたネディフバイが、挙手もせずに宣言をした。

「我々の証人を呼びたい」

ヘイダル議長は何も言わず、つづきを促した。どのみち、彼も敵側。ここまで通常の進行を取ってくれただけでも、儲《もう》けものなのだ。

ついで、こつりと杖《つえ》の音がした。

顔をしかめながら、ウズマが身体を立ち上がらせたところだった。

「〝言葉は言葉に過ぎぬ〟——老いた身にはこたえる。さっさと、この茶番を終わらせようかね」

掠れた、抑揚のない声だった。背は低く、この議会にあっては頼りなくも見える。

その声が、にわかに力を帯びてきた。

「枢密院議長にして〝最初の七人〟が一人、ウズマ・ハリーファ——これより、議会の求めに応じ証言を行う」

3

年貢の納めどきだ。

それでも、最後まで背筋は伸ばしておきたい。そう思い、視線をウズマにぶつけた。相手はこちらを一瞥すると、いなすように目を背けてから、手元のZARAのビニール袋から資料の束を取り出した。あのスペイン発のブランドは、どうやら枢密院でも流行《はや》っているらしい。

ウズマは皆の視線に気づくと、

「そこの坊やが、痩《や》せ細ったこの国に外貨の雨を降らせてくれた」

皮肉な口調とともに、顎でネディフバイを指した。

彼女にかかっては、カジノ王も坊や呼ばわりだ。

「おかげで、こんな服飾も手に入る。わしは、素朴に感謝をしているよ」

拝金主義者《レインメーカー》と罵《ののし》られたネディフバイの顔を立てたようだ。それから、もったいぶった仕草で、議席の一列一列にウズマは資料を配って回った。

内容は想像がつく。

臨時政府を立ち上げるにあたって、アイシャがでっち上げた委任状のコピーだろう。

「うむ……」

腰を押さえながら、ウズマが答弁台に戻る。

ウズマはしばらく何も言わず、天井を仰いだ。

「我らが王、パルヴェーズ・アリーが斃《たお》れたとき――」

静かな、けれども歌うような声色だった。

嗄《しわが》れてはいるが、心の水深を思わせる。夜更けや朝や昼に、礼拝を促すアザーンの放送にも似ている。何か、こちらの琴線に触れるトーンなのだ。

これもまた、長く政治に携わってきた、ウズマの議会戦術か。

「……国政は混乱に陥り、政治の空白状態が生まれてしまった。誰もが、この事態を収拾しなければならないと考えた。だが、そのときこの小娘が何をしたか」

この点については、アイシャにも言いぶんはある。

けれど、この場は割りこまないほうがいい。

杖はつきながらも、ウズマの姿勢はぴんと伸びている。いつしか、皆もしんと静まり返っていた。あの小さな身体のどこに、これだけの膂力《りょりょく》が秘められていたのか。

「策謀に走ったのだ。もう一度言う。策謀にだ！　この国の危機を、この小娘は機会と捉《とら》えた。そうして、いともあっさりと、アイシャは政権を簒奪してしまった」

「そうだ！」

「権謀術数主義者《マキャベリスト》の退陣を！」

議員たちの合いの手を背後に、ウズマがこちらに目を向ける。

「まず伺おう。アイシャよ。ここまでの話に異論はあるか」

応えて、ゆっくりと手を挙げた。

立ちたくはないが、答弁台に立った。

「おおむね、ウズマ殿の認識と相違ない」

まず傍聴席が、ついで議員席がざわつきはじめる。

さて、これからだ。

横槍《よこやり》を入れられる前に、アイシャは台上で両手を山の形に組んだ。本当なら、腕組みでもして手を隠してしまいたい。けれど人間は、自信があるときに親指を持ち上げる。そんなとき、周囲は話に耳を傾けるようにできている。

相手はウズマだ。どんな小さなことでも、やっておくに越したことはない。

「……けれども、わたしが自己の利益や権力のために動いたわけではないことは理解いただきたい。危機を迎えた国家の長に就いたところで、その先に待つのは絞首台かもしれない。仮に国政の建て直しに成功しても、やがてはこのような事態を迎える」

徐々に、アイシャは声のトーンを上げていった。

自分の声に、ウズマのような枯れた美しさはない。武器と言えば、張りと伸びやかさくらいか。

「ウズマ殿の言に従うなら、わたしは単に自殺行為をしたということになる。権力を求めたというには、わたしの行動は道理に合わない。それでも、わたしは――」

そこまで口にしたときだ。不意に、皆の顔が浮かんできた。

もう会えないだろう顔もある。震えそうになる手を押さえて、アイシャはその先をつづけた。

「わたしたちには、これしか道がなかった。わたしたちは、繋《つな》げられさえすればよかった。この国で、いずれ平定されたこの国で、新たな名君が生まれるまでの繋ぎに」

これで筋は通っているだろうか。わからない。

わからないが、いまは進むところだ。

「〝勇気の前には、運命さえ頭を下げる〟――そう。わたしたちは、運命を曲げるほうに賭《か》けた」

「詭弁《きべん》だ！」

野次を飛ばした議員を、アイシャとウズマが同時にきっと睨《にら》んだ。相手は気圧《けお》され、しゅんとしたように黙ってしまった。

席に坐ったまま、ウズマが手中で杖を回した。

「ふむ……。だが、そうすると解せぬ点も出る」

「解せない点とは？」

「おまえさんは、必ずしも繋ぎの政権とは考えていなかったのではないか。現に、聞き捨てならぬ噂も耳にした。それというのも、憲法を変え、この国のありように手をつけようという……」

新たな三権分立の件だ。両手の内側が、一気に冷たい汗で湿るのがわかった。

そう来たか。

顔より手に汗が出る体質でよかった。しばし黙想してから、ウズマの問いに答えた。

「むろんわたしとて理念はある。理念のない為政者になど爪の先ほどの価値もない！」

腹に力を籠めて叫ぶ。

横槍は入らなかった。皆、アイシャとウズマの対峙《たいじ》をこわごわと見守っている。

「……だから、わたしの考えについては、追って、民に信を問おうと考えている」

ここは、あくまで大統領職を貫く構えで進めておく。

「でも、ウズマ殿。あなたも承知の通り、わたしたちには民が一般に考えるほどの権力はない。さまざまな外圧や内圧にさらされるなか、国を滅びへ傾けないために、なすべきことは九分九厘まであらかじめ決められている。わたしたちは、その九分九厘をなぞっていくしかない」

まず周囲に、それからウズマに目を向ける。特に動きはない。

いまのところは、耳を傾ける心づもりのようだ。

「逆に言うなら——わたしたち為政者がその九分九厘をなぞるという信頼があってこそ、民は、本来なら困難な理想をわたしたちが謳《うた》い上げることを許可し、そして謳い上げられることを願う。こうして、はじめて民主主義《デモクラティヤ》は機能すると考える」

「異論もないではない」

ウズマが席についたまま両手に杖を持ち、前のめりに上体を預けた。

「が、よかろう。つづきを伺おうか」

「……すると、このようなことが言える。わたしたちの仕事は、残りの一厘に民意を反映し、理想を託すことだと。前近代、雨乞い師《レインメーカー》という職がなぜ成立したか。それは、雨乞《あまご》いをつづけたとき、いずれ雨が降るからにほかならない。そうであればこそ——」

ちらと後宮の仲間たちに目を向けた。

皆、はらはらとなりゆきを見守っている。が、やがてそのうちの一人が、絞り出すように声を上げた。

「アイシャ！」

また別の一人がつづく。「アイシャ！」

一人ひとりの声は小さい。でも、充分だ。力を得た思いで、先をつづけた。

「そうであればこそ、残された一厘をわたしはやり通したい。一厘の希望が七代先まで受け継がれたそのとき、はじめて、この沙漠に理念の雨が降りはじめるのだから」

再度、ウズマが挙手をした。

ところが、ウズマは杖を握ったまま、その場を動こうとしない。ふたたび皆がざわつき、やきもきしはじめた。

年の功の差だろうか。沈黙に耐えかね、叫んでしまった。

「どうしてわかってくれないんだ！」

こういうときは、言葉少なめのほうがいい。わかっている。わかっているのに、一度迸《ほとばし》りはじめた言葉は止まらなかった。

「わたしは守りたいだけなのに！　友達と笑いあった喫茶《チャイハナ》を、ムスタファ小父さんがチェスを指す広場を！　ここにしか居場所のない、弱き者たちが力を束ねたこの国のありようを――」

もういいというように、ウズマが手のひらをこちらに向けた。それから重い腰を上げ、やっと答弁台に立つ。

「いま、皆にお配りしたコピーがある」

来た。

「前大統領パルヴェーズ・アリーの、アイシャへの委任状とされるものだ。この委任状を入手した我々枢密院は、これを精査し、真贋《しんがん》の鑑定をした」

「やっとだ！」

それまで黙っていたネディフバイが、やれやれというように叫んだ。

議長席のヘイダルが、短く息を吐くのがわかる。議員たちも、だんだんと活気づきはじめた。

「終わらせろ！」

「引導だ！」

傍聴席はというと、大詰めの雰囲気を察して、しんと静まり返っている。後輩の一人が、目を瞑《つむ》って合掌した。台上のマイクが、ウズマの吐息を拾った。

「枢密院は、この委任状が真にアリーによって書かれた、法的に有効な文書であると結論づけた」

「やれやれ、長かったな」ヘイダル議長がため息をついた。「ん？」

「え？」

議長とアイシャの声が重なる。

いっせいに、議会中の全員がこちらを向いた。こほんと咳払いをして、近くの議員からコピーを見せてもらった。

違う。

あのとき、自分がでっち上げた文書と。

「その……」

ヘイダル議長がもごもごとつぶやき、それから取り繕うように早口につづけた。

「ウズマ殿。この場で証人として虚偽を述べれば罪に問われる。そのことを承知の上での発言か」

「経緯を申し上げる」

たん、とウズマが杖をついた。

「書かれている内容の詳細は、ご覧の通り。万が一にも行政が空白状態に陥ったならば、若い世代であるアイシャ・ファイシャルに治世を委《ゆだ》ねるというものだ。自らが暗殺され、そして行政が空白に陥る危険があると判断したアリーが、密《ひそ》かに、枢密院議長であるわしに預けたものだ」

「何？」

「その婆さんを黙らせ――」

口を滑らせた議員を、ウズマは眼光一つで黙らせた。

「本来ならば、かかる空白状態が発生した時点で、わしがアイシャ・ファイシャルを召喚し、正式に大統領職を委ねるべきであった。だが……」

ここではじめて、ウズマの口調が揺れた。

わずかだが、彼女が下を向いて逡巡《しゅんじゅん》するのがわかった。

「わしはこの文書を握り潰《つぶ》した」

「なんだと？」

「いったいどうなってる！」と、この声はネディフバイだ。

「一つには、そこの小娘と同じように、この国の行く末を案じた。賢者か食わせ者かもわからぬ者に、国政を丸々委ねてしまってよいのか。……それから、もう一つ」

空っぽになったかと思われた袋から、ウズマは緑茶のペットボトルを取り出した。隣のウズベキスタンで生産された、ファンシーな柄のフルーツ味の緑茶だ。

ゆっくりと、ウズマが蓋《ふた》を開けて口を湿らせた。

「わしは〝最初の七人〟の一人として、この国の立ち上げから、政《まつりごと》を陰で支えてきた。大国に囲まれたこの地を生き存《ながら》えさせるにあたって、多少なりとも貢献してきた自負はある」

ここまでウズマはずっと静かに話していた。感情を読ませない、歌うような口調で。

そのはずだった。

「なぜ、わしではないのか！　なぜアリー殿はわしを信じてくださらなかったのか！」

突然のことに、誰も何も言えなくなってしまった。

なぜか。わかるからだ。

――どうして自分ではないのか。

世に文化や信仰は数あれど、その思いだけは万国共通だ。人は世界に関わりたいと願い、そして世界から疎外されつづける。大国に囲まれ、政治も九分九厘まで決められてしまうこのような小国では、なおのこと。

「アリー殿は、わしとのあいだに子をなすことさえ許さなかった！　それは、政のためであったろうと理解はできる。だが、ならばなおさら――なぜ、アリー殿は、わしにだけは何も残してくださらなかったのか！」

「ちょっと――」

議長が割りこみかけ、すぐに口を閉ざした。ウズマが、片方の目から一筋の涙をこぼしていたからだった。ネディフバイが立ち上がりかけ、中腰のまま固まった。あちこちからざわめきが広がり、「静かに！」と議長が叫んだ。

報道陣と思《おぼ》しき男が一人、傍聴席で電話を手に立ち上がった。

混乱のなか、まったく不意に、アイシャは思い出した。いや、思い出させられた。

仔犬《こいぬ》のようにアリーを慕っていた、かつての自分を。

やがて、議場がしんみりとした雰囲気になってきた。その一瞬の隙を、すかさずウズマが衝いた。

「さて。我らが明君《めいくん》、パルヴェーズ・アリーによって信任を得た、正当なる後継者であるアイシャ・ファイシャル――その彼女の為政に異を抱く者は、起立を願う！」

皆が、ぴくりと身体を震わせる。

立つ者はなく、静寂ばかりが議場を覆った。事態に気がついた議長が、慌てて、仕切り直しの決を採ろうとした。

それを察したナジャフが、先んじて宣言を下した。

「満場一致。決まりだな」

「アイシャ・ファイシャル、我らが後宮の食わせ者《レインメーカー》よ――」

なおも戸惑っているアイシャに向けて、ウズマが手を差し出した。

「胸を張れ。歴史は主《ぬし》を選び、そして認めたのだ！」

遅れて、議長が何か言おうとする。同時に、傍聴席の一部から上がった歓声がそれを打ち消した。「アイシャ！」と誰かから名前をコールされた。思わぬことに、それは後宮の応援団からではなかった。

また、つづけざまに名を呼ばれる。

「アイシャ！」

今度は、後宮の後輩だ。まるで競うように、いつまでも自分の名が呼ばれつづける。

アイシャにとっては、まったく思わぬことだった。若い衆のリーダーとして振る舞い、威厳を保つことで、彼女が得られずにいたもの。得ることを諦《あきら》め、他の仲間に譲ったもの――それがいま、期せずして手の内にあった。――人々の、心からの信が。

弾劾裁判は、いつの間にか信任採決に変わってしまっていた。

議場に目を向ける。こちらは、うんざりする光景が繰り広げられている。ネディフバイがおまえのせいだと議長に摑《つか》みかかり、激昂《げっこう》した議長が頭突きを返した。

ウズマがペットボトルを戻した袋を丸め、軽く息を吐いた。それから自席ではなく、アイシャの傍らに歩み寄ってくる。思わず、問い質《ただ》すように口にしてしまった。

「あなたは、わたしを嫌ってたんじゃ……」

「いまもそうだとも。おまえさんも、おまえさんの相棒の日本人もな」

にべもなく断言され、唇を嚙む。

「おまえさんが答弁で下手を打てば、当然、追い落とすつもりだったさ」

言いながら、ウズマは片目を瞑った。その仕草は、まるで悪戯《いたずら》好きの幼女のようでもある。

アイシャはコピーの一部を手に、

「それにしても、こんなものがあったなんて……」

「馬鹿者」こちらにだけ聞こえる声で、ウズマがささやいた。「それも贋物《にせもの》だ」

瞬《まばた》きをしてしまった。

質問を重ねようとして、遮られた。

「〝限られた土地のなかで、人は互いに我慢しあわなくてはならない〟——」

「また、トルコかどこかの諺《ことわざ》？」

相手が鼻で笑った。

「だから餓鬼は困る。たまには本も読んでおけ。カントの『永遠平和のために』だ」

4

夏の終わりの大気が、ふわりと身体を包みこんできた。

まだ午前中だというのに、気温は四十度に近い。でも、乾いているので暑さは感じないし、直射日光はお気に入りの鳥の文様《ギョーリ》の入ったスカーフが遮ってくれる。

片手にスカーフの端を握り、アイシャは双眼鏡を掲げた。

ほんの半世紀前まで、この地は海だった。

あるいは半世紀後には、また海に戻っているのかもしれない。どちらがあるべき姿なのか、アイシャにはわからない。

双眼鏡越しに見えるのは、地平までつづく塩の沙漠と、それを左右に分断するアスファルトの道路のみだ。いや——その道を、遠くから行進してくる影がある。

ラクダの遊牧民だ。

彼らは毎年、独立記念日の人が集まるこの時期に、ここ、首都のマグリスラードを訪ね、肉や毛皮、酪製品を売り、そして根菜や穀物を買って帰っていく。沙漠の各地からいっせいに彼らが集まるのは、年に一度のこの祭りの日だけだ。

沙漠の各所には、水蒸気を集める〝オアシスの塔《アジス・バスニャ》〟の影が見える。

塔は二ヶ月前に世代替えをし、より効率よく水を集められるようになった。なんでも日本人の大学院生が設計をし、クラウド・ファンディングで実現したものだという。

「あたしにも見せてよ」

声とともに、視界が反転した。

隣に立っていた〝大柄〟が、アイシャの手から双眼鏡を取り上げたのだ。二人が立っているのは、もちろん、国民広場の管理事務所の屋根《トム》の上。熱せられたトタン屋根は乗るには少々熱いものの、一帯の穴場で、行進を見るにも演説を聴くにも、ここが最良なのだと、昔友達から教わった。もっとも、今年演説をすることになるのは、自分であるのだが。

つい先々週の弾劾裁判が、もう遠い夢のようだ。

そうか、とアイシャはいまさらながらに思う。議員たちが弾劾を急ぎ、準備不足に陥ったのは、この演説より前に辞任させたかったからか。まったく、仕様のないことを考える。

「なんだ、まだ見えないじゃない」

言いがかりとともに、双眼鏡を手に返された。その声の調子を聞いて、毎年、この祭りを楽しみにしていたかつての仲間が思い出される。

屋根の縁に立ち、見下ろしてみた。

管理人のムスタファとナジャフとが、ベンチの中央にチェス盤を挟み、真剣な面持ちで対局に臨んでいる。聞くところ、ここまでの戦績はムスタファの二勝三十二敗。

こんな遊戯を通じて、急速に友情を深める男という生物のことは、いまだによくわからない。

ムスタファは空いた酸汁《クヴアス》のカップを三つ重ね、対するナジャフはというと、ちびちびと林檎《オルマ》のジュースを舐《な》めるように飲んでいる。クヴァスを口にしないのは、わずかながらにもアルコールが含まれているかららしい。

形勢は、今日もナジャフがいいだろうか。

このとき、小走りに広場を駆けてくる小さい影があった。

「アイシャさん、こんなところにいらっしゃったの?!」

カリルだ。演説を控えているアイシャを呼びに来たのだろう。

「困ります、そろそろ控え室に来てくださらないと！」

「しょうがないさ」

すっかり大人びた口調になったカリルに、〝大柄〟がのんびりした口調で応えた。

「今日は大事な日なんだ。ぎりぎりまで、待ってやんなよ」

「でも……」

演説といえば、いま、広場中央に設営された舞台でジーラが開会の挨拶《あいさつ》をしている。

彼女の担当は文化相。服装は、もちろん民族衣裳《いしょう》だ。それにしても、すっかり堂に入《い》ったものだ。

陽差しは暑い。

暑いが、これからの冬を思うと、心地よくも感じられる。

「待った！」下でムスタファが叫ぶのが聞こえた。

「いいぜ」ナジャフがそれに応え、さっと、視界の隅で駒を二手戻した。

「……まだ来ないね」

毛皮の縫い付けられた帽子《タキヤ》を傾け、〝大柄〟が広場の時計を見下ろした。

「あの子のことだから――」

応えながら、アイシャは口元に微笑をたたえる。

「また、忘れものでもしたのでしょう」

両腕を上に伸ばし、大きく、アイシャは息を吸いこんだ。澄んだ午前の大気が、心地よく肺に満ちていく。

「チェスなんか指していいの？」傍らで、〝大柄〟が下のナジャフに声をかけた。

「ああ。これくらいが気晴らしになるからな」

「これでどうだ！」ムスタファが話を無視し、会心の一手を放った。

「ルークをE7に」盤面を見もせずに、ナジャフが応じた。

「待った」堂々と、ムスタファが会心の一手を撤回する。

小さく肩をすくめて、アイシャは広場を一望した。

行進が近づくにつれ、見物客は増えてきている。遊牧民の行進を見ようとする市民や観光客、そして即席の露店。熟れた果物の香りや、ケバブの焼ける匂いが、屋根の上にまで漂ってきた。

一帯は騒がしい。

けれど、胸の芯《しん》が凪《な》いでいるのが感じられた。なぜだろうか、理由は自分でもわからない。

「来たよ」〝大柄〟が顎で通りを指した。

待ち望んでいたラクダ遊牧民の行進が、広場にさしかかったのだ。

二人つづけて屋根から飛び降りた。

「おい、もっと静かに降りてくれよ！　屋根が弱ってるんだからよ！」

ムスタファの叫びを無視して、群衆のなかへ割りこんでいく。

途中、妙な自転車を引く東洋人観光客とぶつかった。

「これは失礼」うやうやしく、相手が現地語で謝った。「あなたほどの美人を――」

無視して先を急ぐ。

まもなく先頭の遊牧集団が、広場に割って入ってきた。

移動式の天幕《ユルト》とともに移動し、過酷な塩の沙漠を生きる遊牧民は、それにもかかわらず、国民の憧れの対象でもある。

それに応えるように、遊牧民たちも各自の様式に従い、人やラクダを美しく着飾らせている。

女性たちが着る魔除《まよ》けのドレスを覆うのは、部族ごとの文様《ギョーリ》に従った艶《あで》やかな刺繍《ししゅう》だ。ラクダの歩みとともに、吊されたタカラガイがゆっくりと前後に揺れている。

ラクダはすべて二瘤《ふたこぶ》。

栄養状態は悪くないようで、脂肪の詰まった瘤が、天に向けてぴんと張り出している。首には鈴を下げられ、からん、からん、と行進とともに乾いた音が響く。

いた。ナツキだ。先頭集団で、澄ました顔をして手綱を握っている。

護符の入った胸飾《トウマール》りを首から下げ、額にはいつもの額飾《ハファ》りバンドをつけている。こちらに気づくと、屈託のない笑みをたたえ、手の片方を振ってきた。

目の前まで来たところで、

「なあ、ナツキよ」

隣のラクダに乗る、長老らしき男が口を開いた。

「本当に後宮に戻っちまうのかい。うちの孫と、お似合いなんだがな……」

「ええ」

やや寂しそうにしながらも、ナツキが答えた。

「アフマドフ大佐にも、だいぶ無理をさせてしまったから——」

ナツキがそこでラクダを止め、ひょいと飛び降りた。いつの間にか隣に来ていたナジャフが、手を伸ばしかけた。ナツキはそれに気づかず、一目散にこちらの胸に飛びこんできた。

左胸同士を預けあう、いつものハグだ。

けれど、なぜだか離れられない。しばらく、その姿勢のまま固まってしまった。後続集団が、クラクションがわりに鐘を鳴らした。見届けたとでもいうように長老が頷き、迂回して行進を再開させた。

横では、ナジャフがやや羨《うらや》ましそうに腕を組んで突っ立っている。

「驚いたよ」——自分が涙声になっているのがわかる。「突然、外に出るなんて言うから……」

ナツキが外の世界を見たいと言い出したのは、半年ほど前のこと。ウズベキスタンとの合同軍の話をまとめてから、ナツキはアフマドフ大佐を民間登用で後任とし、後宮から姿を消してしまったのだ。かつて、彼女は気象操作のプランを立てる際に、アラビア半島の遊牧民ベドウィンの存在に思い至らなかった。その反省もあり、この国の象徴である遊牧民の暮らしを体験してみたかったのだという。

「ごめんね」

とナツキが言う。相変わらず、わかっているのかいないのか判然としない。

「でも、これからは一緒」

「うん」そうとしか言えなかった。「――うん」

「そうだ」ナツキが身体を離した。「国会中継、ウェブで観てたよ！」

「どうだった？」

「はらはらした」

なんだ、その素朴な意見は。

つい、くすりと笑ってしまった。

「それだけ？」

「あ。それと動画に応援コメントをつけたよ」――何か言っている。

やがて鈴の音とともに、男の歌声が聞こえてきた。

我らは見た、古地中海《テチス》の水脈《みお》が断たれ、
鎌と鎚《つち》が揺り籠《ベシック》に振り下ろされるそのときを
我らは見た、血と塩に汚れた井戸《カレーズ》の水を、
なおも奪い合う人々の群れを
純白の大地に取り残された錆《さ》びた船の残骸《ざんがい》を、その錨《ランガル》を

だが、おお！　いま、暗い日々を越えて
花々はふたたび巡り会い、覆いつくすだろう
幻の大海を、この塩に汚れた地を——

歌い手の男は西欧の道化を思わせる服装に身を包み、行進の傍らで、小振りの二胡《ドゥタール》を手に詩歌を吟じていた。片脇に松葉杖を挟んでいるが、美声は健在だ。

イーゴリはアイシャの視線に気づくと、片目を瞑った。

相変わらず、神出鬼没の男だ。いまだに手配中の身であるというのに、誰にも捕まることなく、ぬけぬけと官邸に武器を売りこみに来たりする。

「イーゴリは仕方ないね……」と、口を衝いて出る。

「薬を渡したんだ。取引は成立したと見てね」

意味がわからないので聞き流した。

やっぱりこの娘《こ》はちょっと足りないと思う。でもそのかわり、何か大きなものを識《し》っている。むしろ、その何かをあらしめている。生きて、ここに両足で立っているというそれだけで。

「これからどうするの？」

「ううん……。いずれは技術をやりたい。遊牧の暮らしを見たけれど、まだまだ足りないものが多すぎる。それに、わたしはわたしで、この地に雨を降らせたい。たとえ、それが千年後になろうとも。だから、そう――」

丸い双眸《そうぼう》がこちらを向いた。

よく日に焼けている。遊牧生活のせいだろうか、前以上に目に力が感じられた。

「一厘を積み重ねていこうね」

軽く頷きを返したとき、カリルが泣き出しそうな顔をして走ってくるのが見えた。

「あ。やばい。そろそろ行かないと」

「うん。あとでね」

答えるかわりに、身を翻して手を上げた。それから、天を仰いでみる。眩《まぶ》しい。

まもなく風が吹いた。

沙漠であるのに、潮の香りがふわりと皆を包み、過ぎ去っていく。まるで、かつてここにあった海の幽霊が、月とともに満ち、ふたたび引いていったように。

この国の名は、アラルスタン。――かつて、アラル海と呼ばれた場所だ。

主要参考文献・謝辞

・政治・経済

『中央アジアの国際関係』ティムール・ダダバエフ、東京大学出版会（2014）／『ユーラシアの地政学――ソ連崩壊後のロシア・中央アジア』石郷岡建、岩波書店（2004）／『中央アジアを知るための60章第2版』宇山智彦編著、明石書店（2010）／『中央アジア経済図説』下社学、東洋書店（2008）／『カスピ海エネルギー資源を巡る攻防』輪島実樹、東洋書店（2008）／『現代中央アジア・ロシア移民論』堀江典生編著、ミネルヴァ書房（2010）／『現代中央アジアの国際政治――ロシア・米欧・中国の介入と新独立国の自立』湯浅剛、明石書店（2015）／『チェチェンやめられない戦争』アンナ・ポリトコフスカヤ著、三浦みどり訳、ＮＨＫ出版（2004）

・歴史・証言

『世界の歴史12――中央アジアの遊牧民族』岩村忍、講談社（1977）／『中央アジア灌漑史序説――ラウザーン運河とヒヴァ・ハン国の興亡』塩谷哲史、風響社（2014）／*Russia at War: From the Mongol Conquest to Afghanistan, Chechnya, and Beyond*, Timothy

C. Dowling, ABC-CLIO（2014）／『記憶の中のソ連――中央アジアの人々の生きた社会主義時代』ティムール・ダダバエフ、筑波大学出版会（2010）／『中央アジアに入った日本人』金子民雄、中央公論社（1992）

・遊牧

『遊牧という文化――移動の生活戦略』松井健、吉川弘文館（2001）／『遊牧民族の知恵――トルコの諺』大島直政、講談社（1979）／『狩猟と遊牧の世界――自然社会の進化』梅棹忠夫、講談社（1976）／『レンディーレ――北ケニアのラクダ遊牧民』佐藤俊、弘文堂（1992）

・文化・美術

『国立モスクワ東洋美術館所蔵　シルクロードのかざり　中央アジアとコーカサスの美術』千葉市美術館（1998）／『維吾爾民間圖案集』中國美術家協會新疆分會編、新疆美術攝影出版發行（1992）／『文明の十字路・ダゲスタン――コーカサスの民族美術』国立民族学博物館（1992）／『シルクロードの赤い宝石――トルクメンの装身具』村田孝子、鴨川和子著、駒田牧子訳、ポーラ文化研究所（2006）／『シルクロードの装い――パリ・コレに花開いた遊牧の民の美』ＮＨＫきんきメディアプラン、情報工房編、ＮＨ

Kきんきメディアプラン（2004）／『チェチェン民族学序説――その倫理、規範、文化、宗教＝ウェズデンゲル』ムサー・アフマードフ著、今西昌幸訳、高文研（2009）／『美味しい中央アジア――食と歴史の旅』先崎将弘、東洋書店（2012）／『中央アジアの英雄叙事詩――語り伝わる歴史』坂井弘紀、東洋書店（2002）／*Travel guide Karakalpakstan, Crossroad of cultures and civilizations,* Silk Road Media（2014）／*A Song in Metal, Folk art of Uzbekistan,* T.Abdullayev, D.Fakhretdinova, A.Khakimov, Gafur Gulyam Art and Literature Publishers（1986）

・詩歌

『ツラン詩文学全集』今岡十一郎訳著、新紀元社（1958）／『ああ、ウイグルの大地』アフメットジャン・オスマン著、ムカイダイス、河合眞訳、左右社（2015）／『指輪物語「中つ国」のうた』J・R・R・トールキン著、瀬田貞二、田中明子訳、評論社（2004）／Edelweiss, Oscar Hammerstein II（1959）

・アラル海

The Aral Sea Encyclopedia, Igor S.Zonn, Michael H.Glantz, Andrey G.Kostianoy, Aleksey N.Kosarev, Springer（2009）／*The Devil and the Disappearing Sea : A True Story about the*

Aral Sea Catastrophe, Rob Ferguson, Raincoast Books（2005）／*The Aral Sea Environment*, Andrey G. Kostianoy, Aleksey N. Kosarev, Springer（2010）／*Central Asia 2nd edition*, Bradley Mayhew, Richard Plunkett, Simon Richmond, John King, John Noble, Andrew Humphreys, Lonely Planet（2000）／*Central Asia 6th edition*, Bradley Mayhew, Mark Elliott, Tom Masters, John Noble, Lonely Planet（2014）／「アラル海の過去・現在・未来――２０１３年１月〜２月、カザフスタン巡検、八人の証言」（『境界研究　特別号』内記事）地田徹朗（2013）／「アラル海救済策の現代史――「20世紀最大の環境破壊」の教訓」（『長期化する生態危機への社会対応とガバナンス調査研究報告書』内記事）地田徹朗（2013）／「アラル海危機と植生変動の景観生態学的考察」（『日本緑化工学会誌 Vol.22 No.3』内記事）森本幸裕・守村敦郎（1996）／「アラル海の縮小と森林造成に対する取り組み」（『熱帯林業 No.56』内記事）豊田貴樹（2003）／Haloxylon persicum（http://www.wildflowers.co.il/english/plant.asp?ID=1531）

・テクノロジー

『環境緑化の事典』日本緑化工学会編、朝倉書店（2005）／『乾燥地を救う知恵と技術――砂漠化・土地劣化・干ばつ問題への対処法』鳥取大学乾燥地研究センター監修、恒川篤史編集代表、丸善出版（2014）／『環境緑化工学』小橋澄治、村井宏、亀山章編、朝倉書店（1992）／『沙漠化とその対策——乾燥地帯の環境問題』赤木祥彦、東京大学出版会（2005）／『図解でよくわかる植物工場のきほん——設備投資・生産コストから、養液栽培の技術、流通、販売、経営まで』古在豊樹、誠文堂新光社（2014）／『植物工場——第3次ブームにおける施工事例と新技術』食品工業編集部編、光琳（2010）／『気候を人工的に操作する——地球温暖化に挑むジオエンジニアリング』水谷広、化学同人（2016）／『気象を操作したいと願った人間の歴史』ジェイムズ・ロジャー・フレミング著、鬼澤忍訳、紀伊國屋書店（2012）

このほかに、地田徹朗様、本田晃子様、玉岸利庵様、円谷猪四郎様、藤井太洋様、Kちゃん様、桑島吾功人様、ほかさまざまなかたより貴重な示唆や教示をいただきました。本文中の誤りは、すべて私に責があるものです。また、取材時に温かく迎え入れてくださった中央アジアのかたがたに感謝いたします。ノルゲンダ、約束通り作中に登場させたぞ！　なお、題の『あとは野となれ大和撫子』は、忍澤勉様のふとしたつぶやきによるものです。ここから、すべてがはじまりました。

解説

辻《つじ》村《むら》深《み》月《づき》

二〇一七年、作家・宮内悠介《みやうちゆうすけ》の新刊のタイトルを知った時の衝撃と胸の高鳴りを今でもよく覚えている。

『あとは野となれ大和撫子』――。本の帯には非常に軽やかな、それでいて目を逸《そ》らすことを許さない力を持った「仕方ない、私たちで『国家』やってみる?」というフレーズが躍っていた。それはどうやら沙漠の小国で大統領が暗殺されて内閣が総逃亡したことに伴い、後宮《ハレム》の若き女性たちが立ち上がり、「国家をやる」話らしい。そこまで知って、私は天を仰いだ。気づいたら呟《つぶや》いていた。

マジすごい、宮内悠介。そんなの面白いに決まってるじゃん!

――その頃の私はまだ宮内さんとはほとんど面識もなく、従って呼び捨てなのもやや不遜《ふそん》なのも、読者の特権であるから許していただきたい。とにかく、そんなもの書かれてしまったら読まないわけにはいかないと、書店に向かった。

本書を手に取られた読者の皆さんには今更説明する必要はないかもしれないが、それほどまでに、その頃宮内悠介という作家の描いていた軌跡はすさまじいものだった。デビュー作『盤上の夜』で日本ＳＦ大賞を受賞、直木《なおき》賞にノミネートされ、続く第二作『ヨハネスブルグの天使たち』も直木賞候補に。直木賞だけでなく、芥川《あくたがわ》賞へのノミネートなども続き、本書もまた、著者にとっての三回目の直木賞候補作となり、その後、この作品は第49回星雲《せいうん》賞を受賞した。もちろん、賞の経歴だけでは、作家の価値も小説の真価も測《はか》れるものではない。つまりは何が言いたいかというと、宮内悠介という作家はそれくらい、多方面から無視できない存在感を放つ作家だということだ。エンターテインメントと純文学、ＳＦやミステリ——ジャンルの垣根なくどこの読み手からも——あるいは私のような書き手からも信頼され、新作が待ちわびられる存在。抗《あらが》いがたい魅力と、だからこその恐ろしさを併せ持つ作家。

その宮内悠介が選んだ本書の舞台は、中央アジアにある沙漠の国、アラルスタン。カザフスタンとウズベキスタンの間、アラル海が干上がった土地にできたという設定の架空の国である。架空——ではあるものの、その設定におけるリアリティーの厚みにまずは驚嘆する。国の成り立ちにかかわるアラル海の消失は、ソビエトによる実際の灌漑《かんがい》事業による自然改造計画を背景にしているし、国を巡る周辺諸国の紛争や内戦などの事情もそのまま。中央アジアの強固なリアルと著者の作家的野心が掛け合わされたことで生まれた〝塩の都〟は、土地と風俗の匂い立つような描写も見事で、瞬く間にその世界に引きこまれる。しかも、この国は南部に油田を持ったため、周辺国からいつ侵攻されてもおかしくない状況にあり、国内には反政府武装組織――ア《A》ラルスタン・イ《I》スラム《M》運動の存在も示される。過酷な運命にあることがわかる。

本作の軸となる登場人物は、主に三人の乙女。日本のODAによりこの地に赴任した技術者である父のもとに生まれ、紛争で孤児となった日本人のナツキ。チェチェン出身で両親によって祖国から逃された後宮の若きリーダー・アイシャ。どのグループにも属さず、どこか翳《かげ》を感じさせるジャミラ――。物語は、彼女たち三人がアラルスタン二代目大統領パルヴェーズ・アリーの演説を聞くため、広場が見渡せるトタン屋根に腰を下ろすところから幕を開ける。

彼女たちの住む「後宮」は、かつては文字通り愛妾《あいしょう》たちの暮らす場所であったが、大統領アリーの手によって今は女性たちの高等教育の場に作り替えられている。自分たちに居場所と教育の機会を与えたアリーが、演説の最中、彼女たちの目の前で凶弾に倒れるのだ。

ここまで読んで、まず、その描写と構成の鮮やかさに息を呑《の》む。大統領の演説内容と、それを予測するナツキたちの口ぶりから、私たち読者はこの国の成り立ちや、今現在抱える問題をたちどころに理解していくだけでなく、同時に後宮の乙女たちの様子を知る。これがもう、めちゃくちゃに面白い。特に私がため息を漏らしたのが、彼女たちの関係性。端的なエピソードだけで極めて爽快《そうかい》に描かれるのだが、それがさながら、「〝後宮〟と聞いて、そこに女同士の嫉妬《しっと》とか厄介さだとかを読者はまず予想するんだろうけど——残念ながら女子校ってそういうんじゃないんだよね」とでもいうような気持ちよさ（伝わります？）。そして、ここで詳しく書くのはあまりにもったいないから明かさないが、この爽快な姿勢は最終章まで貫かれるのだ。

とにかく、冒頭で心を摑《つか》まれてしまうから、その後に彼女たちの手によって発足する臨時政府も、そこに訪れる危機をどう乗り越えるのかも、胸がすくような展開が待っているとどうしようもなく信じ、期待してしまう。中央アジアのシビアな現実の緊張感と、彼女たちの関係性からいずる青春小説さながらの楽しさの緩急に、ページをめくる手が止まらなくなる。そして期待は裏切られない。

物語のクライマックス。

ナツキたち後宮の乙女は、預言者生誕祭に合わせて皆で歌劇を演じる。周辺諸国の賓客を招き、劇に政治的メッセージを込めるという前提のもと、大統領たるアイシャまでもが舞台に立ち、全員で劇の成功を目指す。他国の官僚が欠伸をしながら上演を待ち、乙女たち自らも「この学芸会」「こんな文化祭」と自嘲気味に口にするその芝居を、ミスをすればすべてが砂塵《さじん》に呑まれて終わる、まさに命がけの文化祭として演じるのだ。

この展開に至って、私の心は震えた。それは、初めて本書のタイトルを知った時以上に。そして、この小説の持つ最大の魅力が何かに気づいた。

それは、タイトルや、「私たちで『国家』やってみる？」という言葉に代表される〝軽さ〟だ。著者が紡いできたナツキたちの物語は、生死や国の存亡というとんでもない窮地にもかかわらず、ライトノベルや青春小説を思わせる軽さを崩さない。兵器や破壊と隣り合わせに、彼女たちは文化祭をする。この軽さが意図的でないはずがない。

もちろん、芝居ひとつの裏側にさまざまな攻防や駆け引き、思惑があり、その内容から政治的なメッセージを読み解く――という舞台装置は、現実世界における外交姿勢の暗喩《あんゆ》も多分に孕《はら》んでいるだろう。しかし、彼女たちは、政治と外交の傍らで、それと並列に、自分が勇気を出せるかどうか、果たして演《や》り遂げられるかどうか――、自分自身の問題に向け、真剣に葛藤《かっとう》する。〝皆〟のためであり、自分のために。だから本書における格言が効いてくる。そう〝勇気の前には、運命さえ頭を下げる〟のだ。

彼女たちのアラルスタンは架空の国だが、その「架空」は薄皮一枚で隔てられたリアリティーのもとに成り立っていることはすでに書いた。内戦や紛争の影から逃れられない環境にあり、そもそも後宮を構成する女性たちも紛争地域から難民となった者ばかり。周辺国やテロリストたちの侵攻に怯《おび》える現実は、私たちの世界のまさにどうしようもなく過酷な「現実」である。そこを、年若い後宮の乙女たちが生き抜く物語は、著者の筆ひとつで、いかようにもその軽さをたやすく失うことができる。より過酷に、より残酷に、より冷徹に、リアリティーの名のもと、いくらだってもっと直接的な死と暴力を覗《のぞ》き込むことができる。著者が宮内悠介ならば、なおさらだ。けれど、本書の著者はそうしない。圧倒的な現実に、ナツキたちとともに毅然《きぜん》とフィクションで立ち向かい、リアルの海を泳ぎ切る。

彼女たちを守る闘いの方法に暴力も大仰な戦闘も選ばずに、私たちの世界の現実をすぐ後ろに背負いながら、彼女たちと芝居をし、歌うことを選択する。その歌声やステップの、なんと重たく、尊い歩み。軽くなければいけないのは、薄氷一枚で繋《つな》がる現実の上の劇は、軽やかに演じなければ、わずかな亀裂が入った途端に沈むからだ。それがわかるから、いつ沈むとも砂に呑まれるともわからないギリギリの場所で踏みとどまる彼女たちの歌劇と青春がこんなにも愛《いと》おしい。私はこれを、宮内悠介のフィクションの勝利だと思う。著者がフィクションの力を信じていなければ、この物語は絶対に生まれなかった。だから、本書を読み終えて思った。自分と同時代に宮内悠介のような作家がいて、私はとても幸せだ、と。

その幸福が、本書を読み終えた読者のすべてに伝わることを祈っている。

さて、解説も終盤、自分があんなにも好きなナジャフやイーゴリ、章ごとの幕間《まくあい》で披露されるママチャリライダーのエピソードについてまだ何も触れられていない！　ということに呆然《ぼうぜん》とするのだが、到底語り尽くせる気がしなくなってきたので、最後に、もう一度だけ、タイトルについて。

本書の刊行後に、この本のタイトルを、主人公ナツキが日本人であるからといって、単に「大和撫子《なでしこ》」でよいのか——と言及する声を聞いた。後宮の他の仲間たちは、それぞれの事情を背負いながら多民族で集まったメンバーであるのに、という、各自のキャラクター造形に魅せられたからこその愛ゆえの意見だとは思いつつ、私は、この本のタイトルは、単純な「日本の女性」としての「大和撫子」を指してはいないと思う。

言葉は、時に限定的な意味を超える。「大和撫子」という単語を聞いた時、私たちが想像する力強さ、たくましさ、美しさ——あるいは、既存の言葉から押しつけられるそうした限定的な意味と圧を根こそぎ跳ね返す軽さの、すべてを内包して本書のタイトル「大和撫子」は立っているのではないか。

あとは野となれ——という、「やるべきことはやった」という祈りや静かな諦念《ていねん》に似た言葉にも、実は大きな意味が宿っていることに、本書を読み終えた読者ならば気づくと思う。「野となれ」と願う、ナツキの想い。本書の言葉を借りるなら、九分九厘が決まっている政治の道に託す一厘の望み。七代先の彼女たちの国に注ぐ白い雨が、タイトルの後ろに見える。

響きの解釈を読者にゆだねて呼びかけるようなリズムも心地よく、だから私はこの本がこんなにも好きなのかもしれない、と思うのですが。どうなんでしょう？　宮内さん。

本書は、二〇一七年四月に小社より刊行された
単行本を加筆修正のうえ、文庫化したものです。

あとは野《の》となれ大和《やまと》撫子《なでしこ》

宮《みや》内《うち》悠《ゆう》介《すけ》

令和2年 11月25日　初版発行
令和6年 11月25日　3版発行

発行者●山下直久

発行●株式会社KADOKAWA
〒102-8177　東京都千代田区富士見2-13-3
電話　0570-002-301（ナビダイヤル）

角川文庫 22412

印刷所●株式会社KADOKAWA
製本所●株式会社KADOKAWA

表紙画●和田三造

●お問い合わせ
https://www.kadokawa.co.jp/（「お問い合わせ」へお進みください）
※内容によっては、お答えできない場合があります。
※サポートは日本国内のみとさせていただきます。
※Japanese text only

ISBN 978-4-04-109786-1　C0193

角川文庫発刊に際して

角川源義

第二次世界大戦の敗北は、軍事力の敗北であった以上に、私たちの若い文化力の敗退であった。私たちの文化が戦争に対して如何に無力であり、単なるあだ花に過ぎなかったかを、私たちは身を以て体験し痛感した。西洋近代文化の摂取にとって、明治以後八十年の歳月は決して短かすぎたとは言えない。にもかかわらず、近代文化の伝統を確立し、自由な批判と柔軟な良識に富む文化層として自らを形成することに私たちは失敗して来た。そしてこれは、各層への文化の普及滲透を任務とする出版人の責任でもあった。

一九四五年以来、私たちは再び振出しに戻り、第一歩から踏み出すことを余儀なくされた。これは大きな不幸ではあるが、反面、これまでの混沌・未熟・歪曲の中にあった我が国の文化に秩序と確たる基礎を齎らすためには絶好の機会でもある。角川書店は、このような祖国の文化的危機にあたり、微力をも顧みず再建の礎石たるべき抱負と決意とをもって出発したが、ここに創立以来の念願を果すべく角川文庫を発刊する。これまで刊行されたあらゆる全集叢書文庫類の長所と短所とを検討し、古今東西の不朽の典籍を、良心的編集のもとに、廉価に、そして書架にふさわしい美本として、多くのひとびとに提供しようとする。しかし私たちは徒らに百科全書的な知識のジレッタントを作ることを目的とせず、あくまで祖国の文化に秩序と再建への道を示し、この文庫を角川書店の栄ある事業として、今後永久に継続発展せしめ、学芸と教養との殿堂として大成せんことを期したい。多くの読書子の愛情ある忠言と支持とによって、この希望と抱負とを完遂せしめられんことを願う。

一九四九年五月三日

角川文庫ベストセラー

Another（上）（下）　綾辻行人

1998年春、夜見山北中学に転校してきた榊原恒一は、何かに怯えているようなクラスの空気に違和感を覚える。そして起こり始める、恐るべき死の連鎖！　名手・綾辻行人の新たな代表作となった本格ホラー。

Another エピソードS　綾辻行人

一九九八年、夏休み。両親とともに別荘へやってきた見崎鳴が遭遇したのは、死の前後の記憶を失い、みずからの死体を探す青年の幽霊、だった。謎めいた屋敷を舞台に、幽霊と鳴の、秘密の冒険が始まる――。

深泥丘奇談《みどろがおかきだん》　綾辻行人

ミステリ作家の「私」が住む〝もうひとつの京都〟。その裏側に潜む秘密めいたものたち。古い病室の壁に、長びく雨の日に、送り火の夜に……魅惑的な怪異の数々が日常を侵蝕し、見慣れた風景を一変させる。

深泥丘奇談《みどろがおかきだん》・続《ぞく》　綾辻行人

激しい眩暈が古都に蠢くモノたちとの邂逅へ作家を誘う。廃神社に響く〝鈴〟、閏年に狂い咲く〝桜〟、神社で起きた〝死体切断事件〟。ミステリ作家の「私」が遭遇する怪異は、読む者の現実を揺さぶる――。

深泥丘奇談《みどろがおかきだん》・続々《ぞくぞく》　綾辻行人

ありうべからざるもうひとつの京都に住まうミステリ作家が遭遇する怪異の数々。濃霧の夜道で、祭礼に賑わう神社で、深夜のホテルのプールで。恐怖と忘却を繰り返しの果てに、何が「私」を待ち受けるのか――⁉

角川文庫ベストセラー

角川文庫ベストセラー

バベル九朔　万城目　学

俺は雑居ビル「バベル九朔」の管理人をしながら作家を目指している。謎のカラス女から逃げた俺は自室で目覚めるが、外には何故か遥か上へと続く階段と見知らぬテナント達。「バベル九朔」に隠された秘密とは。

四畳半神話大系　森見登美彦

私は冴えない大学3回生。バラ色のキャンパスライフを想像していたのに、現実はほど遠い。できれば1回生に戻ってやり直したい！　4つの並行世界で繰り広げられる、おかしくもほろ苦い青春ストーリー。

夜は短し歩けよ乙女　森見登美彦

黒髪の乙女にひそかに想いを寄せる先輩は、京都のいたるところで彼女の姿を追い求めた。二人を待ち受ける珍事件の数々、そして運命の大転回。山本周五郎賞受賞、本屋大賞2位、恋愛ファンタジーの大傑作！

ペンギン・ハイウェイ　森見登美彦

小学4年生のぼくが住む郊外の町に突然ペンギンたちが現れた。この事件に歯科医院のお姉さんが関わっていることを知ったぼくは、その謎を研究することにした。未知と出会うことの驚きに満ちた長編小説。

新釈　走れメロス　他四篇　森見登美彦

芽野史郎は全力で京都を疾走した——。無二の親友との約束を守「らない」ために！　表題作他、近代文学の傑作四篇が、全く違う魅力で現代京都で生まれ変わる！　滑稽の頂点をきわめた、歴史的短篇集！